Der Weg aller Wellen

Leben und Dienste II

Philipp Schönthaler

Der Weg aller Wellen

Roman

Matthes & Seitz Berlin

– denn wir sind alle Wellen.

Paul Virilio

Erster Teil
Campus

1 Vor der Schleuse

Ohne dass etwas Bemerkenswertes vorgefallen wäre, hatte ich von einem auf den anderen Tag keinen Zutritt zum Campus mehr. Zunächst machte ich mir keine weiteren Gedanken. Es war unangenehm, etwas ärgerlich, aber im Grunde eher peinlich. Die Infrarotstrahlen illuminierten die Hand an den Rändern, ließen sie wie ein artifizielles Organ erscheinen, das soeben im Begriff war, belebt zu werden. Mehrmals hielt ich sie über den Scanner. Die Dioden leuchteten rot auf, und ein dumpfes, entfernt guttural brodelndes Warnsignal ertönte. Obwohl sofort klar war, dass die Geste banal wirken musste, wischte ich mit dem Handteller über die Hose. Der Sensor tastet die Handvenen ab, äußere Verunreinigungen oder Verletzungen sind für die Identifizierung ohne Bedeutung. Warum schlug die Erkennung fehl? Ich unterdrückte den Impuls, hinter mich zu blicken, um die Reaktionen der anderen zu prüfen, führte die Handlung entspannt zu Ende. Das akustische Signal war mir jedenfalls neu, obwohl ich es sicher schon gehört hatte, ohne es bewusst wahrgenommen oder mich nach seiner Herkunft gefragt zu haben. Zudem war mir bisher nicht aufgefallen, dass es gar kein Personal gab, das die Terminals beaufsichtigte. Normalerweise verschwinden die transparenten Tore weitgehend lautlos im Gehäuse. Ich hatte sie noch nie berührt, zögerte jetzt einen Sekundenbruchteil, bevor ich die Hand auf das an den abgerundeten Kanten ätherisch changierende Sicherheitsglas legte, daran rüttelte; das Gate war arretiert, nicht anders wie erwartet. Ich hätte einfach darübersteigen können, ließ den Gedanken aber im selben Moment, in dem ich ihn gefasst hatte, wieder fallen. Die Oberkante reichte mir bis zum Nabel, ich würde keine gute Figur machen; registriert wäre ich noch immer nicht. In meinem Rücken verloren die anderen die Geduld, drängten zum Weitergehen.

Vitali Sedar, den alle nur V oder Vita, selten Radar oder Schaum nannten (er war in Schaumburg, Illinois, geboren und aufgewachsen), überholte mich in der Nebenschlange, schlug mir buddyhaft auf die Schulter; wir hatten im selben Shuttle gesessen. Er trug das bedruckte Short-Sleeve, mit dem ich ihn schon tags zuvor gesehen hatte, vielleicht war es nur ein ähnliches Modell mit einem ähnlich konfusen Muster, im offenen Kragen eine elfenbeinfarbene Tribal-Bone-Spirale: »Game over«, er imitierte eine Computergamestimme aus den mittleren oder späten Neunzigern, deutete auf das Auge des Scanners, als müsse er mich erst darauf hinweisen, dass die Authentifizierung fehlgeschlagen war. Schaum grinste unverbindlich, die Komplikation schien ihn zu amüsieren. Ich mimte ein Lachen, gab vor, den Polycarbonat-Dom zu punchen, als säße ich vor dem Riesenbuzzer einer trashigen Vorabend-TV-Quizshow, die Antwort fieberhaft auf der Zunge. Eine lange Sekunde beobachtete ich, wie er mit halb nachlässigem, halb sorglosem Schritt davonlatschte, die Fußspitzen seitwärts minimal ausgestellt, das über dem behaarten Nacken pendelnde Zöpfchen, mit einem einfachen Haushaltsgummi zusammengehalten, sah kacke aus. Ich machte kehrt, bahnte mir einen Weg zurück zum Eingang, einen Arm wie zum Eingeständnis einer sportlichen Niederlage erhoben. Es war besser zu warten, bis der gröbste Ansturm vorüber war.

Anfangs war ich neugierig, ob der Alarm auch bei einem anderen anschlüge, behielt die Terminals im Auge. Wie würde sich ein anderer verhalten? Auf sich aufmerksam machen, abwarten? – Alles blieb ruhig, und ich verlor das Interesse, ließ meinen Blick fast schon gelangweilt durch die hypertrophe Halle mit ihrer bemüht antiästhetischen Ästhetik wandern. Die anderen wirkten heiter, eine Kakophonie enthusiasmierter Stimmen. Was würde ein Außenstehender tippen? Eventpublikum oder Angestellte auf dem Weg zum Job? Die meisten begannen bereits im Shuttle zu arbeiten. Nach der Ankunft auf dem Firmencampus gingen sie direkt in das Company Café oder die »Küche«, holten sich ein Wellness-Breakfast oder eine individuelle Rühreivariation, zelebrierten den Tagesbeginn noch einmal im teilüberdachten Square, der sich auf das Innere des Rings mit seinem Urban-Street-Feel unter freiem Himmel öffnete.

Ich hatte Hunger, überflog meinen Newsfeed, die Headlines scannte ich ohne bestimmtes Muster – »News: Sturm hinterlässt Spur der Verwüstung«; »Wissenschaft: Wer stärker hüpft, läuft schneller«; »Maniküre-Trend: Warum wir jetzt auf Zebra stehen«. Ich beschloss, dass ich mir als Erstes ein larges Sandwich auf die Hand holen würde, dazu Kaffee. Das Wetter war heiter, das Schauerrisiko lag bis zum späten Nachmittag bei unter drei Prozent, die Höchstwerte zwischen 30 und 33 Grad. Ich kontaktierte Rheimer, kalauerte mit Loïc, kontrollierte noch einmal die Schleusen.

Die Einströmenden sammelten sich wie zu einer Prozession, bevor die Gates die Leute isolierten. Zum ersten Mal dachte ich darüber nach, dass die Geste durch die Redundanz, mit der jeder seinen abwärtsgekehrten Handteller in identischer Manier präsentierte, in einem präzisen Sinn rituell wirkte, ein wenig wie Gläubige beim Empfangen der Hostie. Nur dass man nichts empfing, man musste sich darbieten. Ich wandte mich ab, blickte hinaus. Durch die getönte Glasfront schimmerte der wolkenlose Himmel noch straffer als sonst, zu einem hohen Grad gesättigt. Die Shuttles bildeten eine schnörkellose Linie entlang der gelb markierten Walking-Zone, verliehen dem Vorplatz ein latentes Flughafenflair. Jedem musste klar sein, dass der Fehler im System und nicht bei mir lag.

Das Problem ist, dass um acht Uhr mindestens 20 Doppeldecker-Shuttles gleichzeitig eintreffen, weitere folgen in dichtem Abstand, dazu kommen die PKW-Fahrer, um die 1500 Menschen auf einen Schlag, die durch die Schleusen drängen. »Fußballstadion«, kommentierte Helen die Situation, intern hatte sie sich mit ihren süffisanten bis tendenziell skandalösen Kommentaren rasch als Agent Provocateur einen Namen gemacht. Die kontraintuitive Konzeption des neuen Headquarters hatte sich bereits bei der Großen Premiere eingestellt. Allein optisch gleicht der Zugang eher einem Schlupfloch als einem Portal, merkwürdig disproportional zu der hohen Schlauchfassade, die sofort zu einem weiteren Markenzeichen von uns geworden war. Die Gründer sprechen beharrlich vom »Ring« oder »Imperial Ring«, unter uns hat sich dagegen »Krone« oder »Halo« durchgesetzt, manche sagen einfach »Schlauch«. Helen spricht vom »Nadelöhr« oder »Hole«. Bereits die dreidimensionalen Animationsmodelle hatten erahnen lassen, dass der Campus stark fotogen sein würde, besonders aus der Luft drängt sich eine Sci-Fi-Assoziation auf, als wäre der Bau für die Existenz auf einem anderen Planeten gemacht. (»Landet es, hebt es ab?«, der ironische Satz stammt ebenfalls von Helen.) Auf dem hochgrünen Rasen, zu zwei Dritteln von neuen Sträuchern und Bäumen eingefasst, die den Campus von der angrenzenden Nachbarschaft abschirmen, scheint der Ring buchstäblich zu schweben.

Noch immer strömten Menschen ins Gebäude, aber es war schon zu viel Zeit verstrichen, und ich wurde allmählich unruhig. Das erste Meeting war um Viertel nach, davor musste ich meine Visuals vorbereiten und die Zahlen prüfen. Der Haken war, dass man die Arbeitsinseln erst reservieren kann, wenn man im Gebäude ist. Da ich nicht registriert war, konnte ich die Buchungsapplikation nicht bedienen. Es gibt genügend Stationen, aber die Favoriten auf Toplevel und Groundfloor werden immer zeitnah reserviert. Die Aussicht, dass ich möglicherweise keinen meiner bevorzugten Spaces mehr ergattern würde, verstimmte mich. Obwohl uns regelmäßig nahegelegt wurde, die Stationen periodisch zu wechseln, allein um die Chance auf glückliche Zufallsbegegnungen zu erhöhen, ohne dass im Detail nachzuvollziehen war, ob die Empfehlungen standardisiert an alle oder personalisiert erfolgten. Ich hatte die das Serendipitätsprinzip betreffenden Chats bisher nicht verfolgt, mein Bewegungsprofil sprach vermutlich aber sowieso nicht für mich, glich eher dem eines Beamten; oder dem eines Säugetiers im Gehege, nur dass ich auch ohne Gitterstäbe nicht von meinen fest gefügten Bahnen abwich. Ich rätselte, ob andere im Durchschnitt wesentlich mehr Neugier auf ihre Umwelt bekundeten als ich?

Für den zweiten Anlauf wählte ich ein anderes Gate. Erst im letzten Moment stockte ich, den Handteller wenige Zentimeter über meiner Hose. Ich hätte kaum sagen können, ob ich die Geste jeden Morgen unbewusst gleich ausführte. Es schien mir eher unwahrscheinlich, zumindest konnte ich mich spontan nicht entsinnen, je mit schwitzigen Händen gekämpft zu haben. Ich ballte eine Faust, öffnete sie erst unmittelbar über dem Dom. Diesmal antizipierte ich den Alarm, grüne LEDs hätten mich mehr überrascht als rote. Dennoch fragte ich mich im Nachhinein, was passiert wäre, wenn ich in diesem Moment fest an das grüne Licht geglaubt hätte? Der Gedanke war unsinnig. Immerhin reagierte ich diesmal gelassener, drehte mich um und klärte die hinter mir Stehenden über den Lesefehler auf.

Ich kam mit drei Kollegen ins Gespräch, die eher nach High-School als College aussahen. Das Phänomen war ihnen fremd, umso angeregter tauschten sie sich über diverse Abtastverfahren und mögliche Systemfehler aus. Das Gerät, wussten sie, arbeitet mit Handvenenerkennung, bei der Infrarotstrahlung handelt es sich um Spektralwellen zwischen sichtbarem Licht und längerwelliger Tetrahertzstrahlung. Das venöse Blut absorbiert die elektromagnetischen Wellen stärker als das umliegende Gewebe, und erlaubt es daher, die Venen zu visualisieren. Das Venenmuster wird in ein Template umgewandelt und auf einer Datenbank hinterlegt. Stimmt das gespeicherte mit dem aktuell erfassten Pattern überein, wird der Zugang freigeschaltet.

»Im Grunde ganz einfach. Die False-Acception-Rate ist unwesentlich besser als bei der herkömmlichen Fingerprinterkennung. Nur bei der False-Rejection-Rate gibt es einen wirklich krassen Unterschied. Sie liegt bei 0,01 Prozent. Das ist ein Optimierungsfaktor von zehn. Das ist alles andere als unwesentlich.«

Ohne dass ich die Zahlen hätte nennen können, meinte ich, Ähnliches irgendwo gelesen oder gehört zu haben, deutete ein Nicken an.

»Hinzu kommt, dass der Fingerabdruck bei mindestens einem Prozent der Bevölkerung unlesbar ist, rein rechnerisch sind das derzeit um die 800 Millionen Menschen. Und nicht zu vergessen: Die Haut kann man beschädigen und abziehen. Wie bei diesem Journalisten, kürzlich, dem sie in der Botschaft die Finger abgeschnitten haben, um sein Device zu entriegeln. Aber auch Abgüsse sind natürlich gut denkbar. Die Venen sind dagegen einigermaßen sicher im Körperinneren hinterlegt. Bei Weitem nicht so manipulationsanfällig.« Illustrativ hatte der Sprecher eine Hand erhoben und mir entgegengestreckt. Mir blieb kaum etwas anderes übrig, als die offene Hand, die nichts weiter zeigen wollte, als dass sie nichts zu erkennen gab, leicht dümmlich anzustarren. Das vollständige Fehlen von Haaren auf seinem Handrücken, das ich automatisch registrierte, war nicht weiter bemerkenswert.

Die drei waren im Cloud-Management tätig. Zwar konnten sie mir nicht helfen, aber sie zeigten ein ungewöhnliches Interesse an dem Ereignis, brüteten mit ungeheurem Ehrgeiz über Lösungsmöglichkeiten. Irgendwann führte die Unterhaltung dazu, dass ich beide Arme parallel ausstreckte, und meine Handteller präsentierte, als stünde ich einer Wahrsagerin gegenüber. Die Komik der Geste entging keinem von uns – unsere Blicke trafen sich, und auf unseren Gesichtern breitete sich ein geringfügig unkontrolliertes Grinsen aus. Im Anschluss entstand eine Verlegenheitspause, die ich nutzte, um die drei mit einem Wink auf die Uhr aufzufordern, sich endlich einzuloggen. »Ihr holt euch bestimmt erst mal ein Sandwich.« Sie hatten schon genug Zeit auf das Problem verwendet. Als wir uns verabschiedeten, stellte sich Kim vor. Auf ihn war der höchste Redeanteil gefallen, er gab mir seinen Kontakt. Angeblich kannte er jemanden im Facility-Management.

»Ich kann euch jederzeit bekannt machen. Vielleicht weiß er etwas.«

»Facility-Management? Meinst du, das ist die richtige Adresse?«

»Ich dachte nur.« Er rieb sich das Kinn, über seinem Kieferknochen schimmerte die Haut biopolymer, nahezu wächsern.

»Ich hätte eher an die Systemadministration gedacht. Oder Workforce-Solutions. Der Hersteller wird jedenfalls erst mal nichts damit zu tun haben, denke ich.«

»Ja, vielleicht hast du recht. Ich dachte nur. Manchmal sind sie dort ganz gut informiert. Wissen, was gerade so ansteht. Keine Ahnung.«

»Betreiben die nicht dieses tendenziell humoreske Chatforum?«

»FacChat?«

»Irgendwas in der Art. Ja.«

»Glaub schon.«

»Aber es gibt doch bestimmt eine Hotline?«

»Für User sicher.«

Wir bestärkten uns, dass man sich die Tage mit Sicherheit über den Weg liefe.

»Und – «, zwanglos führte Kim den Austausch über das Gate hinweg fort: »Ich klopf mal bei der Security. Die soll dich erst mal durchlassen, dann kannst du dich in Ruhe um das Schlamassel kümmern.«

Es gab also doch jemanden, der für die Gates zuständig war, alles andere wäre auch seltsam gewesen. Ich nickte, spähte gleichzeitig ins Atrium, fragte mich, wie mir bislang hatte entgehen können, dass es eine Security gab.

Das Sicherheitspersonal saß nur dreißig Schritte von der Schleuse entfernt in einem fensterlosen Raum, die Tür war unscheinbar, sie war mir nie aufgefallen. Kim klopfte. Als er nach drei Sekunden wieder erschien, spreizte er seinen Daumen – roger. Bevor die drei im Aufzug verschwanden, hoben sie ihre Fingerspitzen minimal, ihre extrem dünnen Arme ragten aus extragroßen T-Shirt-Ärmeln, baumelten ohne Spannung unterhalb der Hüfte, die Beugemuskeln zu einem latenten Rundrücken kontrahiert, deuteten einen allerletzten Abschiedsgruß an. Ich zog meine Mundwinkel wenige Millimeter in die Breite, hob und senkte das Kinn in rascher Abfolge.

Die Begegnung hatte mich motiviert und ich gab mich dem dominanten Gefühl hin, das Problem sei schon wieder aus der Welt, in Gedanken beim Begleittext meiner Präsentation. Ich sah zu, wie der Wachmann vor die Tür trat, die Lider zu drei Vierteln geschlossen, als hätte man ihn in seinem Schlafzimmer überfallen und ohne Angabe von Gründen aus dem Bett gezerrt. Die schwarze Uniform spannte um die Brust, die aufgepumpten, leicht verkürzten Oberarme, wirkten fast schon ein wenig klischeehaft; mit verschiedenen Falten, Taschen, Schnallen, Knöpfen und einem Gürtel versehen erweckte der Aufzug den Eindruck eines Erbstücks aus einer reichlich analogen Epoche. Mein Phone meldete den Eingang neuer Nachrichten; jemand hatte meinen letzten Profileintrag geteilt. Ich kontrollierte die Uhrzeit, überschlug die verlorenen Minuten. Als ich wieder aufsah, war der Wachmann auf halbem Weg zwischen Büro und Schranke stehen geblieben. Er machte sich gar nicht erst die Mühe, nach dem Problem zu fragen:

»Mit den Geräten habe ich nichts zu schaffen.«

»Sie kennen das Problem bestimmt von anderen. Sie müssen doch wissen, was zu tun ist?« Sein ausgestelltes Desinteresse reizte mich, ich hielt meine Stimme absichtsvoll auf einem niedrigen Lautstärkepegel, als könnte ich ihn auf diese Weise zwingen, näher zu treten.

»Tut mir leid, damit habe ich nichts zu tun. Keine Ahnung, wer für die Apparate in so einem Fall zuständig ist.«

Seine Hand fuhr ungerichtet durch die Luft, sein Tonfall in hohem Maß unengagiert. Dennoch wurden einige der Umstehenden auf das Gespräch aufmerksam. Ich fühlte mich sofort bestärkt, trat näher an die Schranke:

»Was meinen Sie mit so einem Fall? Was soll das? Sie bewachen das doch?«

Fordernd legte ich meine Fingerspitzen auf das Gate. Langsam spreizte er seine Beine, indem er die Füße alternierend über Ferse und Ballen in winzigen Ausfallbewegungen seitwärts so weit ausstellte, bis sie ein auf dem Kopf stehendes V bildeten, im Kontrast zu den makellosen Fliesen des Atriums wirkten seine grob genoppten Sicherheitsschuhe theatral.

»Das machen die Dinger doch alles selber. Die kommunizieren doch. Was sagen sie denn? Die sind doch schlau. Mich lassen Sie da besser in Ruhe. Ich verstehe nichts davon.«

»Und was machen Sie dort?« Herablassend deutete ich auf sein Kabuff.

»Ich denke nicht, dass ich auskunftspflichtig bin. Aber da Sie so freundlich fragen: nach dem Rechten sehen.«

»Aha. Und die Gates? Die überlassen Sie sich selbst? Die fallen nicht in Ihren Zuständigkeitsbereich?«

»Da müssen Sie schon mit Ihren Leuten sprechen. Dem Konzern.«

»Dem Konzern? Interessant. Und Sie? – Sie sind doch das Unternehmen! So wie wir alle hier.«

Mein ausgestreckter Arm deutete einen Halbkreis an, die anderen schienen jetzt ebenfalls gespannt auf seine Reaktion zu warten. Der Wachmann nutzte die Aufmerksamkeit, nahm sich übertrieben viel Zeit, vergrub seine Daumen beidseitig unter seinem Gürtel, umfasste das Gewebe mit zwei tätowierten Fäusten und zog den Gürtel aufwärts, bis die Hose im Schritt empfindlich spannte und sein Geschlecht zu erkennen gab: »– Subunternehmen.« Er schnaubte mit gespielter Kurzatmigkeit. »Ich arbeite für einen Subkontraktor. Extern.«

Offenbar klingelte sein Phone, seine Hand fuhr in eine seiner Gürteltaschen und kramte das Gerät hervor. Die Unterhaltung war für ihn beendet, und er zeigte mir die Schulter, als wäre alles, was es zu sagen gab, gesagt. Ich wusste, dass es Dienstleister mit eingeschränkten Zutrittsrechten und Privilegien gab, aber selbst das konnte sein Verhalten nicht rechtfertigen. Dennoch hatten mit dem Wachmann auch die anderen ihr Interesse an der Konfrontation verloren, setzten ihren Weg ohne weitere Nachfragen fort.

»Dann steige ich über die Schleuse!« Ich hatte meine Stimme um mehrere Skalenstriche gehoben, schrie: »– Du Eule.« Während ich ihm die halbherzige Beleidigung hinterherschleuderte, lauschte ich meiner eigenen Stimme wie der eines Fremden, was durch die schallschluckende Akustik des weitläufigen Atriums zusätzlich begünstigt wurde. Der Ausbruch besänftigte mich noch im selben Moment, ließ mich der albernen Vorstellung nachhängen, mir selbst für den Ausruf zu gratulieren. Nur dass ich nicht gleich über die Schleuse gestiegen war, bereute ich. Ich wäre jetzt im Gebäude, hätte ganz andere Möglichkeiten.

»Dann muss ich die Ordnungskräfte rufen.«

Die Security war stehen geblieben, das Phone zwei Handbreit vom Ohr entfernt, eine Hand um einen Brustriemen geschlungen, ich konnte nicht erkennen, ob dort ein weiteres Gadget steckte. Aber seine Stimme hatte nichts Abweisendes mehr, klang eher zuvorkommend, allenfalls eine Spur algorithmisiert. Ein Sonnenstrahl fiel auf sein kurz geschorenes Haupt, illuminierte seine dunkle Gestalt vom Kopf bis zu den wie in bold markierten Sohlen. Im Nachhinein kam es mir sogar so vor, als hätte ich die Wörter gar nicht gehört, sondern nur von seinen Lippen abgelesen. Es war durchaus denkbar, dass er etwas ganz anderes gesagt hatte. Zumindest stand er, wann immer ich die Szene später mental abspielte, viel zu weit entfernt, die Distanz zwischen uns kam mir gewaltig vor, der Schemen des muskulösen Körpers in meiner Vorstellung seltsam miniaturisiert, als dass ich ihn auf die Entfernung vollkommen mühelos hätte verstehen können.

Ich kontrollierte den Dom, die LEDs hatten in den Passivmodus geschaltet, glommen gletscherblau, mittig im Kranz das schwarz schillernde Sensorauge gänzlich unbewegt. Benommen, fast schon eine leichte Spur verstört, wendete ich mich ab, trat hinaus ins Freie.

Draußen blendete das Licht, die Luft war extrem trocken. Ich blieb stehen, wie bei einem Hustenreiz zog sich meine Brust zweimal heftig zusammen und ließ mich nach Luft schnappen. Das Licht, das am Morgen noch wie durch einen homogen über die Bildfläche gelegten Filter körnig geschimmert hatte, war jetzt grell und hart, gab dem Vorplatz die klaren Konturen einer Platine. Die Schatten projizierten geometrische Figuren auf den Asphalt, interpolierende Linien, scharf umrissene Bahnen und verzerrte Trapeze akzentuierten die weiße Fassade. Ich schloss die Augen, hielt mein Gesicht in die Sonne, bis die Wärme ein belebendes, dann kitzelndes Kribbeln unter der Haut hervorrief. Ich grimassierte, entspannte meine Züge. Im Hintergrund, zur Hälfte durch zwei künstliche Grashügel verdeckt (Helen: »Unser grüner Busen«), die primär dem Schall- und Sichtschutz dienten, verlief der Highway. Ich sann darüber nach, dass es nicht allzu viel Vorstellungskraft bedurfte, um im Verkehrsrauschen die in Luftlinie nur fünfundzwanzig Kilometer entfernte Meeresbrandung im Westen zu hören. Vereinzelt oder in Gruppen kamen Mitarbeiter aus der Tiefgarage, die auf natürliche Art und Weise unter den polsterartigen Erdaufschüttungen versteckt war, oder vom großen Parkplatz her. In langen Diagonalen strebten sie gleichförmig auf den Eingang zu, halb unbewusst hielt ich nach einer Person Ausschau, die ähnlich wie ich dastand, herausgelöst aus dem Strom. Möglicherweise hätte man sich verbünden können. Der Gedanke, dass ich einen toten Pixel auf der Bildfläche darstellen könnte, ließ ein undefiniertes Gefühl zurück. Ich kontrollierte die Uhrzeit, erschrak. Sechsunddreißig. Seit meiner Ankunft war ich keinen Schritt weitergekommen. Ich musste so schnell wie möglich ins Gebäude gelangen. Am Nebeneingang würde sich die Szene vermutlich nur wiederholen, ich beschloss daher, zum Besucherzentrum zu gehen, setzte zwei Nachrichten ab. Rheimer reagierte mit einem euphorischen »Bis gleich. Meeting auf dem Green Floor.« Vermutlich hatte er meine Nachricht gar nicht gelesen, lediglich ihren Eingang bestätigt – was mich vorerst nicht kümmern musste, vielleicht war es sogar von Vorteil. Noch immer strömten einzelne Mitarbeiter in den Ring, auf halber Strecke zwischen Parkhaus und Entrance meinte ich Tarryn an der Seite eines hoch aufgeschossenen Typen zu identifizieren. Ich hob die Tasche auf die freie Schulter, unter dem Gurt ein erster Streifen Schweiß. Das Sandwich musste vorerst warten. Ich schluckte, lief mit deutlich mehr zur Schau gestelltem Elan angesichts der Panne, als es meiner Affektlage entsprochen hätte, los.

2 Der Ring

Unter der weißen Sonne flimmerte der Asphalt tiefschwarz, wie frisch aus Zellophan gelöst. Nur stellenweise trübte der vom angrenzenden Brachland verwehte Sand die Oberfläche. Aus der aufgeplatzten Erde, die den Vorplatz säumte, schoss das Unkraut exzessiv – helle Scharfgarben, hohe Melden, antennenförmiges Zyperngras, Quecken, Beifuß, radiärsymmetrischer Mohn mit seinen retroadretten Blütenkelchen. Ich besah den Imperial Ring. Die Silhouette schnitt eine flache Parabel in den Himmel, oberhalb der Ortslinie der Dachkonstruktion punktförmige Möwen. Im frontalen Gegenlicht der Sonne verschwanden ihre Leiber, als würden sie von der Bildfläche weggeklickt, um kurz darauf an einer theoretisch gut kalkulierbaren Stelle wieder aufzutauchen.

Unsere Abteilung, Ads & Sales, war als Letzte von den alten Räumlichkeiten auf den neuen Campus gezogen, bisher war ich noch nicht zu Fuß im Außenbereich unterwegs gewesen. Auch deshalb ließ ich mich bereitwillig vom Anblick der Fassade in den Bann ziehen. Ihre futuristische Statik orientierte sich gemäß einer naturnahen Architektur angeblich am Schachtelhalm. (»Klasse *Equisetum*, auch horsetail oder puzzlegrass genannt«, klärte Helen auf, wir hatten gerätselt, ob der Beitrag ironisch gemeint war, und falls ja, worin genau die Ironie lag). Besonders gut war der Skywalk im vierten Obergeschoss einsehbar. Die gläserne Gangway war als Jogging- und Flanierstrecke konzipiert, die in einem weitläufigen Loop um den gesamten Bau führte. Trotz der frühen Tageszeit war der Walk bevölkert, man musste lediglich die Augen zusammenkneifen, und die Läufer begannen schwerelos unter der Decke zu floaten. Von außen ließ sich nur erahnen, dass das Gebäude innen auf natürliche Weise hell erleuchtet war, unzählige Sichtachsen boten überraschende Perspektiven, Lichtschächte schnitten tiefe Cuts ins Herz des Schlauchs. Wenn die Sonne im Zenit stand, erreichten einzelne Strahlen wie Laserpointer den Groundfloor, projizierten ein mandalaartiges Muster auf die Fliesen, das viele als ein Kunstwerk respektierten, es umliefen, anstatt gradlinig darüber hinwegzugehen. Besonders für Fotografen hatte das Gebäude sieben Monate nach seiner offiziellen Eröffnung noch nichts von seiner Faszination verloren. Nach außen öffneten sich die Arbeitsbereiche auf die bukolische Parklandschaft mit ihrem großzügigen Baumbewuchs, der Innenbereich war mit Flagshipstores, Fitnessstudios, Bikeshops und Community-Garden dagegen absichtsvoll urban gestaltet; minimal versetzt zum geometrischen Mittelpunkt des Rings bildete der öffentliche Brunnen einen informellen Meeting-Point für diverse Aktivitäten. (Helen: »Die Company ist dein neues Home, der Campus deine Hometown. Yo!«) Von der Straße blieb das Gebäude dagegen wie jeder andere innerstädtische Glaskomplex opak. Ich konnte nicht einmal sagen, wo ich mich zwischen den einzelnen Gebäudeelementen befand, es gab kaum Anhaltspunkte, um vom Äußeren auf das Innere zu schließen, was nicht zuletzt von der abstrakten Gleichförmigkeit der Fassade herrührte, deren Rundung sich auf beiden Seiten dem Blick entzog, egal ob man vor- oder zurückschritt. Zwischendurch wirkte es fast so, als ob das Gebäude mit jedem Schritt, den ich vorwärtsging, um exakt einen Schritt zurückwich. Gerne hätte ich dem Effekt nachgespürt, wäre mehrmals vor- und zurückgegangen, unterdrückte den Impuls jedoch. Kurz darauf verlor ich mich in der Vorstellung, dort draußen unterwegs zu sein, das Gebäude wie ein Satellit auf einer berechenbaren Bahn zu umkreisen, ohne irgendwo anzukommen. Vorsichtshalber gab ich die Koordinaten des Visitor Centers ein, kontrollierte die Laufdistanz. Erst dann rief ich in Gedanken meinen Text für das Meeting auf.

Unmittelbar darauf entdeckte ich einen Mann. Er stand an der Glasfront eines der Büros auf Ebene drei, kommunizierte über ein unsichtbares Gerät, die freie Hand mit gespreizten Fingern auf der Scheibe aufgelegt. Sein Körper lehnte steil nach vorne, fiel mir förmlich entgegen, fast so, als hätte er dort oben nach mir Ausschau gehalten, vom langen Warten über die Maßen erschöpft. Ich stockte; Rheimer? – Der Mann hatte einen äquivalenten Körperbau von mindergroßem Wuchs, das Haar in farbloser Eichenfurniertönung, dieselbe nondeskriptive Frisur. Ich hob die Hand, verschattete die Augen, um besser zu sehen. Im selben Moment, in dem ich meinem Chef zuwinken wollte, hatte er sich von der Scheibe zurückgezogen, in meiner Vorstellung poppte das Bild eines Fischs auf, der starr am Glas des Aquariums steht und im nächsten Augenblick geräuschlos im Dunkel des Wassertanks verschwunden ist, nicht einmal einen Wirbel ließ der Flossenschlag zurück. Betont langsam fuhr ich mir über die Stirn, atmete geräuschvoll aus, mit dem dumpfen Gefühl, von Scheinwerfern geblendet in einem abgedunkelten Saal zu stehen, unfähig, die potenziell Anwesenden zu sehen oder frei nach Belieben in ihren Mienen zu lesen. Der Gedanke, dass Rheimer mich dort oben erwartet haben könnte, war natürlich irrsinnig. Ich schüttelte den Kopf, setzte die Tasche ab, verweilte eine dreiviertel Minute, ohne dass sich die Person nochmals gezeigt hätte. Es war sowieso kaum möglich, von hier unten einzelne Menschen in einem oberen Stockwerk verlässlich zu identifizieren, zudem wäre selbst die Gewissheit nutzlos gewesen. Die Fenster ließen sich in dem voll klimatisierten

Gebäude gar nicht öffnen. Ich rief Rheimers Nummer auf, erhielt die Nachricht, dass der Gesprächsteilnehmer momentan nicht verfügbar sei.

Ich prüfte die Strecke, die ich bereits zurückgelegt hatte. Der Eingangsbereich einschließlich des Vorplatzes war hinter der Gebäudeflucht verschwunden, nirgends eine Spur von Leben. Nur mein Phone meldete den Eingang einer Nachricht. Das Company Café führte eine Umfrage durch, »Dein perfekter Morning Drink: Smoothie, Kaffeeprodukt deiner Wahl oder Kräutertee mit Mandelmilch?« Ich schloss den Tab. Eine Eilmeldung verkündete den Rücktritt des stellvertretenden Finanzministers. Ob ich im Anschluss an das Meeting fünf Minuten Zeit hätte? Die Anfrage kam von Cesar. Im Weitergehen hielt ich das Phone in Erwartung weiterer Nachrichten, die in der Regel kurz vor einem Meeting gehäuft eintrudeln, in der Hand.

Fünfzig Meter weiter wurde ich von Kinderstimmen aufgeschreckt, sie schrien, als flüchteten sie vor einem kleinen bis mittleren Unglück. Aufmerksam beobachtete ich, wie sie in Begleitung zweier Erwachsener aus dem toten Winkel der Fassadenrundung auftauchten. Sie hielten sich an den Händen, bildeten eine Zweierformation, die entfernt soldatisch wirkte. Der Gesang war unkoordiniert, es musste sich um eine Kitagruppe des Konzerns handeln. Sie marschierten zur nahe gelegenen Ruderalfläche, auf der im Verlauf des Jahres der Park um einen klimafreundlichen Hain erweitert werden sollte. Ich verlangsamte meine Schritte, rätselte, ob es einen für Außenstehende nachvollziehbaren Grund gab, sich alleine im unerschlossenen Teilbereich des Campus aufzuhalten. Die Gesichtsbilder der Kinder waren aufgrund der geringen Tonabstufung unter den Basecaps, Schirmmützen und Sonnenhüte, – mindestens zwei Kinder trugen einen bunten Hartschalenhelm – auf die Distanz kaum zu entschlüsseln. Die exaltiert winkenden Arme zeugten jedoch von hohem Zutrauen; ich gab mich erstaunt, rief ein motivierendes »Viel Spaß«.

Im Weitergehen überlegte ich, wie die anderen reagierten, wenn sie mich hier draußen sähen. Mein Verhalten kam mir plötzlich hoch erratisch vor, und ich war froh, Rheimer nicht erreicht zu haben. Ich hätte einfach an der Zugangsschleuse warten sollen, bis man einen zuständigen Techniker oder Verantwortlichen schickte, alles andere ergab keinen Sinn. Nicht einmal ein Foto oder eine Videosequenz hatte ich gemacht, um den Fehler zu dokumentieren. Ich war plötzlich deprimiert, nahm mir vor, die Odyssee vorerst lieber zu verschweigen.

Im Besucherzentrum war das Publikumsaufkommen hoch. Der Ring hat dort in etwa jenen repräsentativen Charakter, den ich vom Haupteingang erwartet hätte. Primärfarbene Picknickbänke in kreisförmigen Inseln arrangiert, das Café mit erhöhter Außenterrasse, außerdem zwei Felder mit modular angelegten Beachvolleyball- und Tenniscourts. Neben dem Retail-Store war der Selfie-Skulpturenpark mit lebensgroßen Emoijs die Hauptattraktion. Mein Phone meldete, dass ich die Destination erreicht hatte. Die Besucherschlangen sah ich, bevor ich das Zentrum betrat, lief, ohne mich darum zu kümmern, direkt an einen der Ticket- und Infotresen, auf ihrem Tag trug die Frau den Titel »Assistent Event Manager«.

»Event Management? Bei Ihnen passiert wenigstens was. Ich bin zum ersten Mal hier. Das ist ja unglaublich. Ist hier immer so viel los? Und das um diese Uhrzeit.« Ich signalisierte Verwunderung, deutete auf die Menschen, erklärte in modifiziertem, leicht gedämpftem Tonfall, ich sei Mitarbeiter und benötigte möglichst rasch Zutritt zum Gebäude. Die Frau war gut gelaunt, nickte. Ich war erleichtert, offenbar rief meine Anfrage ein vertrautes Protokoll auf.

»Wenn Sie Mitarbeiter sind, müssen Sie einen der Mitarbeitereingänge wählen.«

Ihre Hand tastete nach dem laminierten Lageplan auf dem Counter. »Ich empfehle diesen Nebeneingang. Ist näher.«

»Bloß nicht!« Ich schüttelte den Kopf, lachte eher vertraulich als kollegial. »Ich habe schon eine Walking-Tour hinter mir.«

»Ganz wie Sie wollen, Sie können auch zum Haupteingang gehen.«

Ich behielt den leicht scherzenden Unterton in meiner Stimme bei: »Von dort komme ich. Ich habe mich wohl undeutlich ausgedrückt.«

»Oh! Wenn das so ist, dann hätten Sie dort bleiben sollen.«

Als sie auflachte, schaltete ich mein Lächeln ab. Bevor ich mich weiter erklären konnte, entschuldigte sie sich: »Wenn Sie einen Moment –. Ich befinde mich in einem Kundengespräch.«

Ich durfte mich nicht abwimmeln lassen, stützte beide Hände auf den Tresen, beugte mich vor.

»Sie mögen durchaus recht haben. Aber da ich nun mal hier bin: Die Sache ist folgende. Es gibt ein Problem mit den Schleusen.«

»Tut mir leid, da sind Sie bei mir falsch.«

»Das ist mir auch klar. Darum geht es nicht –« Sie ließ mich nicht weiterreden.

»Ich klopfe mal bei meiner Kollegin. Vielleicht kann Sie Ihnen weiterhelfen.«

Sie trat zwei Schritte zurück, ich hörte lediglich das Wort »Mitarbeiter« und ein kurzes Gelächter, das unmittelbar daraufhin einsetzte. Gern hätte ich die Kollegin gesehen, der Blick war jedoch von Besuchern verstellt. Ich trat zwei Schritte vor. Als ich sie ausmachte, war sie bereits mit der nächsten Besucherin im Gespräch. Mein Satelliten-Detektor meldete den Vorbeiflug der Transnationalen Raumstation in 400 Kilometern Höhe und mit einer Geschwindigkeit von 28800 km/h. Ob ich mit dem Service zufrieden wäre? Die App hatte einen Spendenaufruf gestartet. Ich sah auf die Uhr, überschlug, wie viel Zeit mir abzüglich der Laufzeit noch übrig blieb. Neue Nachrichten hatte ich nicht erhalten. Missmutig wechselte ich zum Nachbartresen. »Sie entschuldigen«, ich schob mich erneut an den Kopf der Schlange, ignorierte die feindseligen Blicke der wartenden Besucher. »Ihre Kollegin schickt mich.«

»Einen Augenblick.«

»Es eilt. Ich habe einen Termin.«

Wieder hatte ich meine Hände fordernd auf den Tresen aufgestützt, ließ sie nicht aus den Augen.

»– Mitarbeiter sagen Sie?«

Sie sprach, ohne ihre Tätigkeit zu unterbrechen oder mich anzusehen.

»Korrekt.«

»Sie hat Ihnen gesagt, dass ich Sie nur als Gast registrieren kann?«

»Nein.«

»Dann hören sie es jetzt. Ich kann Sie nur als Gast registrieren.«

Erst jetzt wendete sie sich mir ganz zu.

»Aber es wird doch eine Möglichkeit geben? Ich muss zur Arbeit, mehr nicht.«

Ich durfte mich nicht künstlich kleiner machen, als ich war, richtete mich auf.

»Nun ja –« Sie neigte ihren Kopf zur Seite, setzte ein

entwaffnendes Lächeln auf, dunkle Farbflecken waren auf ihrem Gesicht wie eine Maserung verteilt. »Auch ich kann nicht anders, als der Datenmaske zu folgen.«

»Aber ich bin doch im System.«

»Sie sind kein Journalist oder etwas in der Art?«

»Wie gesagt, Mitarbeiter, Ads & Sales.«

»Einen Ausweis? Sie haben nicht zufällig ein Dokument mit sich?«

Ich erschrak. Obwohl ich wusste, dass ich nichts eingesteckt hatte (wozu auch?), tastete meine Hand nach meiner Hosentasche. Ich hatte gehofft, um eine Erklärung herumzukommen, musste nun offenbar doch ausholen. Während ich das Problem schilderte, starrte sie mit deutlich vorgestrecktem Kopf auf den Monitor. Sie erweckte den Eindruck, dass ihr alles, was ich erzählte, bereits vertraut war. Oder vielmehr schien sie meine Worte zeitgleich vom Monitor ablesen zu können, als stünde dort alles, was ich sagte, bereits geschrieben.

»Und jetzt? Was sollen wir machen?«

Sie hatte ihre Stirn noch dichter an den Bildschirm herangebracht.

»Das frage ich Sie. Sie müssen doch –«

»Wie gesagt, ich kann Sie nur als Gast registrieren. Sie müssen mir sagen, was Sie wollen.«

Mein Device erinnerte mich, dass das Meeting in fünfzehn Minuten startete. Schon jetzt hatte ich keine Zeit mehr, noch irgendetwas vorzubereiten.

»Können Sie nicht irgendjemanden anrufen? Die Sache klären?«

»An wen denken Sie?«

»Gut. Dann bin ich heute eben Gast. Soll mir auch recht sein.« Wenn ich schnell ins Gebäude gelangen wollte, blieb mir nichts anderes übrig, als zu kooperieren.

»Dann benötige ich Namen und Adresse. Hotel, Verwandte ist alles ok.«

Ich buchstabierte meinen Namen.

»Dann bitte einmal die rechte Hand über den Scanner.« Plötzlich ging alles flott, ich atmete auf.

»Drei bis acht Zentimeter Abstand, nicht berühren. Alles zu hundert Prozent hygienisch. Die Daten –«

»Ich weiß, schon gut.«

Lediglich als mein Handteller über dem Scanner schwebte, zögerte ich, überlegte, ob etwas passierte? – Es geschah nichts. Nur ein Ellbogen bohrte sich in meinen Rücken. Ich hatte schon bemerkt, dass die anderen Besucher dichter an mich herangerückt waren, jetzt brachte mich ein unerwarteter Stoß fast aus dem Gleichgewicht. Ich schnellte herum, vor mir das gerötete Gesicht eines Familienvaters. »Was soll das?«

Ohne sich zu entschuldigen, sah er mich feindselig an.

»Schon mal etwas von Anstellen gehört?« Die Frau in seinem Rücken mischte sich ein, er brachte sein Gesicht so nah an meines, dass ich seinen Mundgeruch registrierte.

»Elf Uhr fünfundvierzig. Ansonsten ist der nächste Slot, einen Moment –. Um halb eins.«

»Elf Uhr? Unmöglich!« Ich wirbelte herum.

»Elf Uhr fünfundvierzig. – Tut mir leid. Sie sehen selbst, heute ist viel los.«

»Ich meine, es ist doch etwas anderes, ich muss nur –«

»Keine Sorge, gegen Abend entspannt es sich wieder, falls Ihnen das lieber ist. Drei Blöcke weiter gibt es sonst auch ein beliebtes Computermuseum, falls Sie die Zeit überbrücken wollen.«

Ich war perplex, wandte mich irritiert ab. Im Fortgehen stieß ich den Vater zur Seite, hoffte fast, dass er mich festhalten und herausfordern würde.

Kaum war ich aus dem Gebäude getreten, zeigte mein Device einen erhöhten Puls. Ich schwitzte, es waren gleich mehrere Nachrichten eingegangen. Am liebsten hätte ich mir das Shirt vom Leib gerissen. – Wo ich steckte? Rheimer hatte mir ein Memo für das Meeting geschickt. Ich überflog die Anweisung, nannte in knappen Worten den Grund meiner Verspätung, löschte die Antwort aber wieder, nachdem sie zu lang und unverständlich geraten war, diktierte stattdessen ein schlecht gelauntes »komme«. Erneut poppte die Umfrage des Company Cafés auf. Wahrscheinlich sollte ich mich entschuldigen? Aber wofür? Ich war kaum bereit, die Sache in vorauseilendem Gehorsam auf mich zu nehmen. Zum ersten Mal an diesem Morgen meinte ich, so etwas wie Ohnmacht zu spüren. Ich wusste, dass ich dem Affekt besser keinen Raum geben durfte.

3 Im Shuttle

Diverse Bereiche des Schlauchs wiesen gestaffelte Zutrittsbeschränkungen auf, die Clearance folgte einem simplen, elektronisch kodierten Farbschema, nur die wenigsten Mitarbeiter hatten freien Zugang zu allen Bereichen, einschließlich Geschäftsführung und »War Room«. Ich überlegte, dass es neben den offiziellen Zugängen noch andere geben musste. Ich stand auf dem Sidewalk, starrte in den Retail-Store, neuerdings waren die Firmenläden in Town Squares umbenannt worden. Wie und wo betreten die Gründer den Ring? Was ist mit Lieferzugängen? Notausgängen? Auf dem Verkaufstresen stapelten sich Kappen mit dem Imperial-Logo. Die ersten Besucher hatten sich an den Picknickstationen niedergelassen, andere saßen auf alubeschichteten Polyesterdecken, bedienten sich aus poolblauen Kühlboxen, in den Händen geriffelte Hartplastikbecher. Offenbar warteten sie auf den Beginn ihrer Führung, möglicherweise hatten sie das Ganze als Day Trip geplant. Auf dem Rasen Kinder, von den Courts die dumpfen Ploppgeräusche von Bällen, die mechanisch von Händen und Schlägern abprallten. In wechselnden Kombinationen gab ich Suchbegriffe wie »Schleuse«, »Problem«, »fehlgeschlagen«, »Verifikation«, »alternative Zugänge« ein, suchte anschließend nach Foren, die das Thema behandelten. Die Nummer einer Firmenhotline war auf die Schnelle nicht zu finden. Die Suchkombination »Service«, »Hotline« und »Ring« rief innerhalb von 0,13 Sekunden eine Trefferzahl im niedrigen einstelligen Millionenbereich auf. Mir blieb vorerst kaum etwas anderes übrig, als zurück zum Haupteingang zu gehen. Die Außentemperatur war unangenehm, erst später überlegte ich, ob die Empfindung daher rührte, dass ich mich um diese Uhrzeit gewöhnlich in voll klimatisierten Räumlichkeiten aufhielt.

Das Meeting startete jeden Moment, mein Phone meldete den Eingang neuer Nachrichten mittlerweile im Viertelminutentakt. Ich ignorierte das pulsierende Summen des Vibrationsalarms, vermutlich war es egal, ob ich mich beeilte oder nicht. Aber ich war aufgewühlt, lief schon deshalb zügig, verarbeitete die unerwartete Abfolge der Ereignisse mental. Das Fenster, hinter dem ich Rheimer vermutet hatte, war blank. Er war mittlerweile im Meeting, aber vermutlich täuschte ich mich im Fensterpanel, es gab kaum Anhaltspunkte, die einzelnen Segmente voneinander zu unterscheiden. In ihrer Gesichtslosigkeit erschien mir die Fassade plötzlich monumental, als ragte sie deutlich höher auf, als es noch auf dem Hinweg der Fall gewesen war. Die Strecke kam mir dagegen signifikant kürzer vor, ließ mich an eine Virtual-Reality-Anordnung denken, über die ich unlängst gelesen hatte. Die Forscher hatten entdeckt, dass Menschen, die ohne Orientierung auf sich selbst gestellt sind, dazu neigen, im Kreis statt geradeaus zu gehen. In dem Experiment mussten die Probanden VR-Brillen aufsetzen und wurden entlang einer Wand geschickt, die in einem weitläufigen Zirkel verlief; gleichzeitig hatten sie die Anweisung erhalten, ihrem inneren Sinn folgend auf einer gedachten Linie geradeaus zu gehen. Nachdem sie wieder am Ausgangspunkt A angelangt waren, waren sie überzeugt, sich auf einer Geraden von A nach B bewegt zu haben. Es entsprach ihrem inneren Orientierungssinn. Als ich dem Kurvenverlauf des Imperials jetzt folgte, schien mir die Selbstwahrnehmung auch ohne VR-Brille plausibel, obwohl sie falsch war. Intuitiv hätte ich nicht sagen können, ob ich gradlinig oder im Bogen gelaufen war, die Krümmung wirkte so natürlich wie eine Gerade. Dies ließ mich wiederum an den Rat denken, den man früher Verirrten im Wald mitgab. Anstatt im Zickzack umherzuirren, solle man sich an eine gedachte Gerade halten. Dadurch gelangte man zwar nicht genau dorthin, wohin man wollte, aber man kam zumindest am Ende irgendwo an, wo man wahrscheinlich besser aufgehoben war als mitten im Wald.

Als ich den Vorplatz des Haupteingangs erreichte, stand mein Device auf Normalpuls, der Blutdruck auf 128/83; die Laktatwerte grün. Die Koordinaten meines Standpunkts waren 37°25'19.1" nördlicher Breite und 122°05'06.3" westlicher Länge. Bis auf zwei Shuttles verkehrten nur einzelne Menschen zwischen dem grünen Busen und Halo. Fehlte nur, dass ich mir einen Sonnenbrand geholt hatte und bei den Kollegen den Verdacht erregen würde, den Vormittag am Strand verbracht zu haben. Ich betastete meinen Arm, unter den Achseln leichter Schweiß. Noch bevor ich mit der Arbeit beginnen würde, wäre ich am liebsten unter die Dusche gestiegen.

Ich war soeben im Begriff, zurück ins Gebäude zu gehen, als ich Vitali entdeckte. An seiner Seite ein Kerl, sie durchquerten das Atrium, steuerten geradewegs auf mich zu. Mein Arm schnellte in die Höhe, erstarrte aber auf halber Strecke. Wie würde er reagieren, wenn er erfuhr, dass ich, seit wir uns am Morgen über den Weg gelaufen waren, noch immer um den Zutritt ins Gebäude kämpfte? Unter vier Augen hätten wir uns darüber amüsiert, zumal er gewusst hätte, was zu tun war. Der Typ an seiner Seite wirkte dagegen merkwürdig offiziell, verunsicherte mich. Er steckte in einem tonerblauen Blazer, das blondbraune Haar zwanghaft zurückgekämmt, definitiv ein Anwalt oder Investor. Ich musste an die Gerüchte denken, dass die Gründer vor einiger Zeit einen Staranwalt von der Ostküste gefeuert hatten, nachdem er zum wiederholten Mal in einem italienischen

Markenanzug auf dem Campus erschienen war. Vermutlich war der Wahrheitswert des Gerüchts gering, dennoch waren die Gründer, wenn es um Fragen des Establishments ging, auf eine Weise humorfrei, die selbst schon wieder humorvoll war. Sogar Helen hatte ihren diesbezüglichen Kommentar wieder kommentarlos gelöscht.

Die beiden passierten die Schleusen. Ich konnte Schaum unmöglich mit dem Schleusenproblem konfrontieren, nicht in dieser Konstellation. Ich machte kehrt, lief in die Richtung, aus der ich gekommen war. Mein Magen verkrampfte sich, und für eine Sekunde, die sich nach einer geschlagenen Minute anfühlte, herrschte die Ohnmacht, die mich schon beim Verlassen des Besucherzentrums erfasst hatte. Vor mir scherte ein Shuttle aus, ich sprang zur Seite; eine Hupe ertönte; jemand schrie. Mein Device setzte einen hysterischen Signalton ab. Im Nachhinein hätte ich nicht einmal sagen können, ob ich die Shuttlenummer registriert hatte, nur der Fahrer war mir vertraut, ein kurz gewachsener Mexikaner mit einem Fu Manchu, den er in den Ampelpausen und Staus obsessiv pflegte. Die Bartwichse lagerte auf dem Armaturenbrett, während der Fahrt schlitterte die Dose über dessen gesamte Breite, prallte gegen die Seitenverschalung, ließ Passagiere in den ersten Reihen periodisch zusammenzucken.

Er empfing mich mit einer zugleich belustigten und skeptischen Miene. »Ich bin auf dem Rückweg. Ich fahre zurück in die Stadt.« Er intonierte die Sätze, wie man etwas gänzlich Unglaubhaftes zum Besten gibt: »Ich habe ein Einhorn gesehen; sieh dort, das Ufo«. Gern hätte ich mit einem beiläufigen Satz reagiert, war aber zu aufgewühlt. Mir wäre es sogar schwergefallen, meine momentanen Emotionen korrekt zu benennen. Ich registrierte lediglich, dass meine Applikation zum dritten Mal an diesem Morgen einen erhöhten Puls maß, das Display dunkelrot einfärbte.

Ich konzentrierte mich auf meinen Atem, lächelte, nickte verbindlich, hob zuletzt die Schultern, um eine allgemeine, aber zugleich nonchalante Ratlosigkeit zu kommunizieren. Ich ließ mich in die erste Reihe fallen, statt ins obere Deck zu gehen oder wenigstens eine der hinteren Reihen zu wählen, wie es meine Gewohnheit war. Erst als ich saß, realisierte ich, dass ich in der Hektik vergessen hatte, mich im Shuttle einzuloggen. Es war mir einerlei. Fu Manchu schwieg, daddelte auf seinem Device; ich blieb sitzen.

Als wir auf der Ausfahrt dreißig Meter entfernt am Zugang zum Ring vorbeifuhren, hielt ich Ausschau nach V. Aber er war spurlos verschwunden, ebenso der Anwalt. Erst als wir die Auffahrt zum Highway erreichten, erfasste mich eine Welle der Erleichterung, und ich ließ den Sitz auf halbe Liegeposition zurückfahren. Ich redete mir ein, dass meine Präsenz auf dem Campus entbehrlich war. Die nächsten beiden Tage würde ich bei Kunden sein müssen, am frühen Abend hatte ich einen Termin in der Stadt. Ich hätte heute so oder so früher aufbrechen müssen.

Die Auffahrt auf den Highway führte über eine Fly-over-Konstruktion, von der aus der Campus ein letztes Mal aus einer günstigen Perspektive zu sehen war, nur der Bewuchs schob sich ins Blickfeld, verhinderte, dass der Kranz tatsächlich komplett zu sehen war. (Helen: »Unsere natürliche Bufferzone aus Büschen und Bäumen.«) Je nach Einfallswinkel funkelten die Solarpanels auf dem Dach schwarz oder weiß. Die Fassadenelemente leuchteten diaphan, als könnte man durch die Polymerhaut unbekümmert wie durch raschelndes Herbstlaub hindurchspazieren.

Außer mir war kein Passagier an Bord. Auch deshalb haftete meiner Anwesenheit im Shuttle etwas Irreales an. Ich sann über den Trick nach, den man in Klarträumen anwendet, um den eigenen Wachzustand zu prüfen. Wenn man den

Lichtschalter drückt und nichts passiert, ist man im Traummodus. Auf konfuse Weise fühlte ich mich in meine Schulzeit zurückversetzt. Ich spürte eine Müdigkeit und versuchte, die Stimmung abzurufen, die einen mit sieben oder zwölf befallen hatte, wenn man erkrankt war und den Unterricht frühzeitig hatte verlassen müssen. Ich war aus dem Schulgebäude in einen regen und gleichzeitig auffällig geräuscharmen Alltag getreten, die Menschen um mich her in Routinen, die damals weitgehend unverständlich waren; der Kopf leicht fiebrig. Das Wissen darum, dass man die Schulkameraden zurückgelassen hatte, erzeugte das flackernde Gefühl eines ungeheuren Triumphs und war zugleich von der dumpfen Sorge begleitet, sich mit der Krankschreibung von den anderen abzunabeln. In der Vorstellung, den Rest des Tages allein zu verbringen, hatten Freiheit und Furcht sich zu einem stumpfen Knäul verklumpt und im Magen festgesetzt und dort bis in den späten Nachmittag als dunkle Materie gebrütet.

»Schon fertig mit der Arbeit?« Die Stimme des Fahrers ließ mich aufschrecken. Er klang auf bemühte Art beiläufig, seine Augen durch die Mikrovibrationen des Panoramaspiegels verschwommen. Ich ignorierte ihn, hatte keine Lust, mich zu unterhalten. Dennoch stellte ich fest, dass ich vergessen hatte, meinen Rechner hervorzuholen. Normalerweise startete ich ihn, sobald ich saß. Allein deshalb hatte ich mich vermutlich verdächtig gemacht. Ich packte meinen Rechner aus, sah hinaus, wo der teilautomatisierte Verkehr mit einer Viskosität von Dicksaft vorüberzog. Der Latino ließ sich durch mein Schweigen nicht entmutigen, stellte in kurzem Takt Fragen, die allesamt übergriffig waren: Seit wann ich für den Konzern arbeite? Was ich von dem Unternehmen halte? Wo ich ursprünglich herkomme?

»Wie lange werden die Leute noch hierherströmen? Verstehen Sie das? Ich begreife das nicht. Allein der Wohnungsmarkt, die Arbeit. Wo jeder weiß, dass sie keine Jobs schaffen, sondern abschaffen.« Offensichtlich wollte er seinem Unwillen Luft machen, seine Jeremiade erschien mir wenig originell: »Man sollte das Tal verlassen, solange man noch kann!« Mit dramatischem Gesichtsausdruck starrte er mich an, es war klar, dass er den Satz nicht zum ersten Mal verwendet hatte. Sogar während der Fahrt hatten Daumen und Zeigefinger seinen Schnauzer ergriffen, zwirbelten nervös die Haarspitzen.

»Sie sind noch hier.«

Ich hatte mir den Kommentar verkneifen wollen, gab ihm aus Versehen die Vorlage, nach der er gesucht hatte. »Damals lautete das Versprechen, allen würde eine Chance gegeben. Jeder könnte Unternehmer werden. Egal, wo man herkommt, welche Qualifikationen man hat.« Offensichtlich wollte er seine Story loswerden, wie er an die Küste gekommen war. »Das war neu. Man benötigte eine Applikation, mehr nicht. Ich habe daran geglaubt. Einen Kredit aufgenommen und mir einen Neuwagen gekauft.«

Als mein Phone vibrierte, war ich im ersten Moment froh, es gab mir die Gelegenheit, das Gespräch abzubrechen. Auf dem Display stand »Rheimer«. »Auf dem Weg zum Gate.« Er hatte die Nachricht, die ich ihm am Morgen geschickt hatte, überlesen, erkundigte sich, ob ich noch immer an der Schleuse war? Ich erschrak. Ich musste umkehren. Sofort. Panisch blickte ich hinaus. »Wo sind wir?« Im ersten Moment konnte ich mich nicht orientieren.

Wir hatten den Highway verlassen, der Fahrer reagierte nicht, hatte sein Phone hervorgeholt. Ich rief die Map auf, überschlug, wie lange ich benötigen würde, wenn ich sofort am nächsten Stopp umkehrte. Rheimer meldete sich erneut, »bin am Gate«. Ich erklärte »Sorry, unterwegs«, fügte nach zwei Sekunden an, dass ich auf dem Weg in die Stadt wäre.

»Termin!« In der Erwartung einer Antwort starrte ich auf das Display. Er reagierte erst nach drei Minuten, »alles klar«. Ich atmete auf, ärgerte mich trotzdem über mich selbst; ich hätte an der Schleuse bleiben sollen.

Das Fahrzeug kam abrupt zum Stehen, der Fahrer hatte begonnen, wild zu gestikulieren. Ich schenkte ihm keine Beachtung, dachte, dass wir in einen der gewöhnlichen Staus geraten waren, nahm nur peripher wahr, wie er das Seitenfenster hinunterließ, einen Arm hinausstreckte, kurz darauf mit dem kompletten Oberkörper ins Freie schlüpfte. Noch immer verwirrt über unseren Standort, kehrte ich zur Map zurück. Erst in diesem Augenblick entdeckte ich die Menschen. Keine hundert Meter entfernt blockierten sie die Straße, sie trugen Banner und über den Schultern A-Frames. Wir waren in eine Demonstration geraten. Erst als ich die Menschen sah, vernahm ich den Lärm und die Trillerpfeifen.

»Was ist das?«

Ich war irritiert, diesmal wählte ich einen anderen Kartenausschnitt. Wir waren zwei Parallelstraßen von der Shuttleroute entfernt, deshalb hatte ich unseren Standort nicht identifizieren können. Direkt vor uns war die Fahrdienstzentrale, vor dem die Fahrer vor mehr als einem Jahr gestreikt hatten. Eine Lücke war entstanden, Fu Manchu kletterte zurück auf seinen Platz. Ich beugte mich vor, verlangte in voller Lautstärke eine Erklärung: »Was machen wir hier? Das ist nicht die Shuttleroute! Warum sind wir von der Route abgewichen?«

Er ließ sich mit seiner Antwort Zeit.

»Ich habe eine Nachricht erhalten.«

»Wovon redest du? Was soll das?« Ich hatte mich zur Hälfte vom Sitz erhoben.

»Mittlerweile sind die Provisionen bei zweiunddreißig Prozent. Zweiunddreißig!«

»Ich habe gefragt, was wir hier machen? Die Shuttleroute verläuft zwei Parallelstraßen weiter unten.« Obwohl er mir den Rücken zukehrte, und nichts sehen konnte, deutete ich in die Richtung.

»– der nimm die Verträge. Sie geben einem keinerlei Mitspracherecht. Dazu werden sie länger und länger, von wegen smart und simpel.«

Sein Gesicht hatte einen neuen Ausdruck angenommen. Erst in diesem Moment entdeckte ich die Polizisten. Sie versuchten, die Leute auf den Gehsteig zu leiten. Kaum war es ihnen an einer Stelle gelungen, drängten diese ein Stück weiter auf die Straße zurück. Es war unklar, ob auch Autos am Streik beteiligt waren und die Fahrbahn vorsätzlich blockierten.

»Du fährst den Shuttle. Der Shuttle hat nichts mit dem Fahrdienst zu tun.«

Der Latino hatte die Lücke zum Vordermann geschlossen, glitt wieder vom Sitz.

»Warum gehen die immer davon aus, dass die Menschen Geld haben? Ohne Geld funktioniert das alles doch gar nicht.« Erneut hängte er sich aus dem Fenster, fast zeitgleich ertönte ein dumpfer Schlag. Zuerst dachte ich, es handele sich um einen Auffahrunfall, wandte mich erschrocken um. Kurz darauf folgte eine zweite Erschütterung, diesmal schien sie vom oberen Deck zu kommen. Ich griff nach einer Lehne, als könne ich jeden Moment zu Boden gerissen werden. Blitzschnell zog der Fahrer seinen Kopf zurück, mit geweiteten Augen starrten wir uns an. Er zeigte in meinen Rücken. Im Heck waren die Scheiben verdunkelt von dicken Schlieren, die über das Glas rannen. Eine halbe Sekunde später folgte der dritte Schlag. Diesmal sah ich die Werfer, drei Gestalten auf dem Sidewalk. Sie trugen Kapuzen, über der Mundpartie schwarze Dreieckstücher. Einer holte soeben zum Wurf aus.

»Das Fenster!« Ich deutete auf das offene Fenster. Der Beutel blieb am Seitenspiegel hängen, die Farbe spritzte in die Kanzel, erwischte Fu. Ich besann mich als Erster, stürzte nach vorn, suchte den Fensterheber. »Der Schalter! Die Fenster! Wie schließt man die Dinger?«

Wieder prallte etwas gegen die Karosserie.

»Wir müssen weg hier. Schnell.«

Ich war elektrisiert: »Verriegeln! Die Fenster verriegeln!« Meine Befehle bellte ich, richtete dennoch nichts aus. Der Latino schien bewegungsunfähig, wie eingefroren.

»Die Türen. Was ist mit den Türen? Wir müssen sie verriegeln.«

Ich besah die Konsole, aber es war unmöglich, sich dort auf die Schnelle zu orientieren. Ich fasste Fu an den Schultern, um ihn zur Besinnung zu rufen. Seine Zahnzwischenräume schimmerten rot, verliehen ihm eine semidiabolische Aura.

»Sie können uns gar nicht meinen, wir haben nichts mit dem Dienst zu tun. Trotzdem stehen wir für sie symbolisch auf der anderen Seite!«

Ich zog meine Hände zurück, die Farbe klebte an meinen Fingern. Die Autos waren wieder vorgerückt, ich hätte mich am liebsten selbst ans Steuer gesetzt. »Schnell«, ich zeigte auf die Lücke. »Wir müssen raus hier.« Jeder Meter, den wir näher an die Polizisten heranrückten, würde die Chance verringern, erneut zur Zielscheibe der Randalierer zu werden. Ich drang auf ihn ein, aber ohne Erfolg. Zum Glück schienen sich die Werfer zurückgezogen zu haben. Dafür registrierte ich die Passanten auf dem Bordstein erst jetzt, sie bildeten eine Front, hielten ihre Devices auf uns gerichtet. Ich duckte mich in den Mittelgang. Was war von außen zu erkennen?

Ich malte mir aus, was geschehen würde, wenn ich auf den Bildern und Clips vom Anschlag zu identifizieren wäre.

Der Fahrer verharrte noch immer in der Fahrerkanzel, die riesige Frontscheibe bot keinerlei Sichtschutz, und ich war plötzlich unsicher, wie blickundurchlässig die Tönung der Seitenfenster tatsächlich war. »Runter, runter.« Ich raunte ihm zu, obwohl es widersinnig war zu flüstern. Für eine Sekunde spielte ich mit dem Gedanken, ihn gewaltsam zu Boden zu drücken. Aber seine Anwesenheit im Shuttle wäre sowieso nicht zu leugnen gewesen. Als ich daran dachte, dass ich mich nicht im Shuttle eingecheckt hatte, entspannte ich mich deutlich.

Vor wenigen Jahren waren die Firmenshuttles zum Ziel von Protesten geworden. Ich kannte den Vorfall nur aus den Medien, damals hatte es meines Wissens nach nur Blockaden gegeben. Das PR-Team hatte die Schriftzüge und Logos daraufhin von den Fahrzeugen entfernen lassen. Wenig später hatten wir unabhängig davon einen neuen Subunternehmer engagiert und neue Busse erhalten. Aber die Fahrzeuge waren nach wie vor für jeden mühelos zu identifizieren. Dennoch hatten meines Wissens bislang keine weiteren Übergriffe mehr stattgefunden.

Ich war auf den Fahrer angewiesen, durfte gleichzeitig meine Deckung nicht aufgeben. Ich musste ihn zur Vernunft zu bringen, kroch vor.

»Hör zu!« So gelassen wie möglich erklärte ich, dass die Demonstranten uns wegen des Shuttles automatisch zu ihren Gegner zählten. »Sie wissen, wer wir sind. Wir sind keine Verbündete. Sie halten uns für Feinde!«

Ein weiterer Farbbeutel schlug ein, der Aufprall härter als zuvor. Erst in diesem Moment veränderte sich seine Mimik und seine Gesichtszüge entspannten sich. Ich atmete auf. »Na also.« Noch immer in der Hocke, klopfte ich zustimmend auf den Boden, sah zu, wie er sich über das Steuer beugte. Aber anstatt den Motor zu starten, ließ er das zweite Fenster auf der Beifahrerseite hinunter. Unmittelbar darauf ertönte das hydraulische Pfeifen der Türen. Mit einem stillen Seufzen schwangen sie zurück. Ich wirbelte herum: Sie standen tatsächlich offen.

Vier Sekunden lang war ich perplex, meine Gedanken rotierten im Versuch, die neue Situation zu fassen. – Wir waren kein Team, wir standen auf unterschiedlichen Seiten. Der Shuttlefahrer hatte sich mit den Angreifern verbündet. Ich hatte keine Zeit, die Einsicht zu verarbeiten, schnappte meine Tasche und robbte zur Hintertür. Das Softshell des Rechners vor dem Gesicht, sprang ich auf die Straße. Noch immer standen die Passanten auf dem Sidewalk, die Phones wie Handfeuerwaffen erhoben. Ich duckte mich zwischen die Wagen, eilte zurück, querte die Fahrbahn eine Autolänge vor der Kreuzung und mischte mich unter die Fußgänger. Die Schaulustigen standen bis auf die andere Straßenseite, ich wagte erst, mich umzudrehen, als ich die Straßenecke erreicht hatte.

Fu war sofort zu sehen. Er stand auf dem Shuttle, tanzte mit unkoordinierten Bewegungen, als stünde der komplette Körper unter Strom, die Arme wirbelten unkontrolliert durch die Luft. Es war unmöglich zu sagen, ob er sich zu einem imaginären Soundtrack bewegte oder ob er die Streikenden herbeizulocken versuchte. Offensichtlich hatte er es darauf abgesehen, dass der Shuttle in Besitz genommen würde. Noch immer flogen Farbbeutel, krakelten skizzenhaft Parabeln mit voneinander abweichenden Krümmungsradien in die Luft. Mindestens eine Drohne kauerte über den Dächern, aus mehreren Richtungen schrillten Sirenen, es fiel schwer, den Blick von der Szene loszureißen. Erst als die Sirenen von dem herannahenden Knattern eines Hubschraubers übertönt wurden, wandte ich mich ab, glitt um die Ecke. Auf meinen Handflächen schimmerte ein Rest Farbe. Unterschwellig achtete ich darauf, mich nicht schneller als gewöhnlich zu bewegen, kreuzte die Fahrbahn.

4 Glitch

Ein milder Aufruhr hatte die Stadt erfasst, der kreisende Hubschrauber näherte und entfernte sich in irregulären Intervallen, das Geräusch ließ jedes Mal aufhorchen, sobald die Maschine im Blickfeld aufzutauchen drohte. Die Straße, in die ich einbog, war mit Zelten der Obdachlosen und Working Homeless gefüllt, längst hatten sie sich bis weit in die rasterförmigen Straßenzüge und zugigen Schatten der hohen Büro- und Glaskomplexe hineingefressen. Der Rhythmus der Zeltstädte schien sich antizyklisch zum restlichen Stadtleben zu verhalten. Während die Stadt tagsüber geschäftig brummte, waren viele der Zelte und Schlafstätten verlassen, viele ihrer Bewohner kehrten erst abends wieder zurück. Meine Stimmung pendelte zwischen der übersteuerten Erregung einer Zwölfjährigen, die ihr Erlebnis sofort mit aller Welt teilen muss, und der grellen Benommenheit, die ein Beinahe-Unfall auslöst, der einen mit einem bloßen Schreck hat davonkommen lassen. Ridesharing-Taxis waren keine verfügbar, »temporarily out of service« meldete die Applikation. Ich irrte mehrere Blöcke weit, zwischendurch der schneidende Gestank von Gras und Pisse, die Zelte und Kartonagen verstellten zum Teil den kompletten Bordstein, sodass ich auf die Fahrbahn ausweichen musste, um voranzukommen. Endlich fand ich die richtige Bushaltestelle. Gewöhnlich benutze ich nie die öffentlichen Verkehrsmittel, und auch jetzt waren die Busse auf unangenehme Weise voll. Ich ließ zwei kurz aufeinanderfolgende passieren. Als der Gestank und Lärm unerträglich wurden, und der nächste Bus unverhältnismäßig lang auf sich hatte warten lassen, zwängte ich mich hinein. Diesmal rangen noch mehr Menschen um die wenigen freien Plätze.

Ich erreichte den Apartmentkomplex verschwitzt und

mit einer Restnervosität in den Gliedern, der Hunger vom Morgen war plötzlich zurückgekehrt. Das mentale Bild des zappelnden Shuttlefahrers baute sich auf, wann immer ich glaubte, es endgültig gelöscht zu haben, sprang es in einer Schlaufe neu ins Bewusstsein. Als ich meinen Finger auf den ID-Sensor legte, hefteten sich zwei Auslieferer an meine Fersen. Ich schreckte zurück, obwohl sie unverkennbar vor dem Haus gewartet und Einlass gesucht hatten, nur einer der beiden trug die Uniform eines bekannten Dienstleisters. »Die Concierge ist nicht da?« Die Frage war rhetorisch, ich hatte keine Lust, eine Premium-Lieferung in Empfang zu nehmen, die ich gegenzeichnen müsste. Zum Glück kam die Concierge in diesem Augenblick aus dem Hinterhof gewackelt. Ihr Rückgrat kippte aus dem Lot, ließ die Vorwärtsbewegung mit einer Seitwärtsneigung verschmelzen, als riefe sie ein komplexes Programm ab, das den schlingernden Gang permanent zwischen Chaos und Homöostase auspendelte. Der Vogelkäfig in ihrer Hand, den sie im Tagesverlauf ständig vom Foyer in den Hof, vom Hof in ihre Arbeitskammer und von dort wieder zurück ins Foyer schleppte, war relativ neu. Wann immer sie sich unbeobachtet wähnte, redete sie mit einer parfümierten Stimme auf das apoplektische Tier ein wie eine Mutter auf ihr Neugeborenes.

Die Bestellungen wurden in einem Paketraum, die Essenslieferungen in einem separaten Kühlschrank im Erdgeschoss deponiert. Ich erwartete keine Lieferung, kontrollierte die Fächer dennoch; die Marotte war mir schon zuvor aufgefallen. Aber es war nicht unwahrscheinlich, dass eine Bestellung in Vergessenheit geriet, vor allem wenn Nachbestellungen selbsttätig erfolgten. Der Kühlschrank verströmte einen unangenehmen Geruch, ich warf die Tür geräuschstark zu; gern hätte ich der Concierge, die mit den Kurierboten beschäftigt war, einen vorwurfsvollen Blick zugeworfen.

Meine Einheit lag im dritten Stock. Im Flur kam mir die Frau von schräg gegenüber entgegen, von der ich nicht wusste, ob es sich um eine Mieterin oder eine professionelle Dog-Walkerin handelte. Ich hatte sie schon mehrmals gesehen. Der Teppich schluckte jedes Geräusch, verlieh der Begegnung dadurch etwas VR-mäßiges. Im Kontrast zu den auf lautlos geschalteten Schritten, klang jedes andere Geräusch wie ein künstlicher Effekt. Ihr Gang war der eines Models, in der Hundertzwanzig-Grad-Beuge ihres bleichen Arms das Hündchen wie in einer mailändischen Haute Couture-Werbung. Ich hatte sie noch nie angesprochen, nahm mir vor, diesmal wenigstens zu grüßen, blickte sie im letzten Moment aber doch nur roboterhaft an. Sie bewegte sich in einer mentalen Zone, die man von außen nur stören konnte. Kurz hing ich der Fantasie nach, dass sie durch meinen seitlich ausgestellten Arm wie durch eine Augmented-Reality-Applikation einfach hindurchschreiten würde.

Ich ging direkt in die Küche, aß im Stehen, stieg anschließend unter die Dusche und ließ das Wasser so lange laufen, bis es zweimal warm und wieder kalt geworden war. Natürlich hätte ich gern erfahren, wie die Aktion geendet hatte. Ich zögerte jedoch, nach Berichten zu scrollen und entsprechende Suchwörter abzufragen. Zwar wäre meine Anwesenheit im Shuttle leicht über meine Geodaten zu ermitteln, dennoch hatte ich das vage Gefühl, dass ich die Verknüpfung zwischen dem Ereignis und meinem Profil nicht unnötig stärken wollte. Obwohl es umgekehrt merkwürdig erscheinen könnte, dass ich mich im Nachhinein überhaupt nicht für die Ereignisse interessierte. Ging man tatsächlich davon aus, dass ich ahnungslos in den Streik geraten war, wäre es nur natürlich, alles Verfügbare über das Ereignis in Erfahrung zu bringen und sämtlichen Links nachzugehen; alles andere eher teilverdächtig.

Ich ließ ich mich in der Living-Area nieder, öffnete mein Firmenkonto. Rheimer hatte mir im Namen der Sekretärin eine Nachricht geschickt und um Rückruf gebeten, bevor ich am nächsten Tag zum Kunden aufbrechen würde. Ich arbeitete die Mails ab und war froh, dass sich die Unruhe des Vormittags allmählich legte. Eigentlich hatte ich mir geschworen, der Schleuse keine weitere Zeit zu opfern; ich wollte dem Vorfall nicht mehr Bedeutung beimessen, als er hatte. Nachdem ich den ersten Stoß abgearbeitet hatte, übermannte mich die Neugier aber letztendlich doch, und ich begann nach Meldungen und Erfahrungsberichten zu recherchieren. Die Zeit verging darüber so schnell, dass ich plötzlich in Hektik geriet, um pünktlich zum Termin zu kommen. Ich war davon ausgegangen, dass die Applikation noch immer abgeschaltet war, und daher überrascht, dass der Service wieder lief, als sei nichts vorgefallen. Im letzten Augenblick musste ich mich sogar ein wenig hetzen, um rechtzeitig auf die Straße zu gelangen. Als ich die Wagentür öffnete, schlug mir der Song entgegen, der auch beim Verlassen der Wohnung gelaufen war.

Ich hatte mir vorgenommen, mich sofort nach dem Streik zu erkundigen, machte stattdessen aber lieber mein Training, für das ich zu Hause keine Zeit mehr gehabt hatte. Ich lockerte meine Gesichtszüge, grimassierte. Anschließend legte ich den Kopf in die Hände, stützte die Ellbogen auf die Knie und fokussierte einen imaginären Punkt jenseits der Fußmatte, bis das Blickfeld allmählich verschwamm.

»Ist Ihnen nicht gut?« Der Fahrer ging sofort vom Gas, legte seine Hand mit einem stark behaarten Handrücken auf die Kopfstütze des Beifahrersitzes und blickte nach hinten. Ich beruhigte ihn, versicherte, alles sei bestens. Als ich ihm den Namen meines Trainingsprogramms nannte, zog er seine Hand zurück. Am Wochenende hätte es »einen

Vorfall« gegeben, erklärte er. Aber er hatte den Wagen sofort reinigen lassen. Ob ich etwas zu beanstanden hätte? Ich verneinte. Die Folgefrage, ob alles zu meiner Zufriedenheit sei, bejahte ich. Als ich zehn Minuten später aus dem Wagen stieg, war meine Stimmung objektiv gehoben.

Bisher hatte ich wenig Erfahrung mit Start-ups. Ich war daher überrascht gewesen, als Rheimer mich fragte, ob ich das Interview gemeinsam mit Jeff übernehmen wolle. Gern hätte ich mich zuvor mit Jeff verständigt und in Erfahrung gebracht, was von mir erwartet wurde. Er führte regelmäßig Interviews, auch deshalb vermutete ich hinter seiner Verspätung eine Absicht. Als er endlich aufkreuzte, nickte er mir lediglich zu, begrüßte die beiden und stieg ohne Intro oder Small Talk in das Interview ein.

Das Start-up bestand lediglich aus einem Geschwisterpaar, Schwester und Bruder, die eine Teenagerkarriere als Influencer hinter sich hatten. Erst vor wenigen Monaten waren sie durch einen Pitch aufgefallen, ihr Produkt betraf die Schaltung von Werbung für mobile Applikationen im urbanen Raum. Einen wichtigen Investor hatten sie bereits für sich gewinnen können. Jeff gab sich gleichzeitig naiv und scharf. Ich hörte neugierig zu, behielt währenddessen einen neutralen Gesichtsausdruck bei. Nach neun Minuten stand Jeff ohne Ankündigung mitten im Satz auf, verabschiedete sich.

Ich war selbst so überrumpelt, dass ich den Moment, mich ihm anzuschließen, verpasste. Wahrscheinlich zögerte ich aber auch, weil ich darüber nachsann, ob meine Aufgabe möglicherweise darin bestand, offene Fragen zu klären. Dass Jeff genau neun Minuten auf die Geschwister verwendet hatte, interpretierte ich als schlechtes Zeichen, wären es zehn gewesen, wäre ich unter Umständen zu einem anderen

Urteil gelangt. Dennoch war klar, dass Mitleid keine Option war, das Interview unnötig zu verlängern.

Jeff verließ das im typischen Hacker-Chic-Design gestylte Café, das längst in Tourismusguides aufgeführt wurde, ohne sich ein weiteres Mal nach uns umzudrehen. Kaum war er verschwunden, sahen mich die beiden erwartungsvoll an. Ich versuchte, sie zu beruhigen. »Ungeduld ist gut, man muss stets hungrig bleiben.« Ich dachte, dass sie noch unerfahren genug waren, um sich durch simple Sätze beeindrucken zu lassen: »Wer schnell vorankommen will, muss langsam gehen.« Es war einer der Standardsätze, die jeder im Tal predigte. Und tatsächlich gab es eine ganze Reihe von Jungunternehmern, die an ihrer Ungeduld gescheitert waren. »Manchmal können zwei Extramonate, um einen Pitch zu lancieren, wahre Wunder bewirken«, erläuterte ich. Ein weiterer beliebter Satz lautete: »Risiko ist besser als Sicherheit, ein schlechter Plan besser als kein Plan.« Für eine volle halbe Minute herrschte ein unangenehmes Schweigen.

Ich erkundigte mich, ob sie Fragen zur Firma hatten und war erstaunt, wie gut sie über unsere Produkte und Applikationen, bis hin zu den technischen Details, Bescheid wussten. Der Umstand, dass andere mich allein aufgrund meiner Zugehörigkeit zum Ring respektierten, war mir nicht neu, konnte mich aber immer wieder aufs Neue euphorisieren. Die Frage, ob ich ihnen einen Einstieg in den Ring empfehlen würde, bejahte ich allein deshalb.

Eine Nachricht von Loïc ließ mich aufschrecken. Ich stellte fest, dass ich den richtigen Zeitpunkt, den Termin zu beenden, deutlich überschritten hatte. Loïc hatte von der Schleuse gehört, erkundigte sich, was es damit auf sich hätte. »Das frage ich mich auch.« Noch während wir chatteten, war das diffuse Gefühl des Vormittags zurück, und ich hatte plötzlich das starke Bedürfnis, mich auszutauschen. Ich fragte Loïc, ob wir uns später treffen könnten. »Bleib heute lang auf dem Campus«; »Was heißt lang?«; »kein Bier«; »ok«.

Ich ließ mich zurücksinken. Noch bevor ich mir darüber Rechenschaft ablegte, kam ich auf den Vorfall zu sprechen. Ich verlegte die Episode lediglich in eine unbestimmte Vergangenheit und wählte einen im niederen Skalenbereich amüsierten Tonfall. Das daran anschließende Gespräch verlief zunächst ähnlich wie mit den Jungs am Morgen. Wir spekulierten über die Fehleranfälligkeit von Scannern und ob es überhaupt nötig war, mit Schleusen zu arbeiten, oder ob es mittlerweile nicht verlässliche Erkennungssysteme gäbe, Zutrittszonen wie jene im Ring schrankenlos zu regulieren.

Die Geschwister erwiesen sich als spaceaffin, berichteten, dass der Begriff Glitch ursprünglich aus der Raumfahrt stamme und mit der Entwicklung der ersten autonomen Lenkleitsysteme für Raketen aufgekommen sei.

»Davor hatte sich allerdings schon der Mensch als eigentliche Störquelle entpuppt. Irrsinnig war nicht die Idee, eine Rakete auf den Mond zu schicken, sondern die Maschine mit einem Mensch zu bestücken.«

Der Bruder schaltete sich mit leiser Stimme ein.

»›Wir müssen anerkennen, dass es ein Glied in der Kette bemannter Systeme gibt, das sich über Generationen keinen Deut weiterentwickelt, es ist der Mensch selbst.‹ So Richard Horner, stellvertretender Sekretär der amerikanischen Air Force in einer Ansprache vor der Society of Experimental Test Pilots 1957, einen Tag, bevor die Sowjets Sputnik auf die Umlaufbahn schicken und der große Wettlauf beginnt.«

Die Schwester ignorierte ihn.

»Warum war man also bemüht, die Astronauten in den geschlossenen Loop des Elektronengehirns der Rakete zu integrieren, obwohl es alles unendlich verkomplizierte und die Mission letztlich gefährdete? Mit Menschen an Bord musste man ein künstliches Environment designen, das ihr Überleben im All garantierte, zusätzlich benötigte man für die Landekapsel ein zweites Raketensystem. Dass die Gegenwart des Menschen auf dem Mond in all dem keinerlei wissenschaftlichen Mehrwert abwerfen würde, war allen Beteiligten klar. Notwendig war der Mensch aus einem einzigen Grund: Das Ganze musste öffentlichkeitswirksam als Heldengeschichte erzählt werden können.« Die Schwester redete ungewöhnlich schnell, ich musste mich konzentrieren, um ihr zu folgen. Zumal ich mitbekommen hatte, dass am Nebentisch ebenfalls ein Interview mit einem Start-up stattfand, was meine Neugier sofort geweckt hatte.

»Für Ingenieure wie Wernher von Braun war zudem ausgemacht, dass die Zeit der Piloten, die mit Bomberjacke und gewachstem Schnauzer am Steuerknüppel sitzen, vorbei war. Es gab sogar die Forderung, die Passagiere medikamentös ruhigzustellen, um sie als Fehlerquellen weitgehend auszuschalten. Auf dem Mond hätte man sie dann aufwecken und ihre Heldenrolle spielen lassen können. Das Problem lag jedoch darin, dass es sich bei den Kandidaten meist um ehemalige Bomberpiloten handelte. Mit ihren testosterongesteuerten IQs glaubten die ja tatsächlich, dass sie eine Rakete eigenhändig wie Jets steuern könnten. Allein die Umstellung vom Steuerknüppel auf Kippschalter stellte für sie deshalb einen empfindlichen Angriff auf ihre Männlichkeit dar.«

»Frauen wären natürlich die viel besseren Astronautinnen gewesen. Sie sind leichter, verbrauchen weniger Ressourcen. Trotzdem war es natürlich undenkbar gewesen, eine Frau als Spacecowgirl oder Frontierwoman auf den Mond zu schicken.« Der Bruder hatte sich damit wieder eingebracht, aber auch diesmal ging die Schwester nicht auf ihn ein.

»Aber eigentlich wollte ich ja etwas ganz anderes erzählen«, nahm die Schwester ihren Faden wieder auf: »Glitch. Wir hatten es doch vom Glitch. Eine zweite Fehlerkategorie war neben dem Mensch rein technischer Natur, in der NASA setzte sich der Neologismus schon in den Fünfzigern durch. Ein Glitch bezeichnete unvorhersehbare oder unberechenbare elektrische Phänomene.«

»Beispielsweise leuchtet auf einer Instrumententafel plötzlich ein rotes Lämpchen auf«, ergänzte der Bruder, der sichtlich animiert bis auf die Sitzkante vorgerutscht war, »obwohl das zugehörige Instrument abgeschaltet ist.«

»In computergesteuerten Prozessen können sich aber streng genommen keine Zufälle ergeben«, fuhr die Schwester fort, »also ontologische Zufälle. Letztlich sind alle Schritte berechenbar. Lassen sich nachvollziehen. Glitches bleiben hingegen per Definition rätselhaft.«

»Ominös.«

»Früher hätte man vielleicht von Magie gesprochen, nur dass die Technologie eben auf dem Vertrauen gründet, dass es keine Magie gibt. Aber wie deutet man die Phänomene dann? Bekannt ist beispielsweise die Nachricht von Gorden Cooper auf der *Mercury Atlas 9*-Mission.«

»Ich habe hier gerade einen Glitch in die Sache reingebracht, als ich die Warnsignalanlage zur Probe ein- und ausgeschaltet habe.« Der Bruder imitierte eine konsternierte, leicht näselnde Südstaatenstimme, die beiden Geschwister verfielen in ein Kichern. Sofort wirkten sie wieder so jung, wie sie tatsächlich waren. Der Bruder fasste sich schneller: »Eine Signallampe leuchtete auf und zeigte plötzlich eine Schwerkrafteinwirkung an, obwohl er sich im schwerkraftlosen Feld befand.«

»Cooper führte die Fehlermeldung auf seine Anwesenheit zurück, obwohl er wusste, dass er in diesem Moment selbst vollkommen schwerelos war und das Leuchten der Lampe nicht verursacht haben konnte. Aber was war es dann? War etwa ein weiterer Körper im Raum? Ein anderes Wesen?«

»Huh, huh.«

Einmal mehr verfielen die beiden in ihr postpubertäres Lachen. Ich zog meinen Mund etwas übertrieben einen dreiviertel Zentimeter in die Breite, lachte auf einem niederen Lautstärkepegel, nickte zustimmend. »Wirklich. Sehr amüsant.«

Ich schaute auf die Uhr, schluckte. »Jetzt haben wir uns wohl doch ein wenig festgequatscht.« Vermutlich hätte ich seit einer Stunde fort sein sollen, leerte meinen Drink. »Na, dann.« Ich stand auf, verabschiedete mich ein Tick überhastet. »Hat mich gefreut, ehrlich. Was das Interview angeht: Ihr hört von uns. Versprochen. Bis die Tage.« An der Tür nickte ich den beiden ein letztes Mal zu, stand auf der Straße. Ich rief meine Nachrichten ab, folgte der dringenden Empfehlung für einen syrischen Imbiss zwei Straßen entfernt. Dass ich mich den beiden gegenüber minderprofessionell verhalten hatte, wischte ich beiseite. Mein Device meldete, zwei Kollegen seien in der Nähe. Ich kontaktierte sie, gesellte mich, nachdem ich fertig gegessen hatte, zu ihnen. Sie erkundigten sich sofort nach den Geschwistern. »Du hast dir hoffentlich ein Autogramm geben lassen?« »Das hätte noch gefehlt.« »Im Ernst, die hatten super viele Follower.« »Mir war der Name kein Begriff. Das ist doch eine ganz andere Generation.« »Eben. Gerade deshalb.«

Als sich einer der beiden nach der Schleuse erkundigte, hatte ich von dem Thema genug, keine Lust, wieder alles von vorne aufzurollen. Letztlich schien der Vorfall nur eine Einladung an die anderen zu sein, ihr Wissen auszustellen und über technologische Raffinessen zu spekulieren, von denen sie selbst kaum Ahnung hatten.

»Was passiert ist?« Ich verdrehte die Augen: »Wer weiß das schon. – Offenbar niemand.« »Aber es muss doch etwas vorgefallen sein?« »Sicher. Wie gesagt, die Authentifizierung ging daneben.« »Klar, verstanden. Aber warum?« Ich präsentierte meine Handteller, kommunizierte Nichtwissen. Die Müdigkeit übermannte mich mit einem Schlag. »Wie dem auch sei. Ich mach' mit auf den Weg. Muss morgen früh raus. Kundenbesuch.« Ich stand auf, reichte den beiden die Hand. »Man sieht sich. Bis dann.«

5 Nabelschnurblut

Am nächsten Tag musste ich im Morgengrauen zum Flughafen. Als ich aus dem Haus trat, herrschte dichter Nebel. Auf der Straße war niemand zu sehen. Der Ridesharing-Fahrer gab an, nichts Näheres über den Streik zu wissen. Angeblich hatte er selbst nur über zwei Kontake etwas mitbekommen, Freunde von Freunden, die offenbar über mehr Informationen verfügten. Im Netz gab es keine Berichte oder Videomitschnitte, der Chauffeur folgerte, dass es keine große Sache gewesen sein konnte. Alles war beim Alten geblieben. Ich war müde, ohne Ehrgeiz, das Thema zu vertiefen; wir schwiegen.

Ich sank in einen Ruhemodus, sah aus dem Seitenfenster und beobachtete, wie die Bebauung sich langsam zersiedelte und schließlich ganz aufhörte, in einer schnurgeraden Linie führte der Highway zwischen zwei Anhöhen hindurch auf die Bucht zu. Über dem Wasser ballte sich der Nebel noch dichter, und verwandelte die Umgebung in eine Landschaft voller diffuser Silhouetten, Objekte ohne Kanten, mit fließenden Konturen, die den Eindruck weckten, der Wagen befände sich auf einer Unterwasserreise; der visuelle Wahrnehmungssinn lieferte keine Orientierungsmarker, die Geräusche kamen von weit her und erreichten das Ohr dennoch mit ungewöhnlicher Prägnanz. Entlang des Highways bildeten die Zypressen mit ihren vom Wind entstellten Ästen gewebeartige Schwämme, die in einem kaum wahrnehmbaren Unterstrom wogten, dunkle Schattenrisse riesiger Kalbwälder, die sich gegen ihre Umgebung abdichteten. Die Autos auf der Gegenfahrbahn tauchten nur für Sekunden unvermittelt aus den Untiefen auf, um sofort wieder spurlos vom Nebel geschluckt zu werden. Der Anbruch des Tags war nur als Korrektur der Hell-Dunkel-Werte abzulesen, die auf einer achromatischen Skala von Weiß nach Grau wechselten, ließ mich rätseln, ob der Unterschied von Tag und Nacht nicht in einer simplen Umkehrung der Helligkeitswerte jeden einzelnen Lichtpunkts, gemessen an einem vorberechneten Durchschnittsgrau, bestehe. Möglicherweise rührte die zunehmende Helligkeit aber auch daher, dass wir aus den submarinen Tiefen langsam zur Oberfläche aufstiegen. Die kurzwelligen Blauanteile reichen am tiefsten, ab dreißig Meter kommt Grün hinzu, dann Gelb, erst fünf Meter unter dem Wasserspiegel Rot. Jenseits der sechzig Meter ist das komplette Farbspektrum dagegen auf null gestellt; herrscht Finsternis.

Ich hatte lediglich meine Sporttasche mit den Essentials dabei, ging direkt zur Sicherheitskontrolle. Der Tetrahertz-Scanner detektiert die natürliche Wärmeabstrahlung des Körpers im Millimeterwellenbereich, im Passivmodus ist das erzeugte Körperabbild frei von anatomischen Details. Seine Leistung ist notorisch schlecht, die Security winkte mich gelangweilt durch. Vor dem E-Gate drosselte ich mein Schritttempo, zögerte aber letztendlich keine dreiviertel Sekunde, fand zur ursprünglichen Geschwindigkeit zurück. Der Abgleichmodus der biometrischen Körpermerkmale, Finger- und Gesichtserkennung, musste mit anderen Datenbanken verknüpft sein als jene im Ring, die Zugriffsmodalitäten divergent. Ich legte meinen Ausweis auf das Lesegerät, auf der oberen Hälfte des Splitscreens flatterte eine schematisierte Nationalflagge, in der unteren wurde der Rechenvorgang der Datenverarbeitung grafisch simuliert, mit dem Stumpfsinn eines Spiralbohrers schob sich eine grüne Säule von links nach rechts, elf leere Sekunden; kaum hatte sie die Zielkante des Bildschirms erreicht, leuchtete nach einer mikroskopisch kurzen Pause, die den Eindruck eines Zauderns erweckte, der Nachhall eines tief sitzenden Verdachts, ob der Durchgang tatsächlich freizugegeben wäre, ein grüner Haken auf. Das Gate öffnete sich auf eine weitere Schleuse, und ich wurde instruiert, den Kabinenkäfig zu betreten und den Monitor zu fixieren. Mein Gesicht erschien auf Kopfhöhe, ähnlich wie über dem Waschbecken einer öffentlichen Toilette, die Bildauflösung in grobporigem Schwarz-Weiß vermittelte ein vages Vintageflair.

Die softwarebasierte Falscherkennung am Flughafen unterliegt besonders hohen Auflagen, auf 1000 durchgeführte Verifikationen dürfen höchstens drei Falschzuordnungen kommen. Anders als im öffentlichen, nur wenig strukturierten Raum können die Messbedingungen jedoch vergleichsweise konstant gehalten werden. Ganze sechs Sekunden verharrte ich in der Kabine, das visuelle Umweltrauschen maximal minimiert. Das Tor öffnete sich pneumatisch, der schwache Luftstrom evozierte die Ahnung eines unterdrückten Atemgeräuschs. Ich spürte einen Spannungsabfall, den Ausstoß von Dopamin, als wäre ich von irgendwoher auf eine archaische Weise in meinem Sein bestätigt worden. Vielleicht rührte der Eindruck aber nur daher, dass ich in Gedanken beim Kunden war: Dem Besuch stand nichts mehr im Weg. Hinter der Sicherheitsschleuse blieb ich stehen, checkte das Abfluggate, als sich eine Hand auf meine Schulter legte. Ich zuckte zusammen, fuhr erschrocken herum.

»Unmenschliche Uhrzeit, was?«

Es war Tarryn.

»Morgen. Alles in Ordnung? Du siehst bleich aus.« Sie emittierte ein kleines, heiteres Geräusch, die Uhrzeit war ihr anzusehen, das Make-up nur flüchtig aufgetragen. Ihr Gesicht wirkte ungleichförmig, automatisch blieb mein Blick auf der Schnittstelle der marginal asymmetrischen Gesichtshälften kleben. Ihre Worte drangen aus einem doppelten Lippenpaar, das in unterschiedlichen Schattierungen leicht gegeneinander verschoben war. »Und? Wo geht die Reise hin?« Sie täuschte gar nicht erst vor, eine ernsthafte Antwort abzuwarten. »Wir sehen uns.« Ihre Hand deutete in den voll ausgeleuchteten Korridor, die goldenen Rollgitter der Shops waren noch verriegelt. Ich registrierte einen selbststeuernden Reinigungswagen, der lautlos in einem Seitengang verschwand. »Mein Flug wurde schon ausgerufen, last call. Ich muss weiter. Mach's gut.« »In Ordnung. Bis dann.« Ich blieb einen Augenblick stehen, die Nummer des Abfluggates war mir aufgrund der unerwarteten Begegnung wieder entfallen.

Kaum saß ich im Flugzeug, schloss ich die Augen. Die Turbinen, die unter mir aufheulten, nahm ich nur noch im Dämmerzustand wahr. Über die gesamte Länge des Rumpfs versetzten sie die Innenverschalung in Vibration wie die eines verzweifelten Fluginsekts, das sich panisch in die Lüfte zu schwingen versucht. Es war mein liebster Augenblick, die vierundzwanzig Sekunden, in denen sich die Maschine gegen die eigene Trägheit ankämpfend vorwärtsstürzt, den in den Sessel gepressten Leib solide und hell werden lässt. Ich hätte kaum sagen können, was mich daran beglückte, mir kam allenfalls ein Spleen aus meiner Jugend in den Sinn. Zum Einschlafen hatte ich mich ab und zu gewaltsam in den Spalt zwischen Matratze und Wand gezwängt, anstatt mich einfach aufs Bett zu werfen. Oder ich hatte mir eine Lücke geschaffen, indem ich die Sofakissen im Wohnzimmer über die Sitzkante geschoben und mich längs in den Graben zwischen Sitzpolster und Rückenlehne gedrückt hatte, möglicherweise das Bild eines Soldaten im Kopf, die Arme flach am Körper, der Nacken unbewegt. So, Mund und Nase in die weichen Polster gedrückt, hatte selbst das Atmen Mühe bereitet. Dass ich mich nur schwer hatte rühren können, hatte nichts Beklemmendes gehabt, sondern den Wahrnehmungskreis begrenzt und alles Störende ausgeschaltet; mich ruhig werden lassen – schwebend.

Ich wurde von Sonnenstrahlen geweckt, die mein Gesicht schnitten. Meine Kehle war so trocken, dass sie schmerzte. Ich spürte, dass mein Kopf an einem lebendigen Objekt ruhte, fuhr abrupt auf. Ich war gegen die Schulter meines Nebenmanns gerutscht. Ein junger Soldat in Uniform, eine kleine, in die Stirn gezogene Kappe entblößte seinen kurz geschorenen Hinterkopf bis zum obersten Halswirbel. Ich entschuldigte mich.

»Alles gut.« Mein Sitznachbar blieb ernst, als befände er sich auf einer offiziellen Mission.

»Wie lange habe ich geschlafen?«

Der Soldat hob den Arm, blickte auf die Uhr, überlegte: »Das kann ich Ihnen nicht sagen.«

»Du hättest mich wecken müssen.«

»Das hätten Sie mir sagen müssen.«

Ich sah zu, wie er seine Hände zurück in den Schoß bettete und auf den Screen in der Sitzlehne vor ihm starrte. Er hatte die feingliedrigen Finger eines passionierten Friseurs.

Ich fühlte mich belebt, lehnte mich zu der Frau hinüber, die in derselben Reihe über den Gang saß. Aus dem Augenwinkel hatte ich gesehen, dass sie den Log-in der Firma aufgerufen hatte. Sie bestätigte, im Halo zu arbeiten, stellte sich vor: »Les«. Wir schüttelten Hände, mokierten uns im selben Moment über den formalen, letztlich überkandidelten Begrüßungsakt.

Sie war noch neu, was sie sogleich betonte – und noch immer ein wenig aufgeregt: »Man hat so viel darüber gehört. Plötzlich ist man selbst Teil davon. Ist das nicht verrückt?«

»Mag sein, vielleicht. Aber irgendwen muss es ja treffen. Warum nicht dich, wenn es auch andere geschafft haben?«

»Du findest es selbstverständlich? Wie lange bist du schon

dabei? Und die Arbeit? Atmosphäre? Du willst doch nicht sagen, dass dir das schon alles normal vorkommt? Das ist doch alles so –.« Sie suchte nach dem richtigen Wort, ich half ihr aus: »Wie eine riesige WG? Zum ersten Mal ohne Eltern? Hm. – Was ist schon normal?« »Nicht das da!«

Ihr Lachen war mit reichlich Atemluft vermengt, verlieh ihrer Stimme ein unmittelbar vertrauensstiftendes Volumen. Ich sah auf ihren Finger, der auf das kreisförmige Logo auf ihrer Schirmmütze tippte. Es war dasselbe Merchandisingmodell, das ich tags zuvor im Town Square gesehen hatte. Zum ersten Mal trafen sich unsere Blicke. Die clustermäßige Verteilung ihrer Sommersprossen stand im Gegensatz zu den perfekten Proportionen der einzelnen Gesichtspartien, machte es schwer, den Blick wieder beiläufig zu senken. Ich wandte den Kopf, sah aus dem Fenster. Draußen flockten sich die Wolken in einem homogenen Reinweiß, schoben sich geräuschlos ineinander und renderten wahnwitzige, wie am Häufungsgrad der eingehenden Daten erstickende, jeden Sinn und Verstand sprengende Schemas und Shapes. Erneut beugte ich mich über den Gang.

»Ich will nur sagen, es macht einen Unterschied, in welchem Bereich man ist. Einige stehen höher im Ranking als andere, haben andere Aufstiegschancen, Privilegien. Das ist alles. Jeder x-beliebige Programmierer kann sich mehr auf seine Arbeit einbilden als wir. Obwohl man fürs Programmieren ja hochgradig monotonieresistent sein muss. Jeder bestellt ein winziges Feld in einem Ozean der Codezeilen. Das ganze Geld holen dagegen wir rein, Ads & Sales. 97 Prozent, um genau zu sein. Was meinst du, was den Laden am Laufen hält? Aber selbst die Gründer tun so, als hätte unsere Arbeit nichts mit dem eigentlichen Geschäft zu tun und sei letztlich wenig mehr als ein notwendiges Übel. – Und nicht nur nach außen hin vertreten sie das.«

Les arbeitete im Social Outreach Team. Sie war auf dem Weg zu einer Fortbildung. Wir tauschten uns darüber aus, wie es ist, im Ring zu arbeiten, was wir davor gemacht hatten, und wie es ist, an der Küste Fuß zu fassen. Nach der Landung trennten sich unsere Wege. Sie war am Ziel, ich musste einen Anschlussflug erreichen. Wir schickten uns Kontaktanfragen, versicherten uns gegenseitig, dass wir uns auf dem Campus über den Weg laufen oder verabreden würden. Ich hätte Lust gehabt, mich ein letztes Mal nach ihr umzudrehen. Sie trug Leggins, weiße Sneaker, die ihre athletische Figur betonten. Trotzdem eilte ich los, als wäre die Begegnung mit nur einem Klick aus der Welt. Die Gegenwart war jetzt und musste in jedem Augenblick neu generiert werden. Die letzten Meter zum Gate hätte ich nicht rennen müssen, joggte dennoch, setzte die Füße auf den Fußballen auf, rollte sie gelenkschonend zu den Fersen hin ab. Während ich lief, zählte ich die Schritte, insgesamt kam ich auf zweihundertdreiundfünfzig. Ich wusste sofort, dass ich die Zahl noch am nächsten Tag gespeichert haben würde.

Cesar, mit dem ich auf den Kundentermin gebucht war, schrieb, er habe seinen Flug verpasst. Ich würde den ersten Block alleine absolvieren müssen, was mir recht war. Das Treffen fand in einem cleanen Konferenzraum statt, eine klassische Frontalsituation, sieben Leute, die in zwei Reihen saßen, fünf Männer, zwei Frauen, ich stand an einem Desk, neben mir auf der Leinwand die Projektion des Beamers. Erfahrungsgemäß hat sich der Einstieg mit einer Quizfrage oder Fun Facts bewährt. »Welche sind die wertvollsten Wörter, die wir derzeit haben? Ich will Tipps. Wetten. Freiwillige vor. Wer will zuerst?«

Unsere erfolgreichste Werbeapplikation beruht auf Schlüsselwörtern. Wann immer Nutzer ein Wort in die Suchmaske eingeben, löst dies eine hektische Auktion unter den Werbepartnern aus, deren Anzeigen mit den entsprechenden Begriffen verlinkt sind. Das Prinzip ist einfach. Wer am meisten bietet, dessen Anzeige wird geschaltet. Neben dem Preisoffer wird die Vergabe des Anzeigenplatzes unter Hinzuziehung eines Quality Scores der geschalteten Werbung entschieden. Die Auktion findet auf einer eigenen Plattform statt. Die automatisierte Wette erfolgt so schnell, dass sie in der Zeit, in der das Ergebnis der Suchanfrage zum Datenzentrum gesendet, prozessiert, und wieder zum Nutzer zurückgeschickt, gemeinsam mit ihr hochgeladen wird. »Der niedrigste Einsatz auf generische Schlüsselwörter beläuft sich auf 5 Cent pro Klick. Für unsere wertvollsten liegt die Schwelle um die 60 Dollar. Also. – Wer will eine Wette abgeben, was unser kostbarstes Wort ist? Oder lassen Sie es mich so formulieren: Welches Wort würden Sie wählen, wenn die Sprache privatisiert würde, und sie ein Urheberrecht oder Copyright auf eines, und zwar nur ein einziges Wort anmelden könnten?« – Mindestens einer der Anwesenden hatte eine entsprechende Studie gelesen, je nach Charaktertyp hielt er sich mit seinem Wissen zurück oder platzte mit der Antwort heraus. Die fünf ersten Wörter sind einfach und seit Jahren dieselben: Versicherung, Kredit, Hypothek, Darlehen, Anwalt. – »Klingt ein wenig wie ein typischer Lebenszyklus, oder etwa nicht?« Abhängig vom Publikum sorgte der Kommentar für ein niederschwelliges Maß an Heiterkeit. Dass Wörter wie »Entzug« oder »Genesung« unter den Top 20 stehen, sorgt dagegen für Staunen. Der Aufmerksamkeitsmagnet ist jedoch Listenplatz Nummer 20, der reines Unverständnis hervorruft: »Nabelschnurblut«. Die meisten kennen den Begriff gar nicht, protestieren erst einmal. »Wie kann das sein? Ein

Wort, das niemand kennt? – Was soll das überhaupt sein, Nabelschnurblut?« Die Reaktion war jedes Mal dieselbe, dieses Mal kam sie aus dem Mund eines tendenziell streberhaften Typen mit schokoladenbrauner Wollhose und devotem Grinsen, das vorab den Zuspruch der anderen zu erzwingen suchte. Der Winkel des feuchten Seitenscheitels deckte sich mit den diagonalen Linien der quer gestreiften Krawatte. – »Muss das sein. Und das am Morgen, nach dem Frühstück. Ein bisschen eklig ist das ja schon.« Er rümpfte die Nase.

Dankbar ist der Begriff, weil ich die Kunden, die, selbst wenn sie über sechsstellige Werbeetats verfügen, oftmals erschreckend wenig Ahnung von den Verfahren haben, einfach in die Funktionsweise unserer Pakete einführen kann.

»Also, zunächst zu den Fakten. Nabelschnurblut ist nicht nur besonders reich an Stammzellen, die das blutbildende System wiederherstellen können, sondern sie enthalten proliferationsfähige Zellen. Die Entdeckung ist noch einigermaßen jung. Dennoch hat sich eine lukrative Industrie darum entwickeln können. Einkommensstarke Eltern lassen für den Zweck einer privaten Vorsorge Stammzellen ihres Nachwuchses aufbewahren, weil sie spekulieren, dass sich mit ihnen in Zukunft Zellverbände oder Gewebe zur Behandlung schwerer Krankheiten züchten lassen. Für den Service werden nicht nur saftige Vorauszahlungen fällig, auch die laufenden Kosten sind extrem hochpreisig. Bereits ein einzelner Kunde bedeutet daher ein lohnendes und vor allem langfristiges Einkommen. – Was heißt das für uns?«

Die Frage war rhetorisch. »Wenn man es mit wertvollen Wörtern zu tun hat, stellt sich für Firmen wie Ihre die Frage, ob man sich auf eine kostspielige Wette einlässt oder eine andere Strategie fährt, die Aufmerksamkeit über Umwege erzeugt, indem sie beispielsweise alternative Begriffe und verwandte Wortcluster verwendet. Im Fall von den

Nabelschnurstammzellen mag es durchaus clever sein, den stattlichen Preis von 27 Dollar für einen Klick zu zahlen, weil der Gewinn eines einzelnen Kunden absolut ertragreich ist. Anders als bei einem Schokoriegel, Sportschuh oder Windeln. Nach unseren Zahlen führt etwa einer von 50 Klicks dazu, dass sich ein Kunde für den Service, die Stammzellen aus der Nabelschnur aufzubewahren, registriert. Das ist ein radikal guter Wert.«

Als Cesar eintraf, hielt er seinen üblichen, für meinen Geschmack klar reißerischen Talk. Ich kannte ihn längst auswendig, blendete seine Stimme so gut es ging aus, suchte nach dem attraktivsten Gesicht im Raum, sah anschließend aus dem Fenster, kontrollierte meinen Newsfeed.

»Ich darf Sie beglückwünschen. Denn jetzt stellen wir Ihnen ein wahrhaft revolutionäres Paket vor. Sie zahlen nur, wenn die Nutzer ihre Werbeanzeige aufrufen, und sich weiter durchklicken. Ansonsten werden keinerlei Gebühren fällig. Was das heißt? – Richtig. Wir sitzen gemeinsam in einem Boot. Anders als beim Gießkannenprinzip profitieren mit unserem Paket beide Parteien erst dann, wenn die User Ihre Anzeige konsumieren. Das heißt aber nichts anderes, als dass wir in einem kommerziellen Pakt aneinander gekettet sind. Sie haben daher eine Garantie, dass wir allein aus einem gesunden Eigeninteresse alles tun werden, damit die richtige Werbung die richtigen Nutzer findet – und zwar zum genau richtigen Zeitpunkt. Sie kennen unseren Anspruch. Wir wollen wissen, was die Nutzer wünschen, noch bevor sie ihre Wünsche selbst artikulieren können. Ihre Werbeanzeige wird genau dann erfolgreich sein, wenn Sie das Verhalten Ihrer Kunden vorhersagen können. In diesem professionellen Anliegen sind wir vereint – Partner.«

Als ich am Freitagvormittag den Rückflug antrat, musste ich an Les denken. Ich hegte die abwegige Erwartung, dass sie nach dem Zwischenhalt erneut im Mittelgang des Flugzeugs auftauchen könnte. Der Gedanke war unsinnig, und dennoch war ich enttäuscht, als sich eine fremde Person neben mich setzte und das Flugzeug wenige Minuten später rückwärts aus der Parkposition gezogen wurde. Missmutig machte ich mich an die Nachbereitung des Kundenbesuchs.

Nach der Landung musste ich mich beeilen, um den Ringshuttle, der exklusiv zwischen Flughafen und Campus verkehrte, zu erreichen. Am Steuer saß der Latino; ich stutzte. Obwohl die Fahrt zwei Tage zurücklag, suchte ich sein Äußeres reflexhaft nach Spuren des Protests ab, als müsse noch immer irgendetwas in seiner Erscheinung Zeugnis davon ablegen. Nur die dunkle Verfärbung seiner Zähne fiel mir zum ersten Mal auf. Das Haupthaar glänzte feucht, und die Spitzen wellten sich wie filigraner Seetang, erweckten den Anschein, mit besonderer Akribie in Form gebracht worden zu sein. Gern hätte ich ein paar Sätze mit ihm gewechselt, aber ich war gerannt und außer Puste, außerdem überraschte mich die Begegnung zu sehr, sodass mir nichts als ein unverfängliches »Und?« über die Lippen kam. Er hielt die linke Spitze seines Schnauzers zwischen Daumen und Zeigefinger, rieb die Fingerkuppen bedächtig aufeinander. Das untere Drittel seiner Gesichtspartie, Mundwinkel und Kinn, hatte er in die Höhe gezogen, die Partie um die Augen gelöst, er kommunizierte ein authentisches Lächeln.

Ich erwiderte den Ausdruck, wurde aber jäh unterbrochen. Gewohnheitsmäßig hielt ich meine Hand über den Scanner, als die Dioden rot aufflammten und der Alarm anschlug. Die negative Zutrittsberechtigung traf mich genauso unvorbereitet wie beim ersten Mal, mein vegetatives System wechselte auf Panikstarre, die den irrtümlichen Eindruck vermittelte, der Alarm sei direkt in meinem Körperinneren geschaltet worden, so sehr hatte sich das Signal mit der nervösen Reaktion überlagert. Mein Atem setzte für eine halbe Sekunde aus, und die Kehle zog sich mit einem diffusen Schmerz zusammen. Fu Manchu versteifte sich und die Bewegung seiner Finger erstarb. Von draußen spülte der Fluglärm in die Kabine. Das Freezing Behaviour des Fahrers dauerte eine knappe Sekunde, dann zwinkerte er mir zu und winkte mich durch.

Anders als im Ring erfolgte die biometrische Authentifizierung im Shuttle ohne Schranke; ich hatte mir bisher keine Gedanken darüber gemacht, ob die Datenbanken, auf denen das Template hinterlegt war, identisch waren. Ich spiegelte seine Geste, zwinkerte ihm zu, war jedoch schockiert, dass ich den Glitch im Verlauf der Reise vollkommen verdrängt hatte. Möglicherweise war ich davon ausgegangen, dass sich die Angelegenheit in meiner Abwesenheit von alleine klären würde. Zeitversetzt zum Alarm schnellte mein Puls in die Höhe, und mein Device setzte ein Power-up-Soundeffekt ab.

Ich ließ mich in die letzte Reihe fallen, mir war plötzlich heiß. Ich nahm mir vor, Rheimer sofort auf die Störung anzusprechen. Als ich aufs Telefon schaute, war eine ganze Nachrichtenkette eingegangen. Das Treffen war vorverlegt. Ärgerlich war jedoch, dass es nicht mehr bei uns auf dem Campus, sondern beim Kunden stattfand, und ich soeben in die komplett falsche Richtung unterwegs war und den ganzen Weg wieder zurückfahren musste. Ich hätte direkt in die Stadt fahren sollen. Ich kontaktierte Rheimer, dann seine Sekretärin, schickte schließlich eine Nachricht in die Runde, ob jemand später losfuhr? Anil meldete sich und erklärte sich bereit, mich mitzunehmen. Als ich aus dem Shuttle stieg, lehnte er bereits an seinem Wagen.

»Einen Augenblick.« Ich bedeutete ihm zu warten, ignorierte seinen Protest, eilte ohne Erklärung ins Foyer. Ich wollte wenigstens sichergehen, dass die Authentifizierung fehlschlug, nicht dass ich Rheimer im Anschluss an das Treffen umsonst darauf ansetzen würde. Ich hatte mit dem Alarm gerechnet, die Abweisung wirkte wie eine Bestätigung. Dennoch verharrte ich für einen Moment, spähte ins Atrium, als ließe sich die Tragweite der negativen Identifizierung mit einem kursorischen Blick erfassen. Der letzte Campusfreitag im Monat war verhältnismäßig legendär, ab dem späten Nachmittag gab es ein Outdoor-Barbecue, am frühen Abend eine Q&A-Runde mit den Gründern, im Anschluss renommierte Musiker oder DJs. Niemand nahm von mir Notiz. Als ich ins Auto stieg, wirkte Anil angefressen.

Die Versicherung hatte ihren Sitz in der Nähe des Financial Districts in einem generischen Glastower an der Spitze der Halbinsel direkt am Wasser. Das Meeting fand in der Skylounge statt, die Verhandlungen waren bereits in vollem Gang. Als wir den Saal betraten, war die angespannte Atmosphäre mit Händen zu greifen. Ich suchte Rheimers Augen, der unser Eintreten aufmerksam beobachtete, jedoch kein Wiedererkennen signalisierte. Mehrmals wechselte ich ratlose Blicke mit Anil, während wir uns bemühten, den Stand der Dinge zu entschlüsseln. Im Wesentlichen schien es um First Party Data und deren Verwendung zu gehen, aber auch von Drittanbietern war die Rede. Neben der Frage, wer die Daten erhob und wem sie gehörten, unterschied man zwischen deklarierten Daten, die freiwillig angegeben werden, faktischen, die allgemein zugänglich sind, beobachteten, die aus dem Nutzerverhalten extrahiert werden, und modellierten Daten, die basierend auf den anderen Datentypen in Echtzeit zukünftiges Verhalten errechnen. Letztere standen im Mittelpunkt, da sie die Grundlage für dynamische

Preissysteme bildeten; sie gaben deshalb aber auch Anlass zur scharfen Kontroverse. Nicht zuletzt entbrannte ein kleinlicher Streit über die Frage, wer die diesbezüglich wertvolleren Daten und besseren Prognosetools besaß – wir oder die Versicherung.

Mein Blick driftete hinaus, das Panoramafenster bot einen atemberaubenden Dreihundertsechzig-Grad-Blick über nahezu die gesamte Bucht, in meinem Rücken wuchs die Stadt die steilen Hills hinauf. Das Meer lag schwarz und träge in seinem durch die umliegenden Hügel eingefassten Becken, ein dösendes Ungeheuer, dem Fressfeinde oder auch nur ein rudimentärer Begriff von Gefahr so fremd wie das Leben in einer anderen Galaxie waren. Sein Atem ging betörend langsam, die tief stehende Sonne brannte einen funkelnden Schweif auf den weißen Kamm des platten Rückgrats. Die rotorangen Strahlen frästen sich ätzend in die Glasfassaden der benachbarten Büro- und Hotelkomplexe, legten Feuerherde, verliehen den Hügelketten auf der anderen Bayseite, die im Abendlicht ungewohnt nah gerückt war, ein existenzielles Gewicht. Ich schreckte auf; neben mir vollzog Anil eine seltsam unkoordinierte Bewegung des Oberkörpers, zuerst dachte ich, er wolle sich erheben, um auf die Toilette oder sonst wohin zu gehen. Stattdessen räusperte er sich und ergriff das Wort. Mit einem Schlag war ich hellwach. Ich hatte nicht mitbekommen, wie er sich in das Gespräch eingeklinkt hatte, ob er selbst die Initiative ergriffen oder aufgerufen worden war. Er war spürbar nervös, rieb beide Handflächen wie bei einem heftigen Kälteeinbruch in gegenläufigen Bewegungen aneinander. Kurz rätselte ich, ob ich als Nächster aufgerufen würde. Das schien mir höchst unwahrscheinlich. Ich versuchte, Anils Ausführungen zu folgen, nickte mehrmals im Wissen, dass ich im Zentrum der Aufmerksamkeit saß, obwohl mir die

Bedeutung der Zahlen und Statistiken, die auf den im Tisch eingelassenen Screens in rascher Abfolge eingeblendet wurden, vollkommen unverständlich blieben.

Die Besprechung endete ohne Ankündigung. Die emotionale Spannung, die den Raum eben noch wie ein elektromagnetischer Nerv durchpulst hatte, war unmoderiert verpufft. Zunächst war es komplett still, dann ertönten punktuell Lacher, die zunehmend Raum griffen. Anil hatte sich zu seiner Sitznachbarin gebeugt, mehrmals fiel der Namen einer europäischen Großstadt, ließ mich grübeln, wie sie das Thema so schnell für sich hatten entdecken können. Rheimer verzog sich mit der Geschäftsführung unseres Partners in eine Ecke des Raums, wo er das Gespräch fortführte. Sein Gesicht noch immer im konzentrierten Verhandlungsmodus. Mehrmals beobachtete ich, wie er den Kopf energisch schüttelte, um das Gespräch mit einem peinlich erigierten Zeigefinger an sich zu reißen. Ich erhob mich ohne Eile, hielt nach einer Gruppe Ausschau, der ich mich unverbindlich anschließen konnte, nahm aber nur Blicke wahr, die sich, kaum hatten sie mich erfasst, wieder abwendeten. Ich ließ die Fingergelenke der Reihe nach knacken, dehnte meinen Rücken im unteren Steißbereich. Ich hatte zu lange gesessen, erst im Flieger, dann in der Besprechung, fragte mich, was genau von mir erwartet wurde. Small Talk mit den Kunden? Offene Fragen klären? Wenn ja, welche? Oder sollte ich lediglich bei Bedarf zur Verfügung stehen?

Ich schlenderte zur meerwärts gelegenen Seite, näherte mich zwei Versicherungsmanagern, die mit einem Sekt-Orange in der Hand eng beieinanderstanden. Kaum hatte ich sie erreicht, verstummten sie und traten einen Schritt beiseite, als schriebe der Takt vor, dass sie mir als Gast die erste Reihe freigeben müssten. Ich trat an die Panoramascheibe, sah hinaus. Die Sonne hing direkt über den Dächern im Westen, die Farbintensität hatte sich einem Maximalwert angenähert, die Hängebrücke über den Kanal funkelte in den Strahlen. Am besten wäre es, wenn ich Rheimer knapp von der Reise berichtete, und ihn dann auf die Schleuse ansprach. Als ich mich umdrehte und den Saal scannte, bestätigte sich mein Verdacht: Alle Leute waren mit mindestens einer weiteren Person in Kontakt, ich bildete das einzige isolierte Element. Von uns waren fünf Leute zugegen, von der Gegenseite abzüglich des Servicepersonals neun. Ich kontrollierte mein Phone, schrieb aus einer Laune heraus Les, erkundigte mich, ob sie gut zurückgekehrt war. Ich war ihrem Account gefolgt, hatte seit unserer Begegnung aber nichts mehr von ihr persönlich gehört. Sie meldete sich nach einer Minute zweiundvierzig. Innerhalb von neunzig Sekunden tauschten wir dreizehn Kurznachrichten aus. Die Kommunikation stimmte mich euphorisch. Ich trat neben die beiden Versicherungsvertreter, die mir kurz zuvor den Weg freigegeben hatten. Diesmal schlossen sie mich bereitwillig in ihre Mitte.

»Und, wie sehen Sie die ganze Sache? Haben Sie auch eine so hohe Meinung von Versicherungen?«

»Institutionen des Vertrauens!«, fiel der zweite mit spöttischem Unterton ein, wies zum Konferenztisch hinüber, wo die Besprechung stattgefunden hatte. Ich zuckte mit den Achseln, wiegte meinen Kopf, ließ mir mit einer Antwort Zeit. »Da ist schon etwas dran. Oder nicht? Allein wenn man an das Klickverhalten in Onlinetransaktionen denkt. Niemand bezweifelt die Verlässlichkeit der Dienste, selbst wenn die Anbieter vollkommen unbekannt sind. Die User studieren nicht einmal die Vertragsbedingungen. Oder denken Sie an den genannten Befund. – Deuten Sie den Sachverhalt, dass Versicherung das wertvollste Wort unserer heutigen Gesellschaft bildet, etwa anders?«

»Na ja, was heißt hier wertvoll? Vielleicht für Sie und Ihre Firma. Sie haben eben verstanden, wie man diese ganze Informationsflut in ein linguistisches Auktionshaus verwandelt. Und den fröhlichen Handel mit Wörtern algorithmisch bequem verwalten kann.«

»Während der Wert der Sprache sich in den traditionellen Branchen des Worts bekanntermaßen im freien Fall befindet.« Der zweite Kollege hatte eine streberhafte Miene aufgesetzt.

»Aber das muss sich doch nicht ausschließen; im Gegenteil. Wir können ja nur von dem profitieren, was die User valorisieren. Die Preise spiegeln doch ihr Verhalten. Wir bilden in erster Linie ab.«

Wenn ich keinen der beiden bevorzugen wollte, musste ich den Kopf während des Redens periodisch von einer Seite zur anderen und wieder zurück wenden. Ich nutzte die Bewegung, um ab und zu einen Blick über die Schulter zurück zu werfen und Rheimer im Auge zu behalten. Einmal fing ich seinen Blick sogar auf, winkte ihm sogleich zu, gab ihm zu verstehen, dass ich ihn im Anschluss unbedingt sprechen musste. Rheimer nickte, aber ohne dass ich sagen konnte, ob er mich gesehen hatte oder auf die Aussage seines Gesprächspartners einging.

»Oh, ho! Und was sagen Sie dann zu dem ganzen Schwindel, der in der Onlinewerbung betrieben wird? Die Leute werden doch mit billigen Tricks zum Klicken animiert.«

»Oder das Ganze wird gleich von Bots und Trollen erledigt. Meinen Sie denn nicht, dass Ihre Zahlen viel zu optimistisch sind?«

»Er meint ohne Fundament. Nichts als Augenwischerei.«

Wir schlenderten zum Buffet, ließen uns die Gläser nachfüllen und Fingerfood reichen. Während wir Kunstfleischwürfel von den Spießen pflückten, schob sich die Sonne in den Spalt zwischen violettem Himmel und Stadtsilhouette, leuchtete die Skylounge mit einem bereits schwächer werdenden Licht ein letztes Mal aus und verschwand wie eine alte Vinylplatte mit einem imaginären Knistern in ihrer Schutzhülle. Zwei Drittel der Gespräche schalteten auf tonlos. Kurz darauf verstummten die letzten Gespräche ganz, und für drei Sekunden herrschte eine vollumfängliche Stille. Erst ein Versicherungsmanager hob sie mit einem ironisch intonierten »Ach!« wieder auf, erntete ein paar wohlmeinende Lacher. Ein spontaner Applaus setzte ein.

»Haben wir jetzt der untergehenden Sonne applaudiert?« Ich hatte mich wieder an meine beiden Begleiter gewendet, dunkel erinnerte ihr Lachen an ein unterdrücktes oder vom Wind verwehtes Pferdewiehern. Mir war nicht klar, ob ich einen Witz gemacht hatte, oder ob der Witz in der Sache lag, und wir tatsächlich den Abgang der Sonne wie eine Leistung, die es zu honorieren galt, gewürdigt hatten. Die Gesichter meiner Gesprächspartner gaben nichts preis, auf unklassifizierbare Weise sahen sie überraschend alterslos aus.

»Kommen Sie«, die beiden griffen mich am Ellbogen, einer der beiden zog mich, der andere einen halben Schritt hinterher, schob. Wir steuerten geradewegs auf den Ausgang zu.

»Gehen wir an die frische Luft.«

»Die milde Abendbrise darf man sich nicht entgehen lassen.«

Noch immer verwechselte ich die beiden, hatte Mühe, den jeweils richtigen Sprecher zu orten, wendete mich mehrmals einem der beiden zu in der Annahme, dass er der Sprecher des letzten Satzes gewesen war, aber nur um festzustellen, dass der unbeteiligt zur Seite blickte. Rasch wendete ich mich seinem Partner zu, der mich seinerseits aus einem tiefen Schweigen heraus anstarrte und als Sprecher ebenfalls auszufallen schien. Ich beachtete das Phänomen nicht weiter, war in erster Linie damit beschäftigt, meine Arme aus der Umklammerung ihrer geschmeidigen Finger zu lösen. Wenn ich Rheimer nicht aus den Augen verlieren wollte, durfte ich den Raum nicht verlassen. Kaum hatte ich einen Arm losgelöst, und war eben dabei, den zweiten freizuschälen, schloss sich die erste Hand wieder eine Spur fester als zuvor um meinen Ellbogen.

»Lassen Sie doch die Spielereien. Ich muss im Saal bleiben.« Ich löschte jede Höflichkeit aus meiner Stimme.

»Seien Sie unbesorgt.«

»Wie gesagt, eine wirkliche Attraktion«, pflichtete der andere bei. »Schließlich muss man seinen Gästen kleine Extras bieten.« Ich kalkulierte, wie viel Kraft ich in den Widerstand legen musste, war gleichzeitig darauf bedacht, gegenüber den Kollegen nicht allzu hilflos zu wirken. Aber die anderen schienen das alberne Getändel gar nicht wahrzunehmen. Bevor ich mich versah, standen wir im Flur, einer der beiden war vorausgeeilt, öffnete eine Tür, die ohne Klinke in die Wand eingelassen war und sich fast wie auf Zuruf öffnete.

»Ich dachte schon, die Besprechung würde gar kein Ende mehr finden.«

»Haha, das dachte ich auch, die Besprechung würde gar kein Ende mehr finden.«

Erst jetzt fiel mir auf, dass sie einzelne Sätze wie ein schadhaftes Programm exakt wiederholten. Noch in Gedanken versunken, stolperte ich über eine Bodenschwelle, einer der beiden fing mich gelassen auf, als hätte er den Sturz kommen sehen.

»Zwar können wir Ihnen keinen aufregenden Campus bieten.«

»Leider sind wir noch weit davon entfernt, dass man die soziale Bedeutung von Versicherungen auch architektonisch honoriert.«

Der Balkon war klein, in einer Ecke Gerümpel, leere Getränkekisten, der Blick ging direkt auf die Piers hinunter und bis zur anderen Uferseite hinaus auf die Bucht.

»Dafür dürfen wir noch ganz klassisch in die Höhe schießen.«

»Einigermaßen spektakulär, oder etwa nicht?«

»Warten Sie, Sie müssen ein Selfie machen.«

»Abstellkammer mit Aussicht.«

Wir reihten uns am Geländer auf, im Hintergrund waren über die gesamte Länge der Brücke, die im Osten auf die gegenüberliegende Bayseite führt, LED-Ketten angesprungen, deren Lichtpunkte sich tanzend im Wasser spiegelten.

»Noch einen winzigen Schluck?«

Einer der beiden hatte eine Sektflasche aus seinem Jackett gezaubert, schenkte mir ein, ohne meine Zustimmung abzuwarten. Die Luft war nach dem Aufenthalt in den klimatisierten Räumen unerwartet kompakt, der feuchte Wind befingerte das Gesicht und griff rüde ins Haar.

»Und? Was sagen Sie?«

»Zu welchem Typ Mensch gehören Sie?«

In schnellem Wechsel warfen sie mir ihre Sätze vor, einerlei, ob ich antwortete oder nicht; nicht anders tauscht man sich über ein unbelebtes Objekt aus. Ich nahm keinen Anstoß daran, hatte aufgehört, sie als unverwechselbare Individuen wahrzunehmen, behandelte sie einfachheitshalber als eine Person.

»Woran denken Sie zuerst, wenn Sie auf einen Balkon wie diesen treten?«

»Oder sollen wir Klippe sagen?«

»Grund oder Abgrund?«

»Was spüren sie? Allmacht oder Furcht?«

»Übermenschliche Erhabenheit? Allzu menschliche Endlichkeit?«

Kaum hatte ich akzeptiert, beide zu einer Person zu mergen, fiel mir ihr identisches Lachen auf, zumindest schnappten sie im selben, winzige Synkopen erzeugenden Rhythmus nach Luft.

»Sie können sich denken, dass für Versicherungsagenten solche Fragen zum täglich Brot gehören.« »Natürlich haben wir unsere Statistiken und Wahrscheinlichkeitsrechnungen, aber aus einer versicherungstechnischen Perspektive sind das keine unbedeutenden Fragen; ganz im Gegenteil.« »Soll heißen: attraktiv.« »Er meint lukrativ.« »Denn die eigentliche, im guten und alten Sinn humanistische Frage, ist doch letztlich die«, »ob der Einzelne« – der andere hatten den Satz nahtlos übernommen – »überhaupt die Selbstkenntnis besitzt und weiß, zu welcher Kategorie er gehört.«

»Lassen Sie sich nicht ablenken.« Die Sektflasche war wieder zum Vorschein gekommen, der Versicherungsagent setzte erst ab, als die Flüssigkeit über meine Finger rann.

»Versenken Sie sich in den Anblick. Man muss den Abgrund spüren, um zu wissen, wie man gepolt ist.«

»Er meint, ob man musikalisch gestimmt ist.«

»Bereit, dem Zuruf zu folgen.«

»Oder gehören Sie etwa zu jenen, die überzeugt sind, dass der Tod nur ein Fehler im Programm ist? Wir für die Unendlichkeit geschaffen sind? Eine versicherungstheoretisch durchaus heikle Frage. Also gesetzt den Fall, die Menschen hören eines Tages tatsächlich zu sterben auf.«

Ein spitzer Finger legte sich auf meinen Schulterknochen.

»Wenn Sie mich fragen, dann entscheidet sich für Versicherungsgesellschaften die Frage nach relevanten Daten in Zukunft an dieser Klippe. Wird mein Kunde diesen Schritt tun?«

»Nicht zu vergessen. Wann wird er ihn tun?« Der andere platzierte seinen Finger auf der freien Schulter. Ich schüttelte mich, konnte ihre aufdringliche Nähe aber nicht verhindern.

»Unabhängig davon, wie empfindsam er ist, und von sich selbst glaubt zu wissen, wie er sich im entscheidenden Moment verhalten wird.«

»Und? Was meinen Sie? Bringt der Abgrund nichts zum Schwingen? Hier drinnen?« Der Sprecher klopfte sich auf die Brust. Zum ersten Mal fielen mir ihre ausgeprägten Trichterbrüste auf, die kaum Raum für Lungen zu bieten schienen.

»Wirklich gar nichts?«

»Nicht mal das geisterhafte Echo einer Phantom-Vibration?«

Der Partner hatte die Flasche wieder verstaut. Wir lehnten über die Balustrade, unten auf der Straße waren die Straßenlaternen angesprungen, man konnte zusehen, wie die hereinbrechende Dunkelheit in die Straßenschluchten sickerte, sich in den Randzonen und Nischen festbiss.

»Was meinen Sie? Sechs Sekunden? Neun?«

»Ende oder Erlösung?«

Die beiden hatten wieder ihr leises, leicht wieherndes Lachen angestimmt, knufften mir seitlich kumpelhaft in die Hüften, so wie mir zuletzt Schaum an der Schleuse auf die Schulter geklopft hatte. Ich dachte an den Alarm, schaute sie währenddessen abwechselnd an, ihre ebenmäßig gebräunten, zur Seite geneigten Gesichter ragten nahezu horizontal über der Tiefe, als horchten sie voller Erwartung auf eine Stimme, die von irgendwo dort unten zu ihnen aufstiege. Für einen Moment meinte ich tatsächlich, den ätherischen Sog zu spüren, vermutlich war es nur die Luft, deren Temperatur mit dem Verschwinden der Sonne um drei oder vier Grad gefallen war und mich plötzlich merklich kühler umwehte, als wolle etwas nach mir greifen.

Als ich acht Minuten später in den Konferenzraum zurückkehrte, war Rheimer verschwunden. Ich stürzte zurück in den Flur, aber dort war niemand. Panisch verfasste ich eine Nachricht, zögerte aber, sie abzuschicken. Anil war in den Flur getreten.

»Und? Was waren das für Vögel? Wo habt Ihr euch rumgetrieben?«

Ich winkte ärgerlich ab, erkundigte mich, wo Rheimer war. Ob er wieder zurückkehrte? Sich nach meinem Verbleib erkundigt hätte?

»Läuft dort drin noch etwas?« Ich deutet auf die Skylounge.

»Lichtinstallation in der Bar. Ein Künstler. Angeblich sind die Werke stark aphrodisierend. Nein, sonst nichts.«

Anil gähnte, fragte, ob ich zurück auf den Campus fahren oder in der Stadt bleiben würde. »Du?« Ich signalisierte Unentschlossenheit. »Ich bleib hier.« Ich nickte. Meine Reisetasche lag noch in seinem Wagen. »Ich gehe auch erst mal nach Hause.« Gemeinsam machten wir uns auf den Weg.

6 Der Sprung

Am Montag hatte ich Mühe aufzuwachen. Obwohl ich am Wochenende zu Hause geblieben war, recherchiert und versucht hatte, mir Klarheit über die Schleuse zu verschaffen. Anschließend hatte ich Kundenanfragen bearbeitet, die während der Woche liegen geblieben waren. Ich fingerte nach meinem Device, fegte die Weckfunktion beiseite. Nur mit Les hatte ich am Sonntag telefoniert. Ich hatte die Nummer aufgerufen, aber anfangs nicht gewagt, den O.K.-Button zu bestätigen. Wir hatten uns fünfunddreißig Minuten unterhalten, dann hatte sie losmüssen, zum Sport. Als die Weckfunktion auf Wiederholung schaltete, kam mir plötzlich die Schleuse in den Sinn. Mein Körper reagierte konsterniert, bei dem Gedanken, dass ich mich heute als Erstes um die Autorisierung kümmern müsste, spannten sich die Gliedmaßen wie zu einem halbherzigen Sprung an. Ich duschte flüchtig, und stürzte aus dem Haus. Die Temperaturen waren über das Wochenende um vier Grad gefallen, gebietsweise herrschte starke Bewölkung, eine geschlossene Decke entfaltete sich über dem Meer und schob sich gegen die Küste. Um den Shuttle zu erreichen, musste ich den letzten Häuserblock entlangjoggen. Der Bordstein vor dem Bus war leer, der Fahrer warf einen reflexhaften Kontrollblick hinaus, als ich ihm unaufgeregt zuwinkte, die Straße in maßvollen Sprüngen querte.

Mit einem Satz war ich im Shuttle, hielt meinen Finger über den Scanner und sah zu, wie der Diodenkranz nach einer enervierend langen dreiviertel Sekunde rot aufleuchtete. Das akustische Warnsignal rumorte im niederen Hertzbereich. Diesmal hatte ich fast damit gerechnet, der Alarm konnte mich kaum erschrecken. Eher beherrschte mich jene abgeklärte Frustration, wenn man sich wiederholt auf die

Zunge beißt. Ich hob die Achseln, signalisierte eine generische, nicht allzu tiefgehende Ratlosigkeit, gab dem Fahrer zu verstehen, dass ich mit dem Phänomen vertraut war. Am Flughafen hatte mich der Latino ohne Nachfrage einsteigen lassen, ich konnte mir nicht vorstellen, diesmal auf ernsthafte Probleme zu stoßen; der Fahrer hielt mich zurück.

Ich konnte mich nicht entsinnen, ihn zuvor gesehen zu haben, obwohl er sich allein aufgrund seiner schieren Masse, der irgendwie schmuddeligen Körperfülle, sofort einprägte. Wahrscheinlich war er gewöhnlich auf einer anderen Route eingeteilt.

»Ich kann Sie nicht einsteigen lassen.« Die Freundlichkeit seines Tonfalls kontrastierte seine Mimik, die Helligkeitswerte der voluminösen Gesichtszüge hatten sich um einen Skalenstrich und mehr verdunkelt:

»Der Shuttle ist ausschließlich für Angestellte der Firma.«

»Klar, deshalb bin ich ja hier.«

Der Fahrer schien empfindsam auf seine Umgebung zu reagieren; ich lachte auf einem niedrigen Level, darauf bedacht, ihn nicht unnötig zu verstimmen. Trotz des Energieaufwands traf er Vorkehrungen aufzustehen. Gern hätte ich ihn davon abgehalten. Alles an ihm widerstand dem Vorsatz, der zu diesem Zeitpunkt aber bereits wie ein Programmcode irreversibel exekutiert wurde. Die im Verhältnis zum Rumpf kleinen, runden Knie mussten gegen die immense Schwerkraft, die den Körper an jedem Punkt zurückhielt, gestreckt, der Oberkörper eine einstudierte Schrittfolge abrufend, um die Gesetze der Trägheit so effizient wie möglich zu überwinden, in die Höhe katapultiert werden. Ein unendlich zartes Zittern durchlief seine Gliedmaßen; mit einem Ruck stand er. Mir war schlagartig bewusst, dass ich auf unangenehme Weise von ihm abhängig war. Mein Blick wanderte über die Sitzreihen, die Köpfe waren auf die Brust geneigt, die Augen in selbstleuchtenden Displays versenkt. Auf Anhieb konnte ich kein vertrautes Gesicht entdecken, das ein Wort für mich hätte einlegen können. An der Komplikation im Betriebsablauf schien sich niemand zu stören.

»Sie fahren gewöhnlich eine andere Route.«

Ich musste Zeit gewinnen, hatte absichtlich einen sachlichen Ton gewählt, versuchte beiläufig zu signalisieren, dass ich mit dem Service bestens vertraut war.

»Ich fahre die Route jeden Morgen.«

Das Feedback traf mich unvorbereitet.

»Natürlich; stimmt.«

Ich erkannte meinen Irrtum sofort. Ich war heute früher dran als sonst, ärgerte mich über meine Nachlässigkeit; wir nahmen täglich dieselbe Route, aber zu unterschiedlichen Uhrzeiten.

»Mein Fehler. Normalerweise nehme ich einen späteren Shuttle.«

Ich musste mich erst wieder fassen. Die nassen Augäpfel des Fahrers waren tief in knotiges Gewebe eingelassen, starrten mich aus einer wirklichkeitsfremden Selbstversunkenheit an. Mir blieb nichts anderes übrig, als die Schwäche des Dicken zu nutzen; ich nahm ihn fordernd ins Visier. Er hielt meinem Blick nur mühsam stand, seine glasigen Augen glichen dem weißen Bereich einer Karte, für den keine robusten Daten verfügbar waren, um auch nur annähernd eine verlässliche Aussage zu treffen.

»Ich muss auf den Campus, die Panne beheben. Wie Sie sehen, gibt es Probleme mit der Authentifizierung. Sie müssen mich mitnehmen. Ich kann die Angelegenheit nur vor Ort klären. Persönlich.«

»Ich würde Ihnen gern entgegenkommen. Aber ich habe meine Vorschriften; Unbefugte –«

Auf seiner Stirn stand ein funkelnder Layer aus mikroskopisch kleinen Schweißperlen. Er zeigte Bedauern, schlang, obwohl sein Körper den Gang bereits zur Gänze blockierte, eine Hand um das Lesegerät. Die glatte Haut des geröteten Greiforgans vermittelte den überwältigenden Eindruck von Fleisch.

»Sie dürfen deshalb nicht schlecht von mir denken.« Er zog ein Stofftaschentuch aus seiner Hose, »– ich meine die Bewertung.«

Er tupfte sich die Stirn an ausgewählten Stellen trocken, schluckte. Sein Device steckte in einer Lederhülle am Hosenbund, schied einen fluiden Signalton aus, der ihn hörbar nach Luft schnappen ließ. Stoisch ignorierte er die Nachricht. Als ein vorbeibrausender Kleinlaster dem Shuttle einen unerwarteten Luftstoß verpasste, verlor die Pigmentierung um seine Fingerknöchel ihre Farbtreue. Vielleicht hatte er das Soundprofil gar nicht gehört? Ich haderte mit mir selbst. Wie groß war sein Risiko, mich mitzunehmen? Ich wusste, dass ich im Recht war, ohne zu wissen, wie ich darauf beharren konnte.

»Sie bringen mich in eine sehr unangenehme Lage. Ich habe eigentlich Besseres zu tun, als um den Transfer zum Campus zu kämpfen.« Nutzlos deutete ich auf das Lesegerät. Mir war plötzlich bewusst, dass Worte allein nichts ausrichten konnten.

»Ich habe Termine. Ich werde Sie nicht einhalten können. Wenn Sie vielleicht –. Können Sie nicht die Leitstelle kontaktieren?«

Der Fahrer stopfte sein Taschentuch zurück in die Hosentasche, es kostete Zeit, jede seiner Gesten war von einer aufdringlichen Körperlichkeit. Kaum war das Taschentuch verschwunden, tasteten seine Finger wie stumpfe Tentakel nach dem Telefonetui, ließen jedoch wieder vom Verschluss ab, bevor sie ihn aufgenestelt hatten. Der Fahrer wirkte auf ahnungslose Weise orientierungslos, als wäre ihm der Anlass dafür, warum er im Mittelgang stand, längst entfallen. Nur sein weitgehend kahler Kopf glühte, alles schien einem unabwendbaren Datenverlust entgegenzuarbeiten.

Ich blähte die Nasenflügel, sog Luft ein, warf einen letzten Blick in die Sitzreihen. Mit dem Fingerknöchel klopfte ich zweimal auf das Armaturenbrett.

»Nun denn.«

Ich nahm die Unterlippe zwischen die Zähne und stand im nächsten Augenblick auf dem Bordstein, sah zu, wie der Shuttle ausscherte. Der Fahrer war verblüffend behände hinter das Steuer zurückgeschlüpft. Die Ellbogen auf dem Lenkrad aufgestützt und den Oberkörper darübergegossen, nickte er mir wie einem beliebigen Passanten informationsfrei zu, als wolle er selbst in diesem Moment der Gefahr entgehen, sich mit der falschen Person zu verbrüdern. Die Luft war von softem Nebel erfüllt, der Asphalt schimmerte thermisch. Von den Dächern und Motorhauben der parkenden Autos schälte sich ein Dunstfilm in millimeterfeinen Streifen ab.

Meine Applikation meldete, dass der nächste Shuttle in zweiunddreißig Minuten eintreffen würde, auf der Karte konnte ich seinen aktuellen Standort einsehen. Der Shuttle des dicken Fahrers vollzog soeben einen irrwitzigen Sprung, setzte über mehrere Häuserblöcke hinweg, und fädelte sich gleich auf den Highway ein. Um die Ecke gab es drei Gehminuten entfernt ein empfohlenes Café mit Fair-Trade-Produkten; eine für ihre Backwaren fünfstern-geratete Biobäckerei lag fußläufig vier Minuten dreißig entfernt; ein Store, der meine Lieblingssandalen im Angebot hatte, 650 Meter. Ich hatte meine Sandalen schon seit einem Jahr nicht mehr getragen. Ich war plötzlich deprimiert, wäre am liebsten nach Hause zurückgekehrt. Das nächste Ridesharing-Taxi war in zwei Minuten verfügbar. Ich holte mir einen Espresso.

Sechs Minuten später fuhr ein Wagen vor. Die Fahrtkosten würde ich mir erstatten lassen, ich war nicht bereit, die Sache stillschweigend hinzunehmen. Vorrübergehend verkehrte sich meine Verstimmung, das undefinierte Gefühl der Ohnmacht, in kaum latenten Ärger.

Erneut erkundigte ich mich nach dem Streik, aber der Fahrer gab vor, nichts Näheres zu wissen. Die Frage, ob er mit den Arbeitsbedingungen zufrieden sei, beantwortete er positiv. »Alles nicht so wild. Ist nur ein Zweitjob – beziehungsweise Drittjob.«

Als das Taxi auf den Fly-over abzweigte, war der Ring in weißen Nebel gehüllt, der schlafwandlerisch vom Meer landeinwärts zog. Die Ausmaße des Rings waren unmöglich zu bestimmen. Ebenso wenig war zu entscheiden, ob er im Dunst verschwand oder soeben aus ihm heraustrat. Stellenweise schien er in einen plasmaförmigen Zustand zu wechseln, die Außenhaut funkelte in der weichgezeichneten Brechung von ionisiertem Gas, nur um sich wenige Meter weiter wie ein durchsichtiger Raumtrenner durch die Luft zu ziehen, schwebend, bevor das optische Phänomen in der Distanz verkleckerte und der Kranz in blickdichte Nebelwände eindrang, die monumental wie alpine Felsblöcke steil über den Bäumen und angrenzenden Wohnhäusern und Gewerbeflächen aufragten. Wir waren beide verstummt, blickten, jeder den redundanten Assoziationsketten der eigenen Gedanken nachsinnend, hinaus.

Gleichzeitig mit dem Taxi trafen drei Shuttles ein. Ich wies den Fahrer an, so nah wie möglich vor dem Eingang zu halten, klemmte meine Tasche unter den Arm und eilte los. Zum ersten Mal hatte ich den Eindruck, dass der Kranz einen mittelalterlichen Wall bildete, der Menschen aussperren sollte. Meine Finger waren unangenehm klebrig, mein Vorsprung gering. Mit der freien Hand wischte ich über die Hose, ich hatte wenig Hoffnung, dass die Autorisierung auf Anhieb erfolgen würde. Ich hielt die Hand über den Wärmestrahler, schloss die Augen, als könne sich die mentale Konzentration positiv auf die Authentifizierung auswirken. Den Alarm hörte ich im selben Moment, in dem ich die Augen wieder öffnete. Die anderen konnten keine fünfunddreißig Schritte entfernt sein. Meine Irritation, der Groll, verwandelte sich in offene Wut, als meinte mich das Signal persönlich. Meine Tasche ließ ich unter der Schranke hindurchschlittern. Ich durfte jetzt nicht in Hektik geraten, streifte meine Hose glatt, trat drei Schritte zurück.

Bereits zu diesem Zeitpunkt stand mir der Handlungsablauf prägnant vor Augen, drei Schritte und ich war am Gate. Die rechte Hand legte sich definitiv auf den Rücken der Schleuse, der gebürstete Edelstahl fühlte sich verhältnismäßig weich an, ich musste an Velours denken, die stumpf glänzende Oberfläche von kohlefaserverstärktem Kunststoff. Schon hatte ich mich vom Boden gelöst. Ich spürte eine serotoningesättigte Euphorie, das körpereigene Adrenalin flutete die Adern, übersteuerte die Sinnesdaten. Mein Oberkörper lag kühn in der Luft, das rechte Bein hatte ich mühelos über die Schranke geworfen. In Gedanken hatte ich die Handlung an diesem Punkt bereits vorweggenommen, war auf der anderen Seite gelandet, nahm die Tasche auf und schlenderte, ohne über die Schulter zurückzublicken, auf einer Diagonalen durchs Atrium. Doch da blieb die Fußspitze, die irgendwo hinter meinem Rücken achtlos herausragte, am Gate hängen. Mein vorwärtsfliegender Oberkörper wurde jäh gestoppt, und ich verlor die Balance, taumelte im freien Fall. Im nächsten Moment wurde mein Kopf wie von Geisterhand brachial nach vorne und unten gerissen.

Alles ging rasend schnell, bevor ich reagieren konnte, prallte ich auf den Fliesen auf. Nichts, was den Sturz abgebremst hätte. Auch nachträglich gelang es mir nicht, den Ablauf im Detail zu rekonstruieren. Es interessierte mich allerdings auch nicht mehr. In meinem Arm schrillte ein Schmerz, der Schlag auf meinen Schädel erfolgte mit der stupiden Wucht einer Abrissbirne, ich hätte nicht einmal sagen können, wo genau er mich getroffen hatte, Stirn, Schläfe, sogar die Wirbelsäule war theoretisch möglich. Ich rang nach Luft, aber schon währenddessen hatte der ganze Vorfall nur noch peripher etwas mit mir zu tun. Zwischen die Sinne und den Körper senkte sich ein Tal, der trennscharfe Kamm einer gefurchten Hügelkette, die in den Himmel ragte; graue, minimal gegeneinander verschobene Flächen, die sich dunkel vom Horizont abhoben.

Als ich wieder zu mir kam, lag ich auf den Fliesen, um mich herum standen Menschen, die ich nur hörte, nicht sah. Die Augen zu öffnen, wagte ich nicht. Mir war kalt, als hätte sich ein schwerer Wind von den Berghängen auf mich herabgesenkt. Die Stimmen waren mehrpolig, nur unpräzise zu orten, drangen in grob abgestuften Lautstärkegraden dezentral auf mich ein. Ich rätselte, ob meine Gliedmaßen auf die Signale meines Gehirns reagieren würden, wünschte mir gleichzeitig nichts sehnlicher als Ruhe, ungestört und bis in alle Ewigkeit liegen bleiben zu können.

Ich hätte nicht sagen können, wie viel Zeit verstrichen war, als man ohne jede Ankündigung nach mir griff. Mit einem unmenschlich jähen Ruck riss man mich vom Boden auf, ich stöhnte schockiert. Erst nachträglich informierte mich eine Stimme über die Handgriffe, die man an mir vornahm.

»Wir greifen Ihnen jetzt unter die Schultern und heben Sie auf eine Liege.«

Stumpfe Eisenzinken gabelten sich unter meinen Rumpf, diesmal schrie ich ungefiltert, ich hätte kaum sagen können, ob aus Schmerz oder Schreck.

»Es passiert nichts, bleiben Sie ruhig, wir betten Sie jetzt vorsichtig auf eine Trage.«

Es war kein Trost, dass es sich um dieselbe Stimme handelte; auch sie rang nach Luft, keuchte, klang dabei weniger bösartig als geschäftig. Kaum lag ich auf der Liege, wurde mein Kopf von mehreren Händen gewaltsam nach unten gedrückt. Ich hätte gern interveniert, erklärt, dass ich auf keine Hilfe angewiesen wäre, noch immer sehr gut selbst aufstehen und gehen könnte. Alles, was ich bräuchte, wären ein paar Minuten, um mich zu sammeln. Während ich meine Gedanken zu sortieren versuchte, wurde ich in die Höhe gewuchtet; es kam einem zweiten Sturz gleich, Blut rauschte in meinen Ohren, und ich hatte das Gefühl, jeden Augenblick von der Liege zu rutschen. Bevor ich mich fassen konnte, wurde ich rücklings und mit dem Kopf voran abtransportiert. Mir kam meine Tasche in den Sinn. Wo wurde ich hingebracht? Ich blinzelte, wagte jedoch nicht, zur Seite zu sehen, hielt den Kopf gerade und blickte starr auf die quaderförmigen Oberlichter, die im gleichförmigen Takt über mir hinwegglitten. Die Geräuschkulisse verschwand wie auf Knopfdruck.

»Wo bin ich? Wo bringen Sie mich hin?«

Anfangs hatte ich Mühe zu sprechen, der Eigenklang der Stimme dröhnte in meinem Schädel, ich war unsicher, was überhaupt nach außen drang.

»Bin ich im Ring? Meine Tasche? Wo sind wir?«

Der Wille, ins Gebäude zu gelangen, war sofort wieder vorherrschend, ich blickte mich panisch um. Kaum hatte ich den Kopf angehoben, erfasste mich ein rasender Schwindel. Ich sank zurück auf die Liege, hatte aber zwei Türen im Raum lokalisieren können. Unmittelbar darauf erschien ein Mann an meiner Seite.

»Sie sind gestürzt. Wir haben Sie ins Sanitätszimmer gebracht. Bleiben Sie liegen, Sie müssen sich beruhigen.«

»Ein Fenster. Sind denn hier keine Fenster? Wenn Sie bitte eines – «

»Wir haben schon einen Wagen gerufen. Er wird Sie ins Krankenhaus bringen. Seien Sie unbesorgt.«

»Nein!«

Ich protestierte, plötzlich überzeugt, dass man meinen Versuch, ins Gebäude zu gelangen, gewaltsam zu verhindern suchte.

»Sie können mich nicht festhalten!«

Fieberhaft tasteten meine Finger über die Liege. Ich musste auf die Beine kommen, etwas hielt mich zurück. Ein Gurt? Der Mann legte eine Hand auf den gesunden Arm, drückte mich sanft nach unten. Ich hielt instinktiv dagegen.

»Beruhigen Sie sich doch. Sie haben mein Wort. Wir kümmern uns um Sie. Versprochen. Gern verständigen wir jemanden. Sie müssen es nur sagen. Familie? Freunde? Nennen Sie mir einen Namen.«

Ich gab meinen Widerstand auf. Vielleicht sollte ich erst in Erfahrung bringen, was der Mann über den Vorfall wusste? Sobald ich drin war, würde erst einmal niemand nach der Authentifizierung fragen.

»Haben Sie den Sturz gesehen? Wer hat mich stürzen sehen?«

Ich versuchte, die entsprechenden Fragen unverfänglich zu formulieren, ich durfte keinen falschen Verdacht wecken.

»Ihr Arm. Man sollte ihn röntgen lassen. Kontrollieren, dass nichts gebrochen ist. Sicherheitshalber.« Die bohrenden Finger des Arztes waren zurück, tasteten über meine Rippen. »Ich glaube nicht, dass etwas gebrochen ist.«

Zum ersten Mal sah ich mir den Arzt genauer an. Er roch nach Latex, wirkte vernünftig, auf unaufdringliche Weise sportiv. Auf seiner Brust ein funkelnder Rettungsring, das Firmenlogo.

»Sie haben ihre Behandlungsräume im Schlauch? Ich habe nicht gewusst, dass es einen Sanitätsraum gibt. Aber natürlich. In einem solchen Gebäude muss es eine entsprechende Versorgung geben. Wo genau befinden wir uns?«

Meine intakte Hand befühlte den kaputten Arm, tastete sich von dort zum Gurt; suchte nach einem Verschluss.

»Ist Ihnen schwarz vor Augen geworden, bevor Sie gefallen sind? Ein Schmerz? Übelkeit? Wenn Sie bitte den Blick halten, mir in die Augen schauen.«

Das Gesicht des Arztes schwebte dicht über mir. Wie ein Möbiusband schien der Gurt keine Schnalle zu haben. Mit meiner Stirn hätte ich ihm einen Hieb zwischen Nasenwurzel und Augen verpassen können. Wenn ich nur darauf hätte vertrauen können, im Vollbesitz meiner Kräfte zu sein.

»Sie müssen unglücklich gefallen sein. Dennoch hatten Sie Glück. Es hätte schlimmer ausgehen können, glauben Sie mir. Ist Ihnen das zum ersten Mal passiert? So ein Sturz? Hatten Sie die Schwäche kommen sehen?«

Ich ignorierte die Frage. Was wusste er? Wer hatte mich gesehen? Es klingelte, gleichzeitig polterte jemand gegen die Tür. Ein letztes Mal hasteten meine Finger über den Gurt. Aber bevor ich mich befreien und aufspringen konnte, waren andere Personen im Raum. Statt über mich herzufallen, sammelten sie sich hinter der Tür. Den Stimmen nach schien es sich um eine Frau und einen Mann zu handeln, insgesamt waren sie jetzt zu dritt, zu viele, als dass ich sie mühelos hätte überwältigen können. Ich scannte sie. Der

Sanitäter schilderte, was vorgefallen war, zumindest ging ich davon aus. Obwohl ich mich konzentrierte, vermochte ich dem Gespräch nicht zu folgen. Im nächsten Moment war ich umstellt. Man richtete dieselben Fragen an mich wie schon zuvor, möglicherweise stellte man mich auf die Probe. Wie ich mich fühlen würde? Ob Ähnliches schon einmal passiert sei, ich mich aufrichten könne? Mit ihrer Hilfe gehen? Die Fragen waren unverfänglich, so wie verfängliche Fragen oft einfach sind.

»Fassen Sie mich nicht an. Sie können wieder gehen. Ich danke Ihnen. Ich werde keine weiteren Aussagen treffen. Ich bin noch immer in der Lage, alleine aufzustehen.«

Meine Worte zeigten keine Wirkung, ihre Hände schlossen sich wie automatisch um meine Gelenke. Ich protestierte, versicherte erneut, alles sei bestens. Aber der Widerspruch in meiner Stimme war nahezu vollständig heruntergeregelt.

»Ich komme zurecht. Ich danke ihnen. Lassen Sie mich gehen. Es ist nichts passiert. Die Arbeit. Ich muss zur Arbeit.«

Draußen war es überhell, das Heck des Krankenwagens stand offen. Ich blickte mich erschöpft um, die aufrechte Haltung hatte ein überflutendes Rauschen in meinem Kopf ausgelöst, das unbedingte Bedürfnis, mich wieder hinzulegen. Der Haupteingang war nur zwanzig Meter entfernt. Kurz keimte die Hoffnung, ein bekanntes Gesicht zu entdecken, Loïc, Rheimer, irgendjemanden, der mir beistehen könnte. Ich konzentrierte mich, studierte den Vorplatz; neben dem Eingang parkte ein On-Site-Zahnarzt, dessen Praxis in einem zehn bis zwölf Meter langen Motorhome installiert war und vor dem sich einige Mitarbeiter tummelten. Im nächsten Moment legte sich wie aus dem Nichts ein bleiernes Gewicht auf meinen Kopf, rang mich zu Boden. Ein letztes Mal bäumte ich mich auf, verriegelte meine Knie, versuchte, den Kopf wie ein Ertrinkender über Wasser zu halten. Aber ich war zu schwach, wurde in die Tiefe gerissen.

»Vorsicht, der Türrahmen. Sie müssen sich bücken.«

Die körperlose Stimme ertönte unmittelbar neben meinem Ohr, ließ mich herumwirbeln, ein Knie drückte sich in meine Seite.

»So ist gut, ja. Jetzt noch das zweite Bein.«

Aus dem Auto sah ich den Sanitäter tatenlos im Türrahmen lehnen, die Augen zu Schlitzen verjüngt, es war unmöglich, seine Gesinnung zu dechiffrieren. War ich vorgeführt worden? Der Motor startete. Ich hatte das manifeste Gefühl, ein ungünstiges Urteil sei über mich gefällt worden. Zum Abschied hob der Sanitäter seine Hand, winkte. Er wirkte erleichtert. So musste es sein, in einem Streifenwagen abtransportiert zu werden. Als der Wagen den Campus verließ, verschwamm mein Sichtfeld. Nur unter großen Schmerzen gelang es mir, den Kopf ein letztes Mal zu wenden, hinauszusehen. Der Ring hatte sein Nebelkleid fallen lassen und zeigte sich nun hüllenlos, die Shapes der gerasterten Fassadenelemente waren clean, ihre Linien schillerten wie mit einem fabrikneuen Cutter gezogen.

7 Ein Zwillingskopf

Nachdem man mich im Krankenhaus untersucht hatte, wurde ein Taxi gerufen, das mich nach Hause brachte. Ich hatte das prävalente Gefühl, nach einem überlangen Arbeitstag spät nach Hause zurückzukehren, obwohl ich den Apartmentkomplex erst vor wenigen Stunden verlassen hatte. Als ich den Finger zur Verifikation auf den Türöffner legte, war es fünf nach halb elf. Die Concierge stand im Foyer, musterte mich aus dunklen Kameraaugen, die einem tief kodierten Verdacht auf der Spuren waren. Ich nickte ihr neutral zu, wie ich ihr schon beim Verlassen des Hauses am Morgen zugenickt hatte. Bisher hatte ich mir keine Gedanken darüber gemacht, dass wir uns noch nie unterhalten oder uns einander vorgestellt hatten, obwohl mein Name ihr von den Lieferungen geläufig sein musste. Anfangs hatte ich den Moment verpasst, dann zu lange gewartet, irgendwann war der Zeitpunkt überschritten, und es wäre mir unangemessen erschienen, mich noch länger als ein Fremder vorzustellen, der ich längst nicht mehr war. Auch mit anderen Mietern sah ich sie nie plaudern. Der Makler, der bei der Wohnungsbesichtigung die persönliche Distanz von 50 Zentimeter wiederholt überschritten und mit einem schillernden Tropfen an der Nasenspitze unangenehm dicht an mich herangetreten war, während er über die Vorzüge des Komplexes referiert hatte (in seiner Darstellung hatte es ausschließlich Vorzüge gegeben), hatte mich wissen lassen, dass man in der gesamten Anlage Anonymität schätzte. Ich hatte »selbstverständlich« erwidert, und auf das Schweigen des Maklers, das eine Unsicherheit bei mir hervorrief, ob er ein zusätzliches Statement erwartete, angefügt, dass ich nichts dagegen einzuwenden hätte. Ich war selbstverständlich davon ausgegangen, dass dies auch die Concierge betraf.

An meine Bandage erinnerte ich mich erst nachträglich. Eine Krankenschwester hatte Salbe auf den Arm aufgetragen und einen Verband angelegt. Vielleicht rührte der besorgte Blick der Concierge lediglich daher.

Gebrochen war nichts, ich war mit Prellungen davongekommen. Obwohl das Wartezimmer voll gewesen war, hatte man mich geradewegs zum Arzt geführt. Ich hatte den deutlichen Eindruck bekommen, privilegiert behandelt zu werden, ohne dass dies auf irgendeine Art bestätigt worden wäre.

Als der Arzt seinen gummierten Finger in die Wunde am Arm bohrte, hatte ich die Zähne aufeinandergebissen, danach war die Untersuchung erträglich gewesen. Meine Augen hatte er mit einer gewöhnlichen Stablampe ausgeleuchtet, meine Retina lange studiert, sodass ich bereits mit einem ernsthaften Befund gerechnet hatte. Anschließend hatte er die Reflexe geprüft. Gegen meine körperliche Verfassung hatte er grundsätzlich nichts einzuwenden, aber eine Warnung ausgesprochen. Mit sehr hoher Wahrscheinlichkeit hätte ich eine minderschwere Gehirnerschütterung davongetragen. Während der Arzt die Einweghandschuhe von den Händen geschält und blind über die Schulter in den Papierkorb geschmissen hatte, hatte er mir dringend drei Tage Bettruhe empfohlen, sich erkundigt, wie lange er mich krankschreiben sollte.

»Gar nicht.«

Der Arzt hatte in Reaktion auf meine Antwort seinen Rumpf über den Körpermittelpunkt hinaus nach vorne gebeugt und jovial gelacht. Erst als ich meine Aussage wiederholte, verstummte er abrupt. Sein Körper hatte sich versteift, und er hatte mich ausdruckslos fokussiert. Er hatte sein Kinn gehoben und seinen Oberkörper langsam zurück in die Ausgangsposition gebracht, daraufhin mit einem kennerhaften Nicken, und meines Erachtens etwas zu viel Ausdruck in der Stimme, in abgestuften Lautstärkegraden zweimal »ich verstehe« gesagt. Nach einer Pause hatte er hinzugefügt: »Aber dann treten Sie heute auf jeden Fall langsamer. Sie müssen sich schonen, nach Möglichkeit liegen. Trinken Sie Melissentee. Ein warmes Kirschkernkissen im Nacken sorgt für Entspannung. Falls die Beschwerden nicht nachlassen, bei anhaltenden Kopfschmerzen, Übelkeit oder Erbrechen, müssen Sie mir versprechen, sich umgehend zu melden. Schädel-Hirn-Geschichten nimmt man nicht auf die leichte Schulter.«

»Wie Sie meinen.«

Ich hatte nur mit halbem Ohr zugehört, ohne große Neugier aus dem Fenster gespäht, plötzlich von dem Gedanken besessen, vom Krankenhaus am besten direkt zurück auf den Campus zu eilen. Ich musste so schnell wie möglich zurück in den Ring, die Sache aus der Welt schaffen. Ich versuchte, mich zu entsinnen, ob ich noch eine Adderall oder Ritalin einstecken hatte.

»Schwindel verspüren Sie keinen? Wie sieht es mit der retrograden Amnesie aus, haben Sie Gedächtnislücken, den Sturz betreffend, meine ich?« Ohne meinen Kopf zu heben, hatte ich ihn auf dem Kissen lagernd demonstrativ auf die eine, dann um 160 Grad auf die andere Seite gewendet. »Es war nur der Schreck. Wie gesagt, es ist alles gut.«

»Wir haben einen Ruf zu verteidigen. Wir geben uns mit nichts weniger als dem Besten zufrieden.« Die professionelle Stimme des Arztes hatte zu ihrer alten Unerschütterlichkeit zurückgefunden. Nach dreiundzwanzig Minuten stand ich wieder auf der Straße.

Als ich zu Hause anlangte, war mein Kopf wider Erwarten schwer. Es wirkte fast so, als wäre mir ein Zwillingskopf gewachsen, dessen Umfang und genauen Sitz ich nicht hätte akkurat anzeigen können. Besonders an den Rändern lösten sich die Konturen auf, als franse das neue Körperteil in dünnen Fäden aus, verlöre sich in gallertigen Gefäßleitungen, es war unmöglich zu sagen, wie lang sie waren oder wo sie endeten; zumal der molluskenhafte Auswuchs permanenten Veränderungen und allerkleinsten Formkorrekturen unterworfen war. Ich musste an Curves & Colour-Bildschirmschoner aus der zweiten Hälfte der Neunziger denken: Bézierkurven rotierten mit wechselnden Farbenverläufen vor einem schwarzen Tiefengrund, setzten sich in verschlungenen Zufallsanordnungen ständig neu zusammen, ohne ihre zirkelartige Kreisstruktur jemals aufzulösen, ungreifbar, in ständiger Bewegung. Die Frage, ob der zweite Kopf ein positives Eigengewicht aufwiese, hätte ich, ohne zu überlegen, bejaht. Ich musste meinen Schädel nur etwas rascher bewegen, und schon verdoppelte er sich, der neue Kopf folgte dem ersten, wenn auch zögernd. Ähnlich verhielt es sich in der Vertikalen, probehalber riss ich den Kopf in die Höhe. Eine gute dreiviertel Sekunde verharrte der neue fix in seiner Position, bevor er sich widerstrebend in Bewegung setzte, ähnlich einer Luftblase, die sich vom Meeresgrund löst und schlingernd aufsteigt. Vielleicht rührte die Empfindung nur daher, dass ich mich nach dem Verlassen des Krankenhauses über lange Zeit hinweg hatte aufrecht halten müssen. Ich ließ mich auf die Couch fallen, vergrub meinen Kopf im superweichen Kissen. Es war elf Uhr, möglicherweise musste ich meinen Plan, sofort auf den Campus zurückzukehren, vorerst aufgeben. Ich schluckte 10 Milligramm Ritalin – die Tabletten hielt ich für extralange Arbeitstage bereit – entschloss mich, nur Freunde und Kollegen zu verständigen, von denen ich vermutete, dass sie meine Gegenwart am ehesten vermissen könnten. Ich adressierte die Nachricht an mehrere Empfänger: »Bin gestürzt. Krankenhaus. Erst morgen wieder auf der Matte.«

Nur an Rheimer textete ich zwei Extrazeilen, weil er eine zu geringe Zeichenanzahl einem solchen Fall nicht angemessen finden könnte. Mit Les hatte ich vereinbart, dass wir uns eventuell später am Tag am Brunnen im geometrischen Mittelpunkt des Halos treffen würden. Ich hätte ihr gern geschrieben, wollte jedoch zuerst abwarten, ob sie die Verabredung von sich aus bestätigen würde. Nach dreizehn Minuten verlor ich die Geduld. Sie reagierte zwei Stunden später, fragte, was passiert sei. Aber da hatte ich schon keine Lust mehr, mich zu erklären. Je konzentrierter ich in meinen Kopf hineinhorchte, den Weichkörper in der Hoffnung ertastete, ihn minimieren und oder ganz im Hintergrund verschwinden lassen zu können, desto dinghafter schwoll er an. Ich war plötzlich reizbar, selbstmitleidig, fast eine Spur weinerlich. Ich nahm eine weitere Ritalin, 10 mg, dachte an die Verifikation. Am frühen Abend holte ich ein Handtuch, schlüpfte in meinen cyanblauen Frotteemantel und machte mich auf den Weg zum Pool.

Nur kurz nachdem ich eingezogen war, hatte ich die Schwimmhalle im Apartmentkomplex an zwei aufeinanderfolgenden Tagen aufgesucht. Seither war ich nicht mehr dort gewesen. Die Halle war leer; alle Geräusche, die ich verursachte, klangen fake, als würden sie mit hohem technischen Geschick amplifiziert. Die Sohlen meiner Schlappen schlugen auf den weißen Fliesen auf, ich schnippte mit zwei Fingern, lauschte den Geräuschen halbinteressiert hinterher. Das Poolwasser schien wie die niederdosierte Chlorluft mehrfach geschichtete Erinnerungen zu speichern. Man musste den Verzweigungen lediglich folgen, um einzelne Erinnerungen anzusteuern. Aber wann immer ich einer konkreten Stimmung nachging, bildete sie sich nur unvollständig ab; wesentliche Informationen blieben unauffindbar. Ich kam zu dem Schluss, es sei vergeblich, ein weiteres Mal ohne

Absprache oder vorgefassten Plan zum Campus aufzubrechen. Eine überstürzte Aktion wie der Sprung demonstrierte Hilflosigkeit. In Zukunft müsste ich überlegt handeln; souverän. Ich bewegte das Wort in Gedanken, horchte seinem Klang nach. Es schien sich optimal selbst zu verkörpern, wie ein gutes Programm, das seine Kommandozeilen mit dem Lesen gleichzeitig exekutierte, in hohem Maß mit sich selbst identisch. Kurzzeitig verfiel ich auf den absurden Gedanken, dass es sich bei dem Alarm in Wahrheit um einen Test handelte, der darauf angelegt war, diverse Kompetenzen abzufragen. Möglicherweise hatte sich Schaum deshalb so merkwürdig an der Schleuse verhalten? Er hatte den Test bereits hinter sich. Vielleicht war er sogar auf seinem Mist gewachsen? So oder so wäre er dazu angehalten gewesen, nicht zu intervenieren. Die Idee war irrwitzig. Ich musste an den Bericht über ein psychologisches Experiment denken, in dem es darum gegangen war, wie positiv versus negativ gefärbte Nachrichten das Nutzerverhalten emotional beeinflussen. Um die Authentizität der Ergebnisse nicht zu gefährden, waren die Plattformnutzer vorab nicht informiert worden. Nachdem die Durchführung des Experiments an die Öffentlichkeit gedrungen war, hatten sich viele Medien empört, insgesamt waren die Reaktionen aber zwiegespalten, und keineswegs nur negativ ausgefallen.

~

Als ich in die Wohnung zurückkehrte, waren zahlreiche Nachrichten eingegangen. Rheimer hatte gleich zweimal versucht, mich anzurufen. Les erkundigte sich erneut, was vorgefallen war. Ob ich mittlerweile auf dem Campus sei? Sogar Kim hatte sich gemeldet, fragte, ob ich mich an ihn erinnere. Er habe an unsere Begegnung denken müssen, ob der Vorfall inzwischen geklärt wäre? Er säße gerade mit seinem

Freund vom Facility Management zusammen, den er damals erwähnt hatte. Ich reagierte auf keine der Nachrichten, allein der Gedanke, kommunizieren zu müssen, löste Stresssymptome aus. Das Licht ließ ich ausgeschaltet, die Helligkeit strengte mich zu sehr an. Im Dunkeln – das Zimmer war nur von der Straßenlaterne schwach erhellt – legte ich mich aufs Sofa, schlief kurz darauf ein.

8 Auf Exkursion

Am nächsten Morgen rief ich im Krankenhaus an, ließ mich krankschreiben. Ich fühlte mich benommen, unfähig, einen klar definierten Gedanken zu fassen. Bis zum Nachmittag blieb ich im Bett und stand nur auf, um auf die Toilette oder etwas trinken zu gehen. Sobald ich mich aufrichtete, heftete sich der zweite Kopf wie ein Fremdobjekt an meinen Schädel, darauf aus, bei der geringsten Irritation aufzubegehren. Appetit hatte ich keinen. Erst gegen Abend wurde ich innerlich unruhig und nahm meine Recherche wieder auf. Ich blieb bei einem Beitrag hängen, der zeigte, dass die Biometrie eine Wissenschaft sei, »die sich mit Messungen an Lebewesen und den dazu erforderlichen Mess- und Auswerteverfahren beschäftigt«. Im 19. Jahrhundert wurde die statistische Vermessung des Körpers unter anderem von einem kontaktarmen und mürrischen Franzosen vorangetrieben. Als verhaltensauffälliger Schüler mit mangelhaften Leistungen wurde er frühzeitig und ohne Abschluss der Lehranstalt verwiesen. Er litt unter einer kränklichen Disposition, Nasenbluten und chronischen Migräneanfällen, galt als cholerisch und pedantisch. Seine Beliebtheitswerte tendierten unter den Menschen, mit denen er in Kontakt kam, mit hoher Verlässlichkeit gegen null. Bevor er von der Armee eingezogen worden war, hatte er sich mit Gelegenheitsjobs durchgeschlagen. Allein weil sein Vater über eine gehobene Stellung und gute Kontakte in die Pariser Gesellschaft verfügte, fand er später eine Anstellung, und wurde in der örtlichen Polizeipräfektur untergebracht. In der Abgeschiedenheit einer staubigen Archivkammer, in der Straffällige auf Karteikarten registriert wurden, entwickelte er einen ausgeprägten Sinn für Kriminologie, und wurde schließlich zum Leiter des Erkennungsdienstes befördert. Sein

System zur Identifizierung rückfälliger Straftäter beflügelte sogar namhafte Autoren, die soeben dabei waren, das neue Genre des staatstragenden Kriminalromans zu prägen. Sein Verdacht wurzelte darin, dass die Wörter die Dinge verschleiern. Was es von Menschen zu wissen gab, zeigte sich, lag offen zutage.

Am darauffolgenden Abend verabredete ich mich mit Les. Ich fühlte mich noch immer benommen, hatte aber zugleich das übergeordnete Gefühl, schon zu viel Zeit verschwendet zu haben, und wollte daher unbedingt wieder auf die Beine kommen. Ich nahm Paracetamol und eine Alertec, 200 mg, machte mich frühzeitig auf den Weg. Les würde direkt vom Campus kommen. Der Zweifel, ob ich sie wiedererkennen würde, überfiel mich unvorhergesehen. Ich hatte sie bisher nur einmal in einem Flugreisesetting getroffen; unsere Begegnung lag eine Woche zurück. Ich rief ihr Gesicht auf, aber umso zwanghafter ich mir ihr Äußeres zu vergegenwärtigen versuchte, als desto poröser erwiesen sich die visuellen Daten. Obwohl ich wusste, dass das Bild irgendwo in meinem Gedächtnis hinterlegt war, konnte ich für kritische Partien auf keine Informationen zurückgreifen. Ich klickte auf das Profilbild im Firmennetz, scrollte durch ihren Account, die Bilder hatten mich schon bei der ersten Durchsicht irritiert, weil ich nicht immer sicher war, ob es sich tatsächlich um sie oder eine andere Person handelte. Auch hatte ich die verfügbaren Bilder nur eingeschränkt in Einklang mit dem Bild gebracht, das ich mir live von ihr gemacht hatte. Vielleicht saß sie schon im Café, beobachtete mich? Der Gedanke ließ mich aufschrecken. Ich musste an Untersuchungen denken, die belegten, dass Facial Recognition Software die Gesichter von Männern um neun Prozent besser identifiziert als die von Frauen, die von Weißen besser als die von Schwarzen. Erst mit dem Alter der Personen nahm die Erkennungsleistung insgesamt zu. Ich schaute auf, meinte diesmal, sie gleich in mindestens zwei der anwesenden Frauen wiederzuerkennen. Als sie zwei Minuten später eintrat, war der Evidenzeffekt überwältigend, und ich atmete erleichtert auf.

Sie trug dieselben Leggins, die sie im Flugzeug getragen hatte, auch die Sneaker kamen mir vertraut vor. Nur ihren federnden, ballenorientierten Gang, nahm ich zum ersten Mal wahr, das Haar hatte sie hochgesteckt. Den langen Arbeitstag sah man ihr kaum an, allenfalls ihre Frisur war ein wenig eingesunken und die Haut um ihre Augen herum spröde, was aber ebenso reizvoll war wie vollkommen straffe Haut. Erst als wir uns nah gegenüberstanden, stellte sich eine Verlegenheit ein, weil wir nicht wussten, wie wir uns am besten begrüßen sollten. Obwohl ich den Moment der Wiederbegegnung in Gedanken mehrmals vorweggenommen hatte, hatte ich die Begrüßung selbst aus mir unerfindlichen Gründen davon ausgespart. Ohne Aushandlungsprozess lief es auf Französisch hinaus, was nicht meine Wahl gewesen wäre. Die Geste erschien mir affektiert und auf barocke Art zu sehr redundanzbasiert. Ihr Make-up blieb an meiner Wange kleben, was mich rätseln ließ, ob sie es eben erst aufgefrischt hatte, ob es alt war, oder nichts von beidem? Als wir uns wieder voneinander lösten, spürte ich den dominanten Impuls, mit einem Finger an jener Stelle über die Wange zu reiben, an der meine Haut an der ihren haften geblieben war. Zwei Sekunden hing ich der Fantasie nach, mich wie Carrolls Grinsekatze restlos aufzulösen, bis nur noch der Make-up-Fleck auf meiner Wange zurückblieb. Auf diffuse Art und Weise war ich mir sicher, dass meine komplette Identität in diesem Fleck gespeichert war.

Unsere ersten Drinks leerten wir geringfügig überstürzt, und ich fragte mich, ob ich etwas zu bereitwillig lachte. Ich horchte in mich hinein und versuchte, den Effekt meiner

Sätze auf sie an ihrer Mimik und Körperhaltung abzulesen. Anschließend gingen wir etwas essen, Les folgte der Empfehlung für ein Restaurant, das erst vor wenigen Tagen neu eröffnet worden war. Dass wir früher oder später auf die Schleuse zu sprechen kamen, war unvermeidbar. Dennoch versuchte ich, den Moment so lange wie möglich hinauszuzögern. Als sich unsere Knie unter dem Tisch berührten, waren sie zurückgeschnellt, beim zweiten Mal hielt ich den Kontakt für volle fünfundvierzig Sekunden. Ich wählte die gedeckte Tonlage einer heiteren Anekdote wie gegenüber den Weltraumgeschwistern, achtete darauf, die Stimme nicht allzu sonor und in der Folge übertrieben ernsthaft klingen zu lassen.

Les war das Phänomen ebenfalls unbekannt, hielt aber meine Vermutung, es handele sich um einen Bug, einen Glitch oder Lesefehler, für plausibel. »Wie ist die Statistik? Auf 1000 Zeilen Programmcode kommen zwei bis drei Fehler? Wie viele dieser Fehler sind sicherheitsrelevant und können gehackt werden?« Ich signalisierte Nichtwissen, aber sie erwartete gar keine Antwort, fragte, ob ich von dem Softwarefehler der Bank gehört hätte, die über fünf Jahre falsche Kreditanpassungen vorgenommen hatte? Bei mehreren Hundert Kunden war es darüber sogar zu einer Zwangsvollstreckung ihrer Häuser gekommen. Der Fehler war erst Jahre später und rein zufällig, im Zuge der Aufarbeitung eines größeren Bankenskandals entdeckt worden. Ich verneinte, berichtete von dem Sturz und versuchte, sie schließlich mit der Episode vom Shuttlefahrer, der mir die Mitfahrt verweigert hatte, aufzuheitern.

Sie hob lediglich ihre Mundwinkel um drei Millimeter an, zog sie gleichzeitig um dieselbe Längeneinheit in die Breite, tupfte mit der Serviette über die Lippen; blieb in einem selbstreflexiven Stadium. Die Bewegung um ihre Augen, die minimal veränderte Ausrichtung ihrer in diesem Moment zu der Nasenwurzel hin stärker abfallenden Brauen, war schwierig zu dechiffrieren, und kurz fürchtete ich, dass sie das Ganze zu schwernehmen könnte. »Daran ist doch überhaupt nichts komisch.«

Ihr Gesicht hatte einen mir bisher unbekannten Ausdruck angenommen. Sie wirkte streng und in sich gekehrt, als hätte sie jede Außenorientierung gecancelt. Eingeigelt in einen mentalen Kokon folgte sie stur der verborgenen Schrittfolge ihrer Gedanken.

»Ja, nein. Du hast recht. Aber es ändert ja nichts, sich übertrieben zu ärgern.«

»Aber darum geht es doch nicht. Du musst dafür sorgen, dass sich jemand darum kümmert.«

»Das mache ich doch.«

»Aber was ist bisher passiert? Offenbar wurde nichts unternommen. Stattdessen bist du krank und liegst zu Hause im Bett.«

»Ich habe heute zweimal die Hotline und bei der Admin angerufen.«

»Und?«

»Konnten mir noch nichts sagen.«

Ich hob meine Hände, kommunizierte ein ergebnisoffenes Weder-noch.

Erneut erkundigte sie sich nach dem Zeitpunkt, zu dem ich das erste Mal abgewiesen worden war, zählte die Tage an ihren Fingern ab, wollte schließlich die genaue Anzahl der Abweisungen wissen. Etwas an ihrer Formulierung störte mich, vielleicht lag es nur daran, wie sie das Wort »abgewiesen« intonierte und dass sie es selbstverständlich und gleich zweimal in Folge verwendete. Auch den Wachmann erwähnte sie. »Warum hast du dich abwimmeln lassen, nicht darauf beharrt, dass er dir eine zuständige Person schickt? Oder meinetwegen auf Rheimer oder Vitali Sedar gewartet? Irgendjemand wird doch wissen, was zu tun ist? Das kann doch gar nicht sein.«

Sie klang konsterniert, als wäre nicht ich, sondern sie die Betroffene. Ich blieb ruhig: »Sicher gibt es Leute, die wissen, was zu tun ist.«

»Also.«

»Was also? Ich habe doch schon gesagt, dass man sich in diesem Moment hätte optimaler verhalten können. Soll ich es noch mal sagen?«

»Aber du hättest ihn doch zu einem späteren Zeitpunkt erneut aufsuchen und darauf beharren können, dass er jemanden holt. Er muss doch dafür zuständig sein. Für was denn sonst?«

»Natürlich, klar.«

Die Unterhaltung wurde anstrengend, als wäre ich in ein Verhör geraten. Kurz bereute ich, überhaupt mit dem Thema begonnen zu haben. Mein Kopf hatte sich wieder bemerkbar gemacht, pochte im Bereich der Schädeldecke. Anfangs war es nur ein Flimmern, das sich allmählich verdichtete, die Vibrationen drohten in den Klammergriff einer groß skalierten Hand zu wechseln, die den Schädel wie Plastilin zwischen die Finger nahm, knetete.

»Ich hätte auch einfach meinen Fuß höherbringen können, dann wäre ich im Gebäude gewesen; nicht gestürzt.«

Sie sagte nichts mehr und für eine unbestimmte Dauer hielten wir unsere Köpfe seitwärts gewandt, starrten aus dem Fenster. Der Verkehr hatte nachgelassen, der Umgebungslärm drängte umso stärker in den Vordergrund; anstatt eine einheitliche Hintergrundkulisse zu bilden, die sich ausblenden ließe, konkurrierte jedes einzelne Geräusch mit jedem anderen um Aufmerksamkeit. Meine Hand ertastete die Pillen in meiner Hosentasche. Der Kellner kam und räumte die Teller ab. »Und, alles zur vollen Zufriedenheit?« Les ignorierte ihn. »Ja, gut, danke.« Mir war nicht klar, ob ich zwangsläufig für uns beide antwortete, und wenn dies so war, ob es potenziell übergriffig wäre. »Vier Komma sieben Sterne.« Den Nachsatz hatte ich ambivalent zwischen Frage und Antwort intoniert; der Kellner reagierte erfreut.

Als das Gespräch wenig später auf eine allgemeine Ebene wechselte, hatte ich das Gefühl, dass wir uns beide merklich entspannten. Wir rätselten, ob Fehler in biometrischen Abtastungsprozessen, die statistisch gesehen in einer bestimmten Häufung auftreten, im Einzelnen geprüft oder nicht eher als tolerierbare Fehlerquote in Kauf genommen würden. Von biometrischen Verfahren kamen wir auf algorithmische Steuerungs- und Entscheidungsprozesse zu sprechen. Wie ging man mit deren Fehleranfälligkeit um? Les nannte den bekannten Fall eines Handelsalgorithmus, der einen Blitzcrash ausgelöst hatte. Stabilisierte die Automatisierung Systeme wie die Börse, oder machte es sie noch störanfälliger? Wer profitierte von möglichen Störungen?

»Früher hatte man wenigstens die Paranoia. Wer versteht die algorithmischen Systeme denn heute noch?«

»Was hat das eine mit dem anderen zu tun? Nur die Paranoiden überleben.« Les hatte zu dem mir vertrauten Gesichtsausdruck zurückgefunden, und ich überlegte, dass mir ihre konfrontative Art im Grunde gefiel.

»Natürlich wird sich die Realität von Einzelnen immer abkehren oder gegen sie verschwören. Ich frage mich nur, ob man dahinter noch ernsthaft eine koordinierte oder geheime Absicht vermuten kann?«

»Du meinst, dass die Paranoia nicht mehr taugt, um den Riss in der Wahrnehmung zu kitten?«

»Ja, so ähnlich. Oder wie siehst du das? Wie soll man sich gegenüber autonomen Prozessen verhalten, die Gesetzmäßigkeiten folgen, die hyperrational sind und die wir trotzdem nicht verstehen? Das ruft doch Ratlosigkeit, und keine Paranoia hervor.«

»Aber es zirkulieren doch mehr, nicht weniger Verschwörungstheorien.«

»Na ja, schon.« Ich zuckte mit den Schultern: »Weiß auch nicht. Vielleicht war es früher anders. Man konnte oder musste die Paranoia irgendwie ernst nehmen. Denk beispielsweise an die ganzen Filme, Kalter Krieg und so. Da ist sie doch viel fester mit der Realität verwoben.«

»Du meinst die Paranoia war seriöser? Theoretisch und ästhetisch wertvoller? Mit einem Prädikatssiegel versehen?«

Sie hatte einen leicht spöttischen Gesichtsausdruck, von dem ich nicht wusste, ob er mir oder der Sache galt.

»Mhja, klingt halt sofort nach Kulturpessimismus.«

»Ich sehe das anders. Dieses Gewäsch richtet doch einen enormen Schaden an.« Sie wirkte plötzlich lebhaft und war gleichzeitig ernst geworden. Möglicherweise hatte ich ihren spöttischen Gesichtsausdruck zuvor fehlinterpretiert: »Durch Eliten gesteuerte Migrationsströme zur Vernichtung der weißen Rasse und was weiß ich. Sachen wie die gefakte Mondlandung sind dagegen doch harmlos.«

»Na ja, das meine ich nicht. Damals stand in Sachen Verschwörung ja auch anderes auf dem Spiel.« Ich hatte meinen Faden verloren: »Aber ist auch egal, wahrscheinlich hast du recht. Wie sieht es denn bei dir aus? Gibt es gar keine Theorie, für die du dich erwärmen könntest?«

»Hat mich nie interessiert.«

»Wie ist es damit: Seit Mitte des letzten Jahrhunderts ist die Künstliche Intelligenz unter uns und treibt die Computertechnologie voran. Der letzte Streich wird sein, die Menschen im Glauben der Weltraumeroberung auf den Mars zu entführen.«

»Mein Bruder arbeitet bei einem Fintech Start-up. Er meint immer, dass Geschwindigkeit und Komplexität sich notwendig in die Haare kriegen. Zusätzliche Komplexität heißt Rechenzeit, und das heißt wiederum Geschwindigkeitsverlust bei Vorgängen, in denen Milli-, Mikro- und Nanosekunden eine Ewigkeit darstellen. Deshalb tendieren auch algorithmische oder selbstlernende Systeme, die eigentlich komplex sind, zu Vereinfachungen, die dann eben unkalkulierbare oder abstruse Prozesse auslösen.«

»Du hast einen Bruder?«

»Zwei. Beide Techies, aber nur einer macht was mit Finanzen.«

»Ich war irgendwie davon ausgegangen, dass du ein Einzelkind bist, weiß auch nicht, warum. Leben sie auch in der Gegend?«

»Nur der eine. Aber was ich sagen wollte: Während die Algorithmen simpel sind und simpel sein sollen, weil sie nur so schnell und billig genug sind, entsteht die Komplexität aus Interaktionen, die dann eben rasch undurchsichtig sind, je mehr die Systeme mit anderen Algorithmen oder Umweltdaten interagieren ihre Abläufe miteinbeziehen.«

»Aber auf so etwas in der Art wollte ich doch anfangs hinaus. Nur –«

»Oder nimm selbstlernende Systeme. Da lässt sich im Nachhinein ja auch nicht mehr ohne Weiteres sagen, was Ursache und was Wirkung war. Was passiert also, wenn Effekte zu Ursachen werden können, die neue Effekte hervorrufen und so weiter. Das Ganze streut sich schließlich so weit, dass die Prozesse nicht mehr rückverfolgt oder wiederholt werden können. Gleichzeitig wäre es aber verfehlt, dem eine übergeordnete Absicht zusprechen zu wollen.«

»Das habe ich doch gemeint,. Wie sieht das eigentlich bei dir aus? Du wollest nichts mit Informatik machen?«

»Nein, nicht wirklich.«

»Und deine Brüder? Sind die älter oder jünger als du?«

»Jünger, beide.«

Wir starrten uns in die Augen, sahen uns anschließend im Restaurant um. Bis auf einen weiteren besetzten Tisch waren wir die letzten Gäste. Als sich unsere Blicke wieder trafen, mussten wir beide kichern. Ich sammelte mich zuerst: »Aber heißt das nicht, dass wir es bei Dingen wie der KI irgendwann mit Effekten zu tun haben, deren Ursachen letztlich so bedeutungsleer wie Naturgesetze sind. Der Sturm zieht auf, oder er bleibt aus, und that's it.«

»Na ja, aber die Technologie ist doch keine Naturgewalt. Sie wird ja noch immer designt. Wie steht es bei dir? Hast du Geschwister?«

»Einzelkind.«

Les seufzte: »Was meinst du. Wollen wir mal?«

Als wir aufstanden, wirkte sie ausgelassen: »Was soll denn mit den Entführten auf dem Mars passieren? Die werden bestimmte in smarte Wohneinheiten gesteckt, für die sie vorab Bausparpläne abgeschlossen haben, die sie bis an den Rest ihres Lebens, das mit Sicherheit ewig sein wird, abbezahlen müssen.«

»Weiß auch nicht. Aber ja. Die Story wird sofort einigermaßen trashig.«

Wir verließen das Restaurant in heiterer Stimmung. Auch Les hatte die Uhrzeit aus den Augen verloren: »Mist, eigentlich hätte ich noch etwas erledigen müssen. Wird wohl wieder früh werden.«

Sie organisierte einen Community Outreach, die Aktion fand bereits am Freitag statt. Sie fragte, ob ich mich schon angemeldet hätte. »Ich weiß gar nicht, ob es überhaupt noch freie Plätze gibt. Warte, ich schau mal nach.«

»Bis eben wusste ich noch gar nichts davon.«

»Aber du liest doch unseren Newsfeed?«

»Schon, ja. Klar.«

Ihre Nachfrage, ob ich morgen in den Ring käme, bejahte ich. Anschließend wagte sich jedoch keiner zu fragen, wann wir uns das nächste Mal wiedersehen wollten. Vielleicht dachten wir in diesem Moment auch beide an die verkrampfte Diskussion, die wir wegen der Schleuse geführt hatten. Unsere Ridesharing-Taxis trafen fast zeitgleich ein. Zum Abschied umarmten wir uns. Ihr Körper fühlte sich unerwartet klein an, noch im Auto hatte ich das Gefühl, zur Hälfte ins Leere gegriffen zu haben, sann darüber nach, ob ich ihr Erscheinungsbild, das ich mir eingeprägt hatte, schon wieder aktualisieren müsste.

Die Woche verging wie im Flug, plötzlich war Freitag. Die Begegnung mit Les hatte mich motiviert, erneut bei der Hotline anzurufen. Diesmal war ich hartnäckiger geblieben, der Anruf hatte dennoch nichts bewirkt. Auch die Systemadministration, bei der ich es versucht hatte, hatte mir nicht weiterhelfen können: »Momentan können wir weder bestätigen, noch dementieren, dass ein Problem mit der Schleuse vorliegt. Weder was Ihre Person noch was andere betrifft. Wir gehen Ihrer Anfrage aber selbstverständlich nach und danken für Ihr Verständnis.«

Am Vorabend hatte ich mit Loïc telefoniert. Ich hätte ihn gern besucht, aber er war auf dem Campus geblieben. Anschließend hatte ich mit Les gechattet und ihr dargelegt, warum ich auf keinen Fall mit auf den Outreach kommen konnte. Bei der Frage nach dem Zugang war ich nicht weitergekommen und konnte es mir allein deshalb nicht leisten. Zudem ärgerte mich die Vorstellung, der Öffentlichkeit im Namen des Rings einen guten Dienst zu erweisen, während keiner der Verantwortlichen in der Lage war, sich endlich um das Problem zu kümmern.

Ich lag im Bett, zu müde, um aufzustehen, und zu wach, um wieder einzuschlafen. Bereits in den letzten Tagen hatte sich der Übergang von der Nacht zum Tag auf frustrierende Art und Weise verschliffen; missmutig warf ich die Decke zurück, öffnete das Fenster. Die Luft war klar, frei von Smog und Nebel. Ich ging duschen, frühstückte. Die Lust, Les zu sehen, flashte vollkommen unerwartet auf. Ich schmiss ein paar Dinge in meine Tasche, zog meine Sneaker an und joggte zum Pick-up Point.

Die Gesichter der Wartenden musterte ich, erkannte aber niemanden. Les traf mit dem Shuttle ein. Sie trug körperbetonte Leisurewear, ihr Haar zu einer Art Geisha-Knoten hochgesteckt, der ihr einen mild exotischen Touch verlieh. Sie erkannte mich erst auf den zweiten Blick, wirkte erstaunt, als hätte sie tatsächlich nicht mehr mit mir gerechnet. Sie hatte alle Hände voll zu tun, wir beließen es dabei, uns leicht übertrieben und auf eine für Außenstehende mit Sicherheit eher dümmliche Weise anzugrinsen.

Auf der Fahrt in den Naturpark erhielt jeder eine donutförmige Box aus Pappe mit blauem Firmenshirt und einer Kappe, zudem ein Lunch und Essentials, Sonnencreme, Pflaster und Notfalltabletten gegen Kopfschmerzen und Dehydration, die ich mit 10 mg Ritalin sofort schluckte. Shirts und Basecap sollten wir während der gesamten Aktion tragen. Als wir ausstiegen und uns auf dem Parkplatz sammelten, war der Effekt der Uniformierung überwältigend, die Gruppe applaudierte spontan. Jemand stimmte »Go, Ringers, go« an, nicht nur wir selbst nannten uns so, auch in der Öffentlichkeit hatte sich die Bezeichnung »Ringer« rasch durchgesetzt. Kurz darauf wurde der Ruf durch »Auf, auf, Imperials« abgelöst, alle stimmten in den Sprechgesang ein.

Ich konnte mit der Begeisterung nur wenig anfangen, war nicht in der richtigen Mood, spähte nach Les, die eine geballte Faust erhoben hatte und ihren Unterarm im Rhythmus des Sprechchors rotieren ließ. Sie war in einer anderen Position als ich, hatte aufgrund ihrer Leadership-Funktion gar keine andere Wahl, als mitzumachen. Ich zückte mein Phone, schoss Fotos. Gleich das erste Bild war das beste. Les' Faust zeigte schräg nach oben und vorn, ihr Kopf um circa hundert Grad zur Seite und nach hinten gewendet. Ihr Gesichtsausdruck zeigte ein hohes Maß an Engagement, strahlte etwas Elementares und zugleich Aufrührerisches aus. Ich postete das Foto, das sofort mehrfach geteilt wurde. Die Teilnehmer sollten Teams bilden, da ich niemanden kannte, schloss ich mich der Gruppe an, die direkt neben mir zusammenfand.

Wir sollten das gesamte Gelände covern, wer am Ende der Aktion den meisten Müll zusammengetragen hatte, erhielt einen Überraschungspreis. Die einzige Regel formulierte Les als Scherz: »Mülldiebe, die Müll aus Mülleimern klauen, werden disqualifiziert.« Zudem schärfte man uns ein, uns gut gegen die Sonne zu schützen. »Die Sonne ist nur zum Teil unsere Freundin. Wir sind auf sie angewiesen, aber wenn wir nicht auf der Hut sind, verhält sie sich wie eine rachsüchtige Mutter, die ihre eigenen Kinder verschlingt.« Der letzte Programmpunkt vor dem Start waren Teamfotos. Bevor wir aufbrachen, erhielt jeder Müllsack, Handschuhe und eine Greifzange. Mein Team einigte sich darauf, eine Reihe zu bilden, um das Gelände systematisch in der Breite zu durchkämmen.

»Die Passanten oben auf der Straße halten uns bestimmt für Polizeiranger, die nach der zerstückelten Leiche einer jungen Frau suchen.«

»Warum ausgerechnet eine junge Frau?«

»Egal. Lass es einen alten Mann oder vermissten Junge sein. Was immer der Präferenz deines persönlichen Profils entspricht.«

Ich hatte mich an den Typ neben mir gewendet, den ich wie den Großteil der anderen Ringer auf der Exkursion um mindestens dreieinhalb Jahre jünger als mich geschätzt hätte. Anstatt zu lachen, blieb er stehen, schob das Sonnenschild aus seiner Stirn und begutachtete die Szene.

»Vielleicht.« Er blinzelte, versuchte wahrscheinlich, kenntnisreich oder nachdenklich zu wirken. »Tragen Trooper nicht diese breitkrempigen Hüte und lange Hosen mit abgesetzten, leicht schillernden Seitennähten?«

»In Serien, gut möglich, ja.«

Der Kerl hatte seine Kappe wieder in die Stirn gezogen und die Suche aufgenommen. Ich hatte den Eindruck, dass die anderen großteils neu in der Firma waren. Wahrscheinlich wollten sie die Aktion nutzen, um Leute kennenzulernen oder moralische Pluspunkte zu sammeln. Ich ließ mich zurückfallen, sah zu, wie sich die Lücke, die durch mein Verschwinden entstanden war, schloss. Mein Opt-out wurde nicht bemerkt. Ich setzte mich von der Gruppe ab.

Die Strahlung war intensiv, der Himmel ein homogenes Blau von mittlerer Brillanz mit hohem Grünanteil und eher geringer Rotbasis. Nur am Horizont bildete der Dunst einen Balken, der wie ein Werbebanner über dem Meer stand. Ich ging die Böschung hinunter an den Strand, trotz des mäßigen Aufwinds schwitzte ich. Ich setzte mich, schlenderte anschließend am Ufer entlang und hielt nach Steinen und Muscheln Ausschau. Hin und wieder bückte ich mich. Es war sehr wohl möglich, dass ich aus der Ferne noch immer den Eindruck erweckte, Müll zu sammeln. Ich war in die Hocke gegangen, hatte eine Muschel in die Hand genommen, sie aber wieder fallen lassen. Als ich mich aufrichtete, stand Les vor mir. Ich war zu hundert Prozent überrascht, hatte ihr Kommen nicht bemerkt. Sie fragte, was ich machen würde? Wo mein Team sei? »Bist Du etwa allein hier unten?«

Ich sagte nichts, zuckte mit den Schultern. Bevor ich reagieren konnte, war sie an mich herangetreten, hatte sich auf ihren Zehenspitzen aufgerichtet und mich geküsst. Ich zuckte zusammen. Die Aktion ereignete sich absolut unerwartet. Intuitiv hätte ich nicht einmal sagen können, ob es sich um eine Challenge handelte, schielte die Böschung hinauf, konnte aber niemand entdecken, der uns beobachtete. Les war schon wieder einen Schritt zurückgetreten, sah mich an. Sie lachte. Hinter den polarisierten Gläsern ihrer Sonnenbrille waren ihre Augen nur zu erahnen. Dennoch wirkte sie ausgelassen. »Na dann. Bis später.« Sie war ebenso schnell wieder fort, wie sie aufgetaucht war. Ich starrte ihr kommentarlos hinterher, wie sie die steile Anhöhe betont lässig hinaufjoggte. Mit keiner Geste ließ sie sich anmerken, dass es sich um ein anspruchsvolles Cross-Country-Terrain handelte. Erst auf der Hangkante stoppte sie, drehte sich ein letztes Mal um, winkte. Dann war sie verschwunden.

Ich war so überrumpelt, dass ich nicht einmal einen Gedanken darauf verschwendet hatte, wie ich geküsst hatte. Ich ließ die Lippen über den Handrücken streichen, spürte der Empfindung aber nicht länger nach und wandte mich dem Meer zu. Die schiere Wassermasse war überwältigend. Für eine unbestimmte Weile ließ ich mich vom gleichförmigen Gang der Wellen in den Bann schlagen, sah zu, wie sie sich mechanisch am Strand brachen. Als ich weiterging, dachte ich zum ersten Mal, dass ich Les vermisste. Zumindest hätte ich in diesem Moment gern jemand neben mir gehabt, mit dem ich offen über die Verifikation und anderes hätte sprechen können. Ich brütete über einer Kurzmitteilung an sie. Die Schleuse machte mich plötzlich wütend. Als mir endlich eine Zeile in den Sinn kam, war mir Les mit einer Textnachricht zuvorgekommen und ich musste wieder von vorne anfangen und erst auf ihre reagieren. Wahllos hob ich Steine auf, warf sie ins Wasser, aber mein Arm schmerzte noch zu sehr vom Sturz.

Ich wischte meine Hände ab und begutachtete ihre Innenseiten. In den letzten Tagen war mein Blick wiederholt an meinen Händen hängen geblieben und ich hatte sie mit wachsender Neugier studiert. Mir war nie aufgefallen, dass nur auf dem Handrücken Venen sichtbar waren, nicht in den Handinnenflächen. Angeblich gab es auch Sensoren, die das Venenmuster des Handrückens auslasen. Die Vorstellung, den Handrücken statt der Innenfläche scannen zu lassen, kam mir seltsam vor. Je länger ich meine Hände betrachtete, desto eigenartiger erschienen sie mir, und ich sann darüber nach, ob es sich auch um gänzlich fremdartige Objekte handeln könnte, die gar nichts mit mir zu tun hatten. Wie die Steine am Wasser. Oder ob sie nicht mit sehr hoher Plausibilität die eines anderen sein könnten? Wäre ich beispielsweise in der Lage, meine Hände unter einer größeren Anzahl abgetrennter Gliedmaßen fehlerfrei zu identifizieren? Was, wenn es sich dabei nur um einen einzelnen Finger handelte? Wäre ich imstande, meinen Finger aus einem mit abgetrennten Fingern gefüllten Plastikeimer zu klauben? Allenfalls an die Hände meines Vaters erinnerten mich meine Hände. Ich dachte daran, wie die Hände meines Vaters vor wenigen Jahren zum ersten Mal meine Aufmerksamkeit erregt hatten. Der mentale Eindruck musste von einem Wochenendbesuch stammen, als mir scheinbar aus dem Nichts heraus die sehr charakteristische Art und Weise auffiel, wie seine Hand während des Essens neben dem Teller auf dem Tisch lag, wie er die Gabel hielt oder sich mit der ihm eigenen Vehemenz über die Kinnlade strich. Obwohl die Gesten nebensächlich und stereotyp waren, erschienen sie mir damals in hohem Maße wiedererkennbar. Der Vibrationsalarm ließ mich aufschrecken. »Siegerehrung in fünf Minuten«, verkündete das Display. Die Sammelaktion war beendet. Gern wäre ich noch länger am Wasser geblieben. Die Wellen, der Fließbandrhythmus der Brandung hatten mich ruhig werden lassen. In einer zweiten Nachricht hieß es, dass ich mich freuen dürfe. Meine Gruppe hatte gewonnen. Widerwillig erhob ich mich und schlenderte die Böschung hinauf zum Parkplatz.

9 Palm Secure

Am Montagmorgen wachte ich vor der Weckfunktion auf, versendete, noch im Bett liegend, eine längere Nachricht an Rheimer. Eineinhalb Sekunden später erhielt ich eine Abwesenheitsnotiz. Ich kontrollierte meinen Newsfeed, überflog zwei längere Beiträge und folgte auf der Wetterapp dem Wolkenverlauf. Die Wolken würden in den nächsten drei Stunden in einer lockeren Anordnung, die kein höherrangiges Muster erkennen ließ, über den Atlantik auf die Küste zutreiben. Kaum war der Zeitraffer beendet, sprang die Animation zum Anfang zurück. Mit jeder Wiederholung nahm die Formation verstärkt die Züge einer Choreografie an, deren Ablauf absolut zwingend erschien. Ich beendete den Clip und rief meinen Chat mit Rheimer auf, studierte den Nachrichtenverkehr der letzten zehn Wochen. Anschließend legte ich das Gerät aus der Hand und rieb die Handflächen am Laken, obwohl sie weder feucht noch verschwitzt waren. Abwechselnd betrachtete ich beide Handteller, hielt sie wenige Zentimeter und in der Distanz einer halben Armlänge vor die Augen. Auf den ellenseitig gelegenen Handballen erinnerte die Struktur der Papillarleisten an die wellenförmige Oberflächenstruktur von Sandrippeln, wie sie der Wind auf Dünen produziert. Die Rippelstruktur brachte mich auf Altocumulus Wolken, die, wie ich sofort recherchierte, »zumeist in Form eines ausgedehnten Feldes auftreten, das aus einzelnen, ziemlich regelmäßig angeordneten Wolkenteilen (Wölkchen) besteht (stratiformis). Die Wölkchen nehmen manchmal die Form lang gestreckter, paralleler Walzen an, die durch scharf begrenzte, wolkenlose Bahnen voneinander getrennt sind.« Ich folgte einem Hinweis, der die wellenförmigen Rippelwolken mit dem High Frequency Active Auroral Research (HAARP)-Programm aus den Achtzigerjahren verknüpfte, das Radiowellen zur Untersuchung der Atmosphäre eingesetzt hatte. Verschwörungstheoretiker hatten in den Wolken den Nachweis für ein Geheimprojekt gesehen, das in Zusammenhang »mit weltweit stattfindenden Naturkatastrophen wie Erdbeben, Überschwemmungen und Vulkanausbrüchen« gestanden hatte. Von den HAARP-Wolken kam ich auf sogenannte Chemtrails und Bilder von Kondensstreifen und weiterer extraordinärer Wolkenformationen, die im Zusammenhang mit Verschwörungstheorien aus den Neunzigern standen, die behaupteten, dass die Kondensstreifen von der absichtlichen Ausschüttung von Chemikalen und Giftstoffen, nicht von Flugzeugabgasen herrührten.

Ich legte mein Device zur Seite und betrachtete nun meine Finger. Nur auf den Fingerkuppen bildeten die Papillarleisten Wirbel, in den unteren Fingersegmenten war die Maserung eher horizontal strukturiert, diagonal oder bogenförmig in den Randbereichen. Dass die Ausrichtung der Wirbel auf den Beeren von linkem und rechtem Mittel-, Ring- und kleinem Finger sich spiegelverkehrt zueinander verhielten, die beiden Zeigefinger dagegen seitengleich, erschien mir bedeutsam, ohne dass ich zu sagen gewusst hätte, worin die Signifikanz bestand oder auf was sie verweisen könnte. Obwohl ich überzeugt war, die Hautleisten erschöpfend betrachtet zu haben, bekam ich für den Detailreichtum der Mikrostrukturen erst den richtigen Blick, nachdem ich das Stichwort »Fingerabdruck« aufgerufen hatte und in einem Eintrag von Papillarlinienenden die Rede war, die sich einfach, zweifach oder dreifach gabeln; zudem unterschied die Beschreibung einfache und zweifache Wirbel sowie einfache und doppelte Brücken, fortlaufende und sich überkreuzende Linien, Intervalle, seitliche Berührungen sowie Haken und Punkte. Ich studierte meine Handinnenflächen erneut. Tatsächlich wiesen sie sämtliche der genannten Phänomene auf.

Der Hinweis, dass Fingerabdrücke digital verhältnismäßig leicht zu fälschen waren, schien der eigenen Anschauung eklatant zu widersprechen. Möglicherweise lag es daran, wie man die Abdrücke aufzeichnete, speicherte und miteinander abglich. Der Beitrag nannte verschiedene Verfahren wie den Frye-Standard oder die Daubert-Methode, die in verschiedenen historischen Zeiträumen justiziabel, später dann aber wieder verworfen worden waren. Wie die digitalen Erkennungsverfahren und Abgleiche konkret arbeiteten und welche Schwachstellen existierten, die es möglich machten, die Autorisierung zu fälschen, wurde nicht erwähnt. Unwillkürlich musste ich an Filme denken, in denen biometrische Systeme eine Rolle spielten. Ein wiederkehrendes Motiv darin waren abgetrennte Finger oder Hände, mit denen die biometrischen Schlüssel geknackt wurden, die Opfer waren zuvor meist ermordet worden. Ich fragte mich, ob die Methode auch am Handvenenerkenner funktionierte und ob man Sorge tragen müsste, dass das venöse Blut aus der abgetrennten Hand nicht abfloss?

Ich suchte nach dem Schleusenhersteller und wählte die Nummer. Ich erklärte, im Namen der Firma anzurufen, es gäbe ein Problem mit dem Autorisierungsverfahren. Nach der Funktionsweise gefragt, erklärte der Mitarbeiter, dass fünf Millionen Vergleichspunkte im Leseprozess erfasst würden, das Sicherheitsniveau der Handvenenerkennung sei überproportional hoch. Die äußerst niedrigen Werte der False Acception Rate ließen sich nach dem Prinzip der Normalverteilung beschreiben.

Während des Gesprächs hatte ich auf der Homepage des Unternehmens ein PDF geöffnet, in dem die Sensorkamera vorgestellt wurde. Eine Bildstrecke demonstrierte, wie die

Magic-Eye-Sensorkamera das Venenmuster der Hand in vier Schritten ausliest und in einer Datenbank hinterlegt. Das erstellte Abbild der Magic-Eye zeigte eine blaustichige und an den hellen Stellen fahle bis milchig durchsichtige Hand mit auffallend großem, quadratischem Teller. Aus einer undefinierten Finsternis kommend, ragte das Organ körperlos ins Bild, als wolle es den Betrachter warnen oder nach ihm greifen. Die Fingerkuppen waren in Höhe des letzten Segments abgetrennt, was vermutlich an dem Abtastvorgang oder dem gewählten Bildausschnitt lag.

»In welchem Verhältnis der Fehler zu einer Normalverteilung steht, ist uns erst mal egal.« Ich sprach zu laut, überlegte, ob ich den Lautstärkepegel während des Redens senken sollte oder ob ich damit eine Unsicherheit zu erkennen gäbe: »Wir wollen wissen, wie es sein kann, dass die Erkennung von einem auf den anderen Tag spinnt.«

»Aus der Ferne lässt sich leider nur schwer eine Aussage treffen. Natürlich kann ich nicht ausschließen, dass ein derartiger Fehler, err – nicht nicht passiert. Aber uns liegen auch keine gegenteiligen Daten vor. Im Gegenteil. Mit welcher Häufigkeit tritt das Phänomen auf? Wie viele Personen sind denn betroffen?«

»Macht das etwa einen Unterschied? Ein Fall genügt nicht? Wie viele Menschen müssen es sein, bis sie etwas unternehmen? Fünf? Fünfzehn? Fünfzig?«

»Das meine ich nicht. Worauf ich hinaus will –«

»Uns liegen derzeit noch keine genauen Zahlen vor.«

Satzweise hatte ich meine Sprechlautstärke nach unten reguliert. In der Wir-Form zu sprechen, hatte etwas beflügelndes, als stünden alle Ringer vereint hinter mir. Mein Gesprächspartner war in die Defensive geraten, entschuldigte sich für die Unannehmlichkeiten. Zum ersten Mal seit Langem verspürte ich in der Sache mit der Schleuse

Genugtuung. »Leider liegen uns derzeit keine Hinweise vor, mit der sich die Existenz oder Nichtexistenz eines Problems verifizieren oder dementieren ließe.« Er versprach, die Anfrage umgehend an die zuständigen Kollegen weiterzuleiten. »Sie hören von uns, sobald wir eine qualifizierte Aussage treffen können.«

Nach dem Telefonat betrachtete ich erneut die Broschüre. Über der Bildunterschrift »Software erstellt Template« war eine monströse Hand abgebildet, die die Sensorkamera bis zur Unkenntlichkeit entstellt hatte. Die Linien, die die Venen repräsentieren sollten, wirkten dilettantisch, wie von einer Kinderhand gekrakelt. Die meisten Linien waren mehrfach unterbrochen, begannen und versiegten offenbar willkürlich im Nirgendwo.

Das letzte Image zeigte eine weiße Chipkarte mit dem Schriftzug »Palm Secure«, die fünf gelben Linien unter dem Schriftzug sollten vermutlich eine schwach gespreizte Hand symbolisieren, hätten aber ebenso einen abstrahierten Palmwedel oder eine am Horizont aufgehende Sonne darstellen können. »Template wird abgelegt« lautete die Bildlegende.

Ich verkleinerte die Seite und öffnete meinen Mailaccount, leitete die Nachricht, die ich Rheimer geschickt hatte, an Cesar weiter, der in Rheimers Abwesenheitsbenachrichtigung als Ansprechpartner für dringende Fragen angeführt war. Er antwortete innerhalb von viereinhalb Minuten. Die Nachricht war allgemein gehalten und auf eine Art korrekt, dass sie mich misstrauisch machte. Ich versendete dieselbe Nachricht erneut und erhielt nach drei Minuten die wortidentische Antwort. Sie war zu nahezu hundert Prozent softwaregeneriert. Ich schickte Rheimer eine weitere Kurznachricht, wissend, dass er seine Nachrichten auch im Urlaub las.

Rheimer antwortete erst am Nachmittag: »Tut mir leid, was passiert ist«; und kurz darauf: »Hab natürlich davon gehört.« In einer weiteren Nachricht, die einundzwanzig Minuten später eintraf, ergänzte er: »Hätte lieber persönlich kommuniziert, bin, wie du weißt, im Urlaub. Sorry.«

Zuerst dachte ich, dass Rheimer sich auf den Sturz bezog. Beim zweiten Lesen wurde ich jedoch unsicher. Was hatte er genau von wem gehört? Meinte er die Ursachen, die zum Sturz geführt hatten, den Sturz selbst oder die Folgen des Sturzes? Was hätte er lieber persönlich kommuniziert? Und warum fühlte er sich genötigt, nach einundzwanzig Minuten anzumerken, dass er lieber persönlich kommuniziert hätte? Von was redete er?

Ich leitete die Nachricht an Loïc weiter, bat ihn um eine Einschätzung. Ich wartete fünf Minuten, in denen ich wahllos im Netz herumstöberte, und schickte dieselbe Bitte an Les. Anschließend textete ich Cesar, unterrichtete ihn davon, dass ich so lange vom Campus fernbliebe, bis ich Bescheid bekäme, dass die Autorisierung an der Schleuse wieder freigeschaltet wäre. Nachdem ich die Mail versandt hatte, verschickte ich sie erneut mit Rheimer im cc. Daraufhin verständigte ich mich mit Les, die auf meine Nachricht reagiert hatte. Sie war gerade in einer Besprechung, wollte sich später melden.

Am Abend besuchte ich Loïc. Ich hatte ihm in kurzer Folge drei Nachrichten geschickt, schließlich keine Lust gehabt, länger auf eine Antwort zu warten, und mich einfach auf den Weg gemacht. Ich musste sowieso aus dem Haus, mir die Füße vertreten. Als Loïc öffnete, zeigte sein Gesicht aufrichtige Überraschung. »Meine Nachricht ist nicht angekommen?« Grußlos griff er in seine Hosentasche und streckte mir sein Phone entgegen. Er hatte sie offenbar erst in diesem Moment gelesen, ich stellte die Aussage nicht infrage. Er schien unentschieden, ob er mich hereinlassen sollte, aber ich drückte mich einfach an ihm vorbei. »Hier, ich hab Bier mitgebracht.« Ich knallte die Papiertüte mit den Flaschen auf den Couchtisch.

In den ersten Wochen nach meinem Einzug hatte ich regelmäßig bei Loïc gesessen, unsere Einheiten lagen nur vier Gehminuten voneinander entfernt. Irgendwann waren die Besuche seltener geworden, ein Grund dafür war sicher, dass wir nach dem Umzug beide abends länger auf dem Campus geblieben waren. Loïc war noch beim Abendessen, zerteilte mit schräg gestellter Gabel eine Art Teiggericht, möglicherweise hatte er die Nahrungspatrone aus dem Ring mitgenommen. Eine Dreiviertelsekunde widerstand die Haut dem stumpfen Druck der Zinken, dann stieß sie eine sämige Flüssigkeit aus. Gleichzeitig mit der Implosion der Masse entspannten sich Loïcs Gesichtszüge. Im Hintergrund lief auf stumm geschaltet eine Zombieserie. Vorsichtig führte Loïc die Portion zum Mund. Ich schloss die Augen. Im Grunde wollte ich nur wissen, wie er die Sache mit der Schleuse einschätzte, bestenfalls hatte er etwas gehört. Ich wartete, aber er schien zu sehr mit seinem Dinner beschäftigt, obwohl er nur unzureichend kaute, nicht mehr als drei- bis sechsmal pro Bissen. Ich öffnete ein Bier, prostete ihm zu; bemüht beiläufig erkundigte ich mich, was es Neues vom Campus gäbe.

Während er redete, verschlang er den Rest seiner Mahlzeit, kam ganz nebenbei auf ein neues Projekt zu sprechen. Ohne dem Inhalt im Detail zu folgen, rätselte ich über seine Verwendung des Personalpronomens in der dritten Person plural, das sich merkwürdig anhörte, und mich kurzzeitig belustigte, weil ich nicht wusste, ob es mich inkludierte.

»– wie dem auch sei. Das wirkliche coole Ding kommt erst noch. Wir haben eine neue Projektgruppe gebildet, ein paar von uns sollen mehr in die Weltrauminvestitionen involviert werden.«

Ich hörte nur halb zu, ärgerte mich, dass er Rheimers Mail, die ich ihm weitergeleitet hatte, nicht von sich aus ansprach. Warum musste ich ihn selbst darauf stoßen?

»The Adman & the Astronaut. Kommt von mir. Nicht übel, was? Fast schon poetisch. Ursprünglich sollten wir gar nicht beteiligt sein. Irgendwann kamen sie aber darauf, dass man Ads & Sales gar nicht früh genug an Bord holen kann. Überleg doch mal. Was war die tatsächliche Leistung der Mondmission in den Sechzigern? Hm? – Genau. Weniger die Technik, der große Coup war die PR. Erst das hat die Landung zu dem gemacht, was sie dann wurde. Genau da wollen wir mit The Adman anknüpfen. – Ach ja, übrigens, die Geschwister. Die sind ein Volltreffer. Wirklich. Sieht alles danach aus, dass sie mit von der Partie sein werden.«

Ich hatte bisher absichtlich nicht reagiert, horchte plötzlich auf.

»Was meinst du?«

»Weltraumgeschwister. Herrlicher Name. Kommt der wirklich von dir?«

»Das ist nicht dein Ernst. Warte.«

»Deine Empfehlung habe ich noch gar nicht gelesen, aber sie haben offenbar irgendetwas daraus zitiert.«

»Halt, langsam, von was redest du?«

»Na, du weißt schon, die beiden Kids. Mit ihrer Ads-Anwendung.«

»Du verwechselst was. Wie soll das zustande gekommen sein?«

»Keine Ahnung.«

»Nein, ausgeschlossen, du bringst was durcheinander.«

»Du weißt doch, wie das läuft.«

»Wie was läuft? Von was redest du? Jeff war neun Minuten dort, keine Minute länger. Ich habe doch mit denen geredet.«

»Die haben doch inzwischen längst das ganz normale Programm absolviert. Assessment-Verfahren. Wie sie es mit Start-ups machen. Einen Tag lang zeigen sie ihre Skills, ob sie in die Firma passen, von wegen cultural fit und so. Bei ihr war es ziemlich schnell klar. Bei ihm fiel die Beurteilung offenbar nicht so eindeutig aus.«

»Aber warum weiß ich nichts davon?«

»Reg dich doch nicht so auf. «

»Was heißt ›reg dich nicht auf‹?«

»Das macht die Human Relations, nicht wir. Außerdem warst du doch unterwegs und dann krankgeschrieben. Was ist eigentlich passiert?«

»Na und? Und das soll erklären, dass ich nichts weiß? Dass es niemand für nötig hält, mir irgendetwas zu sagen?«

Ich war wütend. Loïc knibbelte am Etikett seiner Bierflasche, schwieg; auf dem Bildschirm eine Schar zerrissener Zombies, die durch einen dämmrigen Birkenwald irrten, das dreckige Weiß der Rinde verschwamm mit der gräulichen Haut der horizontal nach vorne gestreckten Arme, einer Vielzahl flirrender Finger; es war nicht unmittelbar ersichtlich, nach was sie gierten.

»Das dauert noch, bis das wirklich losgeht. Du hast nichts verpasst.« Loïc klang übertrieben versöhnlich.

»Darum geht es doch gar nicht.« Sein Beschwichtigungsversuch steigerte meinen Zorn: »Warum man jeden Scheiß mitmachen muss. Das sind doch lächerliche Jungsfantasien. Den Weltraum besiedeln.«

Loïc wollte etwas erwidern, aber ich ließ ihn nicht zu Wort kommen: »Was soll das überhaupt heißen, das All kommerziell erschließen? Der Mond als Depot für besondere Güter? Eine zollfreie Zone? Oder doch nur Raketen als Werbefläche für Pizzalieferdienste? Das ist doch alles scheiße.«

»Das ist nicht gesagt!«

»Das Gefasel von wegen multiplanetarische Existenz. Das entbehrt doch jeder Grundlage. Das scheitert doch allein am Treibstoff.«

»Das sehe ich anders.« Mein Widerspruch hatte Loïc lebhaft werden lassen. »Überleg mal, was der Wettkampf um die erste bemannte Mondlandung ausgelöst hat! Das ist ja gerade der Punkt, dass es um das Unmögliche geht. Damals stand doch das ganze Land deshalb unter Strom. Das Machbare bringt uns nicht mehr weiter. Hier müssen wir ansetzen.«

»Mehr Entertainment? Eine pseudowissenschaftliche Dokufiction für neue Patrioten? Und dafür Steuergelder in die Tonne treten?«

»Das ist es ja. Es ist doch gar nicht gesagt, dass es ein Zuschussgeschäft wird. Was, wenn sich die Raumfahrt selbst trägt? Deshalb sind wir doch an Bord. Außerdem müssen wir doch in den Weltraum expandieren, es ist doch nur eine Frage der Zeit, bis die natürlichen Ressourcen auf der Erde erschöpft sind.«

Ich hörte nicht mehr zu, hatte keine Lust mehr auf das Thema, bereute plötzlich, überhaupt hergekommen zu sein. Loïc redete unverdrossen weiter, verstummte erst, als er endlich merkte, dass ich ihn ignorierte. Ich realisierte plötzlich, dass er von sich aus nicht mehr auf die Schleuse zu sprechen kommen würde, erhob mich. Es war mir mit einem Mal egal, er würde mir sowieso nicht helfen können, ich musste die Sache selbst in die Hand nehmen. Erst als ich stand, merkte ich, dass ich viel zu viel getrunken hatte. Mein halbvolles Bier ließ ich stehen.

»Du hast nichts gehört?« Ich hielt schon den Türknauf in der Hand. »Von wegen Authentifizierung und so?« Loïc war im Wohnzimmer sitzen geblieben. »Irgendwelche Informationen? Gerüchte? Du weißt nicht zufällig, ob auch andere davon betroffen sind? Wer?«

»Du meinst –. Keine Ahnung, tut mir leid.«

»Ich habe mit dem Schleusenhersteller telefoniert.«

»Wirklich? Und? Was sagen die?«

Er erhob sich schwerfällig, kam in den Eingangsbereich geschlurft.

»Rheimer? Wie hat der sich zu dem Ganzen geäußert?«

»Der ist doch im Urlaub.«

»Stimmt. Na ja, ist ja auch egal.«

Ich öffnete die Tür, trat in den Korridor.

»Sag mal. Was ist eigentlich mit der –. Na, du weißt schon? Die Frau?«

»Welche Frau?«

»Du weißt, wen ich meine – die mit dem eigenartigen Namen.«

»Das ist ein Name wie jeder andere.«

»Tut ja nichts zur Sache.«

»Wie kommst du darauf? Wer hat dir was erzählt?«

»Da läuft also was! Hab ich doch gleich gewusst.«

Seine Stimme ließ wieder eine leichte Begeisterung vernehmen.

»Das hast du gesagt.«

Ohne mich zu verabschieden, machte ich mich auf. Die Luft war noch warm, ich spürte den Alkohol, der meinen Kopf leicht und die Beine schwer machte, die Illusion weckte, dass ich mir selbst in einem geringen Abstand folgte. Im nächsten Augenblick eilte ich mir einen halben Schritt voraus, an den Kanten meines Blickfelds löste sich die Sehschärfe auf, versetzte die Dinge in ein amorphes Flimmern. Ich musste mich konzentrieren, zählte die Autos am Straßenrand im unbestimmten Gefühl, an heftige Gedanken zu rühren.

Als ich am nächsten Morgen erwachte, hatte ich einen Schädel. Im ersten Moment dachte ich, der zweite Kopf hätte sich zurückgemeldet. Es musste sich aber um einen Kater handeln, ich tastete nach dem Telefon, schluckte eine Schmerztablette. Les hatte eine Message geschickt. Ein Anruf war eingegangen: Cesar. Ich fegte durch den Newsfeed, rief fünfundzwanzig Sekunden später Cesars Nummer auf, unterbrach die Verbindung aber, bevor sie hergestellt war. Ich hatte keine Lust, so kurz nach dem Aufwachen zu reden, wollte erst den Kopf freibekommen. Les hatte ein Foto geschickt. Es datierte auf heute Morgen, zeigte den Ring. Die Sonne kauerte über den Bäumen, das softe Licht nahm dem Ring alle Schwere, besonders in den Gebäudefluchten löste sich seine Kontur auf, verschmolz mit der Umgebung. Unter das Foto hatte sie »später« geschrieben und in ein zweites Textfeld ein Fragezeichen gesetzt.

Zweiter Teil
City

1 Nebel

Als ich meinen Firmenaccount aufrief, wurde ich aufgefordert, mich neu zu identifizieren. Die Meldung ergab wenig Sinn, die Zugangsdaten waren auf dem Gerät gespeichert. Ich gab sie erneut ein, die Anzeige verdunkelte sich und das Buffer-Symbol erschien. Es erlosch nach neun Sekunden und mir wurde mitgeteilt, »ein Problem« sei aufgetreten: »Nutzername unbekannt«. Die Latenzzeit eines durchschnittlichen Glasfaseranschlusses liegt bei 20 Millisekunden, 20 Tausendstel einer Sekunde. Die Round-Trip-Time einer Suchanfrage, die über 15 bis 20 Knotenpunkte ins Rechenzentrum gelangt, beträgt circa 282 Millisekunden. Die durchschnittliche Bearbeitungszeit und Hierarchisierung einer einfachen Suchanfrage, die 30 Billionen im Netz verzeichnete Adressen berücksichtigt, liegt bei 250 Millisekunden, lässt hinreichend Zeit, die Anfrage in 110 Millisekunden unter Werbepartnern zu versteigern, mit deren Score zu verrechnen und die höchstbietende Anzeige zusammen mit dem Suchergebnis zu laden. Der Abgleich einer gewöhnlichen Gesichtserkennung, die 120 Millionen Parameter verarbeitet und mit den auf den Datenbanken gespeicherten Templates abgleicht, benötigt circa 330 Millisekunden, die Dauer eines Lidschlags 300 bis 400. Ich gab die Daten zum zweiten Mal ein. Als das Buffer-Symbol wieder auftauchte, hatte ich für zwei Sekunden das Gefühl, der Boden unter meinen Füßen senke sich ab. Ich starrte auf das Icon, das selbstgenügsam um sich selbst kreiste. Nach sieben endlosen Sekunden erlosch das Rad, und die Fehlermeldung war wieder zu sehen. Die Anzahl der Profile, die zum Abgleich mit den Daten vorlagen, konnte die lange Verifikationsdauer unmöglich erklären. Abergläubisch gab ich die identischen Authentifizierungsdaten ein drittes

Mal ein, abermals schlug die Autorisierung fehl, diesmal innerhalb allerkürzester Zeit, als würde lediglich eine im Hintergrund abgelegte Nachricht aufgerufen. Hinweise zu Updates, Systemwartungen oder Störungen gab es nicht. Ich schob den Rechner beiseite, rieb die Handflächen aneinander, wartete.

In einem höhergelegenen Stock ging die Toilettenspülung, der arrhythmisch stürzende Wasserschwall, der vom Bad her zu hören war, suggerierte, dass das Wasser nicht durch ein Rohr, sondern auf der Innenseite der Wand breitflächig wie über eine Felsklippe herabfloss. Schon vorher war mir aufgefallen, dass ich, seit ich mich vermehrt in der Wohnung aufhielt, hellhörig für einzelne Umweltgeräusche geworden war. – Kurz vor halb sieben, ich lag noch im Bett, öffnete sich auf der gegenüberliegenden Wandseite eine Schublade, rollte circa einen Meter zurück und nach zehn bis fünfzehn Sekunden wieder vor. Abends die trockenen Schüsse eines Schnellfeuergewehrs, dumpfe Explosionen, die wie entferntes Donnergrollen mit kurzen Timelags nachhallten. Freitags bügelte um Punkt neun ein Staubsauger über den Teppich im Flur. Sonntags, am späten Vormittag, dreizehn bis einundzwanzig Lustschreie einer Frau, deren Lautstärke bis zum Scheitelpunkt stufenweise anschwoll. Merkwürdig beruhigend die Müllabfuhr, die zweimal in der Woche vormittags auf der Straße vorfuhr. Der bauchige Leerlauf des Motors, während das Fahrzeug vor dem Fenster stand, Abfallcontainer, die über Gehsteigplatten schepperten, das mehrmalige und in blitzschneller Abfolge trockene Zuschlagen der Polyethylendeckel, das hydraulische Pfeifen des Lifters, Behälter, die gewaltsam aus der Schüttungsaufnahme gerissen wurden. Für wenige Sekunden löste sich das Zimmer auf und zerstob in einer datengenerierten Pixelwolke. Zeit und Raum waren gelöscht, und ich war in mein

Kinderzimmer zurückversetzt, in dem ich vor meinem Computer oder auf dem Bett saß. Ich konnte mich nicht daran erinnern, das Soundscape damals aktiv wahrgenommen zu haben. Ich überlegte, ob das Schleusenproblem tatsächlich nur mich oder mehrere Mitarbeiter betraf. In der Küche trank ich ein Glas gefiltertes Leitungswasser, machte mich anschließend, ein Handtuch über der Schulter, auf den Weg in den Fitnessraum.

Obwohl ich ihn erst vor zwei Wochen entdeckt hatte, hatte ich mein Trainingspensum inzwischen gesteigert. Den Vorsatz, etwas für meine Kondition zu tun, hatte ich bereits gefasst, bevor wir auf den neuen Campus umgezogen waren. Im Ring gab es zahllose selbstorganisierte Gruppen für Sportarten mit exotischen Namen, von denen ich zuvor noch nie etwas gehört hatte; die Fitnessaktivität konnte man auf die Arbeitszeit anrechnen. Ich schlüpfte in meine Sportschuhe, die ich wenige Wochen nach meinem ersten Arbeitstag in der Firma bestellt und seitdem unberührt hatte liegen lassen. Als ich den Deckel der Schachtel zum ersten Mal abnahm, hatte sich das Zellophan der Schutzabdeckung aufgeladen und an meinen Unterarm geheftet. Ich hatte das Füllmaterial aus dem Kunstfaserschaft genommen und die Nase in die Schuhe gesteckt. Mir war kein adäquates Adjektiv in den Sinn gekommen, das den Duft hätte treffend beschreiben können, hatte lediglich überlegt, was es hieß, dass ein Produkt »neu roch«, und warum der Geruch des Neuen so vertraut war und sofort zahlreichen Erinnerungen wachrief – also alles andere als neu war, eher konservativ, und Nostalgie auslöste. Möglicherweise besteht das Neue am Neuen nur als Erinnerung? So wie Algorithmen, die zur Berechnung der Gegenwart die Vergangenheit in die Zukunft projizieren?

Die 22 Kilometer lange Strecke mit einer Steigung von 258 Höhenmetern, die ich auf dem Hometrainer auswählte, verlief durch eine generische, auf einem minderhohen Niveau hügelige Landschaft in mittleren Breitengraden. Bei Kilometer 19 erfolgte ein Anstieg über 1,8 Kilometer bei einer durchschnittlichen Steigung von 8 Prozent, der steilste Abschnitt bei Kilometer 19,7 über 120 Meter betrug 12 Prozent, die Kunst bestand darin, die Tour von Anfang an im richtigen Tempo konstant anzugehen, sonst brach man beim letzten Anstieg ein. Ich fuhr die Strecke in 48 Minuten, war aber nur teileuphorisch, überzeugt, sie in 45 Minuten bewältigen zu können. Noch auf der Maschine sitzend, verfasste ich mehrere Nachrichten, auch an Loïc und Les. Zurück in der Wohnung duschte ich ausgiebig, trocknete mich gründlich ab. Anschließend rief ich die Konzernseite auf. Diesmal wählte ich den Zugang über mein Phone, gab den Nutzernamen in mehreren Variationen ein, aber ohne Erfolg. Stattdessen erschien ein Pop-up-Menu, die Firma bat um die Teilnahme an einem Persönlichkeitstest, sieben Fragen in sieben Sekunden: »Bunt oder Schwarz-Weiß?« »90er- oder 10er-Jahre?«; »Siegt das Gute oder Schlechte im Menschen?« Ich löschte den Test und war zurück beim Log-in.

Als ich mittags den Techsupport erreichte und das Problem schilderte, wurde ich an die Systemadministration weitergeleitet, die mich mit der Hotline verband, die sich in mehrere Bereiche gliederte. Zunächst sprach ich mit einem Assistent-People-Manager, wurde dann zu einer Person weitergereicht, die sich für nicht zuständig erklärte, und landete schließlich wieder bei der Systemadministration, die mir erneut mitteilte, unter meinem Namen sei kein Eintrag hinterlegt.

»Der Name muss irgendeinen Treffer aufrufen.«

»Ich kann Ihnen nur sagen, was ich vor mir habe. Im System ist nichts.« »Dann versuchen Sie es bitte erneut.« »Welche Abteilung sagten Sie? Wo waren Sie tätig?« »Präsens.

Bin. Meine Güte, kann das denn so schwer sein.« »Ja?« »Was?« »Ich habe nach der Abteilung gefragt? In welcher Abteilung arbeiten Sie bitte?« »Ads. Ads & Sales. Ich kann gern alles zweimal sagen.« Ich hatte Lust, ausfällig zu werden, musste mich beherrschen.

»Ja, seltsam. Nein. Und der Name ist korrekt? Keine Änderung? Heirat? Mobbing? Etwas in der Art?« »Negativ.« »Hm –. Einen Augenblick. Nein. Ads liefert auch keine Resultate. Dann könnten wir noch –« »Ach so, jetzt kommt mir was.« Ich unterbrach sie: »Ich habe mich vor Kurzem mal als Gast registrieren lassen. Aber ich denke nicht, dass mein Statuts deshalb –« »Einen Visitoraccount meinen Sie?« »Ja, ich war im Besucherzentrum, um von dort aus ins Gebäude zu gelangen, und habe mich neu registrieren müssen.« »Hm, ja. Da kenne ich mich auch nicht aus. Aber warum versuchen wir es nicht ganz klassisch. Ihre Adresse? Wenn Sie mir bitte –.« »Scheiße.« Ich fluchte. Aber meine Wut verflüchtigte sich im selben Moment, wich einer allgemeinen Mutlosigkeit: »Wollen Sie etwa Ihr Rolodex rauskramen? Sagen, dass Sie keinen Zugriff auf eine Datenbank haben, in der alle Mitarbeiter verzeichnet sind?« »Selbstverständlich. Das Problem ist nur Folgendes, lassen Sie es mich so erklären –« Ich hörte nicht mehr zu, beendete das Gespräch. Im Anschluss an das Telefonat besuchte ich mehrere Frageforen, prüfte, ob mein Name neue, mir bisher unbekannte Einträge aufrief.

In der Nacht wurde ich von Atemnot panisch aus dem Schlaf gerissen, vielleicht hatten die Atembeschwerden auch schon in einer der vorhergehenden Nächte oder Wochen eingesetzt. Als ich am Morgen erwachte, hatte ich alles vergessen und fühlte mich lediglich unausgeschlafen. Wann immer ich meine Schlafwerte kontrollierte, hatte die Applikation keine nennenswerten Abweichungen verzeichnet. Die Schlafdauer betrug zwischen sechs und sieben Stunden, in einer durchschnittlichen Nacht schlief ich circa eine Stunde im REM- und eine Stunde dreißig Minuten im Tiefschlaf. Die einzigen Anomalien bildeten in der Regel zwei zehn- bis fünfzehnminütige Phasen erhöhter Muskelzuckungen und Körperbewegung in der Einschlafsequenz. Möglicherweise hätten genauere Daten mehr Aufschluss geliefert.

Am nächsten Morgen erwachte ich benommen, der Körper war entkräftet, als hätte er sich in der Nacht verdoppelt, um neben dem schlafenden Double autonom einer Tätigkeit nachzugehen. Vielleicht hatte ich mich beim Training übernommen? Das beste Mittel gegen Muskelkater ist mehr Sport. Noch im Bett liegend, nahm ich 20 mg Ritalin, sah mit seitwärts gewendetem Kopf durch die halb geöffnete Jalousie, während ich dem stumpfen Schmerz in meinem Kopf nachspürte, der mal unter dem Schädel lag, sodass ich dachte, seine Kontur präzise bestimmen zu können, sich kurz darauf in einer kaum wahrnehmbaren Ferne verflüchtigte wie das an- und abschwellende Signal einer Sirene. Immer wenn die Störquelle verhallte, dachte ich, der Schmerz habe sich diesmal ganz verzogen. Aber dann war er wieder da, hatte sich aus einer anderen Richtung genähert, unerwartet, aus eigenem Willen, mit einem eigenen Kopf. Vor dem Fenster ballte sich satter Nebel. Möglicherweise mit Smog vermengt. Auf provozierende Weise wirkte er schnittfest, als wollte er dazu animieren, mit einem gezückten Messer blindlings in die amorphe Masse einzudringen, die sich über das Gesichtsfeld hinaus ausbreitete, die Umgebung in gierigen Zügen schluckte. Selbst die Umweltgeräusche waren stark modifiziert, eine seltsam unnatürlich Stille, wie sie auch durch eine aktive Lärmkompensation hervorgerufen wird, die den Schall der Umgebung aufnimmt, in Gegenschall umwandelt und die Lärmquelle neutralisiert. Ähnlich musste es sein, wenn der Nebel daran ging, die Dinge Zeile um Zeile zu überschreiben.

2 Signs

Die Frage, was aus dem Latino geworden war, hatte mich schon in den letzten Tagen beschäftigt. Obwohl die Uhrzeit ungünstig war, machte ich mich am späten Vormittag kurz entschlossen auf den Weg. Die App zeigte an, dass der nächste Shuttle in zwölf Minuten eintreffen würde. Der Latino saß nicht am Steuer. Ich passte den nächsten Shuttle ab, verlor aber schließlich die Geduld, war aber gleichzeitig nicht in der Stimmung, schon wieder zum Apartment zurückzukehren. Ich sah mich nach einer Sitzgelegenheit um. Den asiatischen Convenience-Store in Sichtweite des Pick-up-Points hatte ich bereits zuvor wahrgenommen, ihm bisher aber keine weitere Beachtung geschenkt. Ich rief die Karte auf, zoomte auf den Spot, aber der Store blieb unmarkiert.

Der Verkäufer telefonierte über sein Headset, nahm mich nur widerstrebend zur Kenntnis. Während er redete, schlug er einen Tischtennisball senkrecht in die Höhe, ließ den Schläger nach jeder Berührung um 180 Grad in der Handfläche rotieren. Auf der Kaffeemaschine klebte ein Post-it-Zettel mit einem »defekt«-Vermerk. Ich wählte Instantkaffee und setzte mich an die Fensterfront. Der Verkäufer nahm sein Spiel sofort wieder auf.

Ich konnte die Haltestelle überblicken; relevante Nachrichten hatte ich nicht erhalten. Die Anzeigen, die seit mindestens drei Tagen in Zusammenhang mit bestimmten Plattformen aufploppten, und in denen von »Identitätsdiebstahl« und »Sensorversagen aufgrund billiger Sensoren aus Nahost« bzw. »Devices und Sensoren mit Hintertür« die Rede war, ignorierte ich, kontrollierte lediglich die Einstellung meines Werbeblockers. Ich legte das Phone zur Seite und sah dem Verkäufer bei seinem Spiel zu. Er war schlecht oder nicht bei der Sache, verlor nach wenigen Schlägen die

Kontrolle. Während ich ihm in der Spiegelung des Fensters zuschaute, verfestigte sich der Eindruck, dass er mich beobachtete. Ich drehte mich um, konnte aber niemanden im Shop entdecken. Nur aus einem Nebenzimmer drangen Geräusche, von denen ich nicht eindeutig sagen konnte, ob sie von Menschen oder einem Apparat emittiert wurden.

Der Laden war bis unter die Decke zugeramscht, die Regalflächen waren mit verschlissenen Plakaten verhängt, drei übermannshohe Kühlschränke brummten niederfrequent. Ein bunter Perlenvorhang verbarg einen Durchgang in der Rückwand. Über den Raum verteilt blinkten mehrfarbige LED-Lichterketten, aus mehreren Nischen winkten minimal zeitversetzt Glückskatzen, bei längerem Zusehen verursachte die Arrhythmie der identischen Winkearme somatische Unruhe. Ich schoss ein Foto, das ich sofort veröffentlichte. Jeder Punkt im Laden schien das Auge gleichermaßen anzuziehen; ohne den Blick perspektivisch zu zentrieren, reihten sich die einzelnen Objekte und Felder ornamental zu einer homogenen Fläche, in der Vorder- und Hintergrund sich stellenweise ineinander verzahnten und ununterscheidbar wurden, bis die Katzenarme und Leuchtdioden plötzlich von überallher, aus sämtlichen Nischen, Kanten und Oberflächen wie psychedelisch animierte Augen hervorsprangen. Als der Tischtennisball durch mein Gesichtsfeld flog, schreckte ich auf.

Ich rutschte vom Hocker und hob den Ball auf. »Seit wann sind Sie hier?« Ich war an den Tresen getreten: »Ich meine den Laden. Er ist mir noch nie aufgefallen. Betreiben Sie den Shop schon lange?« Der Verkäufer zögerte, den Ball wieder an sich zu nehmen. »Neun Jahre.« Die gespreizten Finger seiner erhobenen Hand zeigten fünf. »Sie haben sich sehr lange gehalten, das ist eine teure Gegend«, ich war ernsthaft erstaunt.

»Wenig Geschäft um diese Uhrzeit?« Ich zeigte auf den Schläger. Das knisternde Lachen des Verkäufers imitierte das Geräuschmuster einer Papiertüte, die man zügig, aber ohne Hektik, zerknüllt; ich stimmte in das Lachen ein. »Ping Pong«, erklärte er, »ein beliebtes Spiel. Normalerweise spielt man es an einem speziellen Tisch.« Er klopfte auf den Verkaufstresen. »Aus China!« »Wirklich?« Er nickte, hob und senkte den Kopf in extrem schnellem Wechsel, seine Mundwinkel in die Breite gezogen. Er balancierte den Ball auf dem horizontal gehaltenen Schläger. »Tischtennis kommt aus China? Das wäre mir neu.« »Doch, doch!« Er nickte heftig, einen Finger auf der Brust: »Guizhou.«

Als er sein Spiel wieder aufnahm, ließ er den Ball aus der erhobenen Faust auf den Schläger fallen, fing ihn nach dem Aufprall wieder mit der Hand auf; es sah mehr nach einer Übersprunghandlung als einem Spiel aus.

»Lass mich mal.« Ich nahm ihm den Schläger aus der Hand. »Konzentration. Man muss sich konzentrieren.« Schauspielerhaft trat ich von einer Sohle auf die andere; der Asiate lachte gutmütig, klatschte vergnügt in die Hände. Die Berührungen zählte ich laut. Als ich den Laden zehn Minuten später verließ, schlug mir die Luft feuchtwarm entgegen. Die Sonne schwelte hinter einer geflockten Wolkendecke, die sich wie feiner Schimmel sporenartig über den Himmel ausdehnte. Mein Phone meldete den Eingang mehrerer Nachrichten. Mein Foto war elfmal geteilt worden. Die Wetterapp gab eine maximale Tagestemperatur von 27 Grad an, der Rekord für diesen Tag lag im Jahr 1976 bei 34 Grad. Die momentane Luftfeuchtigkeit erreichte 67 Prozent, die Dichte der Wolkendecke 34. Als ich wieder in mein Apartment trat, war ich innerlich gelöst.

Dass ich die Atemschwierigkeiten nur allmählich registrierte, lag wohl auch daran, dass sie unregelmäßig und meist nur stunden- oder sogar nur halbstundenweise auftraten, sodass ich ihnen anfangs keine volle Aufmerksamkeit schenkte. Außerdem hätte ich kaum sagen können, ob sich die Symptome mehrten oder ob sich meine Wahrnehmung im Lauf der Zeit schärfte, und ich ihnen, kaum dass sie sich ankündigten, zu viel Raum gab und sie auf diese Weise verstärkte. Nur manchmal schreckte ich auf, rätselte, ob die Ursache organisch war. Im Grunde hatte ich mich damit arrangiert, dass das Atmen mittlerweile eine Aktivität geworden war, die einer bewussten Anstrengung bedurfte. Es war weniger das Gefühl eines fremden Gewichts auf der Brust, vielmehr schien die Beklemmung unterhalb des Brustbeins zu nisten, als hätte sich das Volumen der Lungen verringert oder als würden sie sich nur unvollständig entfalten können.

Ich war nach wie vor mit dem Log-in beschäftigt, als ich eine Mitteilung der Bank erhielt, die mich davon in Kenntnis setzte, die Rückzahlungskonditionen meines Kredits hätten sich geändert. Ich machte mir zunächst keine weiteren Gedanken. Die regelmäßigen Mitteilungen von der Bank und anderen Dienstleistern über Updates und angepasste Vertragsbedingungen aufgrund neuer gesetzlicher Rahmenbedingungen für die Erbringung von Zahlungsdiensten, neu erlassener Regularien im Umgang mit Daten oder neuer kommerzieller Modalitäten der Serviceleistungen oder andere die Serviceleistungen betreffende Faktoren, ignorierte ich gewöhnlich. Dass die Dienstleister verfolgten, ob und wie zeitintensiv individuelle Nutzer Vertragsbedingungen und Statusmeldungen studierten, um aus dem Verhalten Rückschlüsse zu ziehen, die möglicherweise in die Kundenprofile und Einstufungen einflossen, motivierte auch nicht dazu, die Verträge tatsächlich oder vorgeblich zu studieren. Zumal die Daten nur in Verbindung mit anderen Parametern aufschlussreich waren, über die sich letztlich nur spekulieren ließ. Erst später fragte ich mich, ob die Nachricht etwas mit dem Glitch zu tun hatte. Allein für die Werbeprofile tauschte die Firma Kundendaten mit Banken, Versicherungen und großen Datenbrokern aus. Es war aussichtslos, die Verbreitung und Verwendung der Daten innerhalb dieses Geflechts von Akteuren mit ihren verschiedenen Interessen nachzuvollziehen. Ich rief die Hotline an, landete in einer Telefonschleife: »Momentan sind alle Mitarbeiter im Gespräch, wir bitten Sie um etwas Geduld. Der nächste freie Mitarbeiter ist bereits für Sie reserviert.« Der Text wurde alle 30 Sekunden wiederholt, nach neun Minuten wechselte die Ansage: »Momentan sind alle Mitarbeiter im Gespräch, bitte versuchen Sie es zu einem späteren Zeitpunkt oder schreiben Sie uns eine Textnachricht.« Bevor ich reagieren konnte, brach die Verbindung ab.

Erst nach mehreren Versuchen und mit unterdrückter Caller-ID sowie der Angabe im Wahlmenü, ein Premiumkonto eröffnen zu wollen, wurde ich endlich durchgestellt. Die Mitarbeiterin wiederholte lediglich, was im Schreiben stand.

»Aber Sie müssen mir doch sagen können, auf welcher Grundlage Sie Veränderungen vornehmen.«

»Vermutlich handelt es sich um einen automatisierten Hinweis, Sie müssen sich keine Gedanken machen.«

»Was soll das heißen?«

»Wir aktualisieren unsere Scores laufend und nehmen Angleichungen vor. Nur so können wir unseren Kunden garantieren, dass sie jederzeit die besten Konditionen erhalten.«

»Meine Konditionen haben sich angeblich verschlechtert.«

»Sicher, das kommt auch vor.«

»Aber warum?«

»Das muss nichts heißen. Wenn kein Regen fällt, bleibt die Erde trocken.«

»Aber darum geht es doch nicht. Ich denke, dass sich meine Einstufung geändert hat?«

»Wie gesagt, wir können Prognosen erstellen, das Wetter machen wir nicht. Man müsste einen genauen Einblick in Ihr Profil haben.«

»Dann schauen Sie eben nach.«

Sie gab ein Geräusch von sich, das zwischen einem Lachen und artifiziellem Stöhnen oszillierte. »Das ist nicht so einfach, wie Sie sich das möglicherweise vorstellen.«

»Wie sieht meine Vorstellung denn aus? Sie müssen mir doch irgendetwas sagen können, wenn sich die Bemessungsgrundlage ändert?«

»Wie gesagt, es besteht kein Grund zur Unruhe. Zumal wir sowieso nur von Wahrscheinlichkeiten sprechen. Wir treffen grundsätzlich keine absoluten Aussagen. Alles was wir bereitstellen, sind Prognosen, und auf Prognosen basierende Empfehlungen.«

Die Modulation ihrer Stimme war in hohem Maß variationsarm. Vermutlich war es besser, weitgehend affektneutral zu bleiben.

»Und warum soll sich etwas ändern, wenn alles gleich geblieben ist?«

»Sie haben vollkommen recht, dass theoretisch ganz verschiedene Faktoren ins Spiel kommen können. Das läuft alles über unsere ADM-Technologie. Auch deshalb ist es irreführend, einzelne Parameter über Gebühr belasten zu wollen. Entscheidend ist das Zusammenspiel diverser Faktoren. Erfreulicherweise können wir Ihnen bestätigen, dass unsere Automated-Decision-Making-Tools in diesem Bereich weltweit führend sind. Wir arbeiten mit über 600 Parametern, das sind im Durchschnitt 25 Prozent mehr, als andere Anbieter mit vergleichbaren Tools verwenden.«

»Sie haben also keine Ahnung? Können mir nichts zu meinem Score sagen?«

»Ich verstehe Ihre Sorge, aber letztlich sind die einzelnen Profile selbst zweitrangig, viel wichtiger sind die Beziehungen der Profile untereinander, welche Gruppen sie bilden und wie diese Gruppen wiederum in Bezug zueinander stehen.«

»Einen Moment. Mich interessiert mein individuelles Profil sehr wohl. Können Sie mir denn wenigstens etwas über die Kategorie oder Gruppe sagen? Ob sich meine Einstufung oder Zugehörigkeit geändert hat?«

»Wir können eine Veränderung der Bemessungsgrundlage momentan weder vollumfänglich bestätigen, noch verbindlich bestreiten. Sie werden dafür Verständnis haben.«

»Ok, wenn Sie mir nichts sagen wollen, warum verbinden Sie mich nicht einfach mit einer Kollegin, die etwas von der Sache versteht.«

»Sie wollen das Gespräch beenden?«

»Ich will einen anderen Ansprechpartner.«

»Wie gesagt, es besteht kein Anlass zur Sorge. Wir danken Ihnen für Ihr Vertrauen.«

Die Verbindung wurde unterbrochen, ich schnappte nach Luft.

Ich hatte mir vorgenommen, am nächsten Tag gleich morgens aus dem Haus zu gehen, kam aber erst am Nachmittag los. Erneut durchforstete ich diverse Firmenforen, studierte Les' Profileinträge, erst die neueren, dann ältere. Ich hätte ihr gern eine Message geschickt, unternahm aber nur ein paar halbherzige Anläufe. Das Wetter war weitgehend mild, die Temperaturen lagen um die 23 Grad, die Real-Feel-Werte bei knapp 25. Die Auflockerungszonen hatten sich im Verlauf des Vormittags bei einem schwachen Wind aus Ost, Nordost kontinuierlich ausgebreitet, ab dem Mittag war der Himmel zu 97 Prozent wolkenfrei. Der maximale UV-Indexwert wurde mit sieben (hoch) angegeben. Diesmal ging ich ohne Umweg zum Convenience-Store. Hinter dem Tresen stand eine Frau, der Verkäufer fehlte, die Kaffeemaschine war noch immer defekt. Ich bestellte einen Eistee. Aus dem Nebenraum drangen ähnliche Geräusche wie am Vortag, auch diesmal konnte ich sie mit keinem vertrauten Geräuschprofil abgleichen. Ich wartete, bis ein Shuttle vorfuhr, ging anschließend zur Theke, erkundigte mich, ob es eine Toilette gäbe. Völlig unvermittelt schrie die Verkäuferin etwas auf Mandarin, ihr Finger war auf den Vorhang gerichtet; erschrocken zuckte ich zusammen. Sie musste offenbar ihren Mann oder Gäste im Nebenraum über mein Kommen informieren. Ich bedankte mich, mit leicht erhöhtem Puls schob ich meine Hand durch die Perlen.

Dass helle Klirren des Vorhangs erinnerte an das unterdrückte Kichern sich versteckender Kinder. Wie erwartet, waren im Hinterzimmer Menschen, allerdings weit mehr als ich vermutet hätte. Die Männer und Frauen waren unterschiedlicher Herkunft, das Alter divergierte extrem, etwa die Hälfte der Versammelten hatte einen Plastikbecher vor sich, auf dem Tisch lagen etliche Papiere, als handelte es sich um ein Arbeitstreffen, einige der Anwesenden standen oder lehnten an der Wand, es war bemerkenswert düster, bis auf ein kleines Fenster gab es keine Lichtquelle. Niemand sprach, was den Anwesenden etwas diskret Zombiehaftes verlieh. Ich fragte mich, was die Verkäuferin kommuniziert hatte, das die Gruppe so schlagartig hatte verstummen lassen, nickte währenddessen in die Runde und folgte dem schlauchartigen Flur auf der Rückseite des Raums, das WC entdeckte ich hinter der letzten Tür.

Beim Händewaschen sah ich im Spiegel, dass der Raum zwei Türen hatte. Ich trocknete meine Hände, überlegte, durch welche ich gekommen war. Ein Sticker auf einer der Türen erregte meine Aufmerksamkeit. Er zeigte die schematisierten Strahlen einer aufgehenden oder untergehenden Sonne, es konnte sich aber auch um Palmwedel oder die abstrahierten Finger einer Hand handeln. Der Schriftzug darunter lautete: »Psychic Palm«. Ich drückte die Klinke, die aus dem Türspalt sickernden Patschuli- und Sandelholzschwaden stimmten mich sofort misstrauisch; ich hatte die falsche Tür gewählt. Ich wollte sie wieder schließen, als eine Frauenstimme »Herein!« rief. »Keine Scheu, Sie sind richtig.« Ich stieß die Tür wieder auf, steckte meinen Kopf durch den Spalt. Das Zimmer war düster, in einer Ecke spendete ein mit feuerspeienden Drachen bedruckter Lampion langwelliges Licht im kontinuierlichen Rotspektrum, der restliche Raum schien dadurch in eine umso tiefere Dunkelheit getaucht. Ich öffnete die Tür ganz und entdeckte die Frau, die mich gerufen hatte. Mit ineinander verschränkten Beinen hockte sie auf dem Boden, ihr Gesicht wurde von einer Kerze schwach erleuchtet. Vor ihr stand ein flacher Tisch mit glimmenden Räucherstäbchen. Ich entschuldigte mich, wich zurück, aber sie wiederholte ihre Aufforderung: »Kommen Sie nur.«

»Ich habe mich in der Tür getäuscht.«

»Wie kommen Sie darauf?«

»Na ja«, ich zögerte. »Ich war bloß auf der Toilette.«

»Setzen Sie sich.« Sie deutete auf das Kissen ihr gegenüber. Jede ihrer Gesten wurde von dem verheißungsvollen Klirren ihrer Armreife begleitet.

»Es handelt sich nur um ein Versehen. Ich kenne die Räumlichkeiten nicht.«

»Die Wege der Vorsehung sind selten die unseren. Sie haben wohldefinierte Hände. Sind Sie Rechtshänder?«

»Wie bitte?« Das Statement traf mich unvorbereitet. »Rechtshändigkeit ist in allen Kulturen überrepräsentiert.« Während ich sprach, besah ich meine Hände: »Wie gesagt, ich war nur vorne im Shop.«

»Ich spüre eine Unruhe. Wenn Sie bitte die Tür hinter sich schließen.«

Ich überlegte, ob eine hypnotisierende Wirkung von ihren dunklen Augen ausging. »Selbst wenn ich wollte –. Ich habe kein Bargeld mit.«

»Seien Sie unbesorgt.«

Ich trat ins Zimmer. Meine Augenstäbchen waren noch immer damit beschäftigt, die Dunkelangleichung vorzunehmen, nur allmählich setzen sich einzelne Objekte vom Hintergrund ab. Auf einem Bord an der Rückwand waren Gläser und Schalen aufgereiht, die Wände mit Teppichen und Tüchern behängt. An einer Seite war der Raum durch Vorhänge untergliedert, auf dem Boden eine größere Anzahl Kissen mit dekorativen Borten. Ich wandte mich der Frau zu. Auf einem ihrer Ringe entdeckte ich das Symbol, das auch an der Tür klebte. Auf dem Siegelring waren fünf konisch angeordneten Strahlen eingeprägt. Neugierig trat ich näher, beugte mich vor, um die Gravur besser sehen zu können.

»Wie nennt man –. Ich meine, was machen Sie hier? Sitzungen? Wie sagt man dazu? Séancen? Sind Sie ein Medium? Ich habe den Sticker an der Tür gesehen.«

»Setzen Sie sich. Atmen Sie durch. Dann können Sie selbst entscheiden, ob Sie etwas mit dem Rat anfangen wollen. Ich mache meinen Kunden Angebote, weiter nichts.«

Unversehens war ich in den Radius ihrer Arme geraten.

Sofort hatte sie mein Handgelenk gegriffen. Von ihrer geschmeidigen Hand ging ein Hitzestrom aus, der mich elektrisch durchpulste.

»In der aktiven Hand sind die Lebenslinien präzisier gezeichnet. Aber auch die passive Hand kann Überraschungen bieten. Die Lebenslinie fängt zwischen Daumen und Zeigefinger an und geht bis zur Restriktlinie oder dem Handgelenk. Ist die Lebenslinie lang und angenehm rot, deutet sie auf langes Leben und Gesundheit hin, ist sie kurz, ist die Aussicht weniger günstig.«

Für einen Moment kämpfte ich mit dem Gleichgewicht, ich hatte das starke Gefühl, dass mir die von mehreren Aromen durchtränkte Luft auf die Sinne schlug. Ich hätte mich am liebsten hingelegt.

»Die Kopflinie Ihrer rechten Hand weist eine Verzweigung auf, die über eine lange Distanz parallel verläuft. Das ist interessant. Gab es Komplikationen bei Ihrer Geburt?«

»Wie teuer ist eine solche Sitzung überhaupt. Sie werden keine elektronischen Transaktionen akzeptieren.«

Ich war in die Hocke gegangen, sie hatte meine Hand mit beiden Händen umfasst, massierte sie sanft, öffnete sie periodisch, als blätterte sie in einem Buch.

»In der Mitte der Herzlinie und des kleinen Fingers liegt das dreißigste Lebensjahr. Sie sind kurz vor Ihrem dreißigsten Lebensjahr!«

»Lassen Sie gut sein. Ich brauche niemanden, der mir sagt, wie alt ich bin.« Ich wollte meine Hand zurückziehen, aber sie hielt sie fest. Ihre Hand war unerwartet kräftig, die langen Fingernägel aufwändig lackiert. Ich war unentschieden, ob ich unwirsch oder kooperativ reagieren sollte.

»Glauben Sie denn überhaupt selbst an diese, wie sagt man – Praktiken?« Mit meiner freien Hand deutete ich vage in den Raum.

»Man hat die Zukunft schon im alten Indien aus den Händen gelesen. Das Gleiche gilt für Griechenland. Rom. Und lange davor haben schon die paläolithischen Jäger ihre Handabdrücke in den Höhlen hinterlassen. Noch heute haben wir die Signaturen der großen Höhlenkünstler. Unsere Hände haben schon immer gesprochen.«

»Wirklich? – Ist es nicht umgekehrt? Sagt man nicht, dass wir sprechen, weil die Hände, anders als bei den Tieren, unseren Mund von lebensnotwendigen Funktionen befreit haben?«

Meine Hand glühte jetzt in der des Mediums, ich war mir sicher, dass ich mir die Hitze nicht einbildete.

»Sie sind mit der Materie vertraut. Hat man Ihnen schon einmal die Karten gelegt?«

»Um Himmels Willen.«

»Wie sieht es mit dem Venusring aus? Den Liebeslinien? Die Anzahl der Liebeslinien gibt Auskunft über die Anzahl der wichtigen Beziehungen, die Sie gehabt haben und die Sie in Zukunft eingehen werden.«

»Wie gesagt, das ist wirklich alles nur ein Missverständnis. Ich danke Ihnen für Ihre Mühe.«

Meine Hand noch immer in der des Mediums, richtete ich mich auf. Ich verharrte einen Augenblick, während ich gegen einen leichten Schwindel ankämpfte.

»Wollen Sie keine Gewissheit haben? Die Tür zur Zukunft einen Spaltbreit aufstoßen? Sie müssen nichts fürchten. Im Gegenteil. Manchmal stehen wir sogar in der persönlichen Pflicht, der Vorsehung auf die Sprünge zu helfen. Aber dazu müssen wir wissen, wohin die Reise geht.«

Ich tastete mich zum Ausgang, das Medium rief mich zurück.

»Halt. Warten Sie. Dort – nehmen Sie diese Tür.«

Sie deutete auf den Vorhang.

»Bin ich nicht durch diese gekommen?«

»Wir tun gut daran, unsere Schlachten weise zu wählen. Man kann auch in den falschen zugrunde gehen.«

Sie beobachtete, wie ich behutsam durch die flauschigen Stoffbahnen schlüpfte. Im Vorraum blendete das Licht, obwohl die Jalousien vor den großen Schaufenstern geschlossen waren. Auf der Straße benötigte ich fünf Sekunden, um mich zu orientieren. Ich war auf der Seitenstraße gelandet, der Eingang des Stores lag um die Ecke. Über der Tür stand in Leuchtschrift »Signs«. Im Schaufenster der Ladenfront blinkte in verschnörkelter Neonschrift »Psychic Reader«, auf einem Schild in der Tür »Walk-ins Welcome« und »Terminfreie Beratung«. Ich knetete meine Finger. Noch meinte ich die Hand des Mediums an meiner zu fühlen. Ohne Eile machte ich mich auf den Heimweg.

Die Concierge sah ich schon von Weitem, sie stand vor dem Apartmentkomplex. Kaum hatte sie mich erkannt, kam sie auf mich zu: »Der Vogel.« Ich ignorierte sie; bisher hatte sie mich noch nie persönlich angesprochen.

»Als ich in den Hof kam, stand er offen. Aber ich weiß genau, dass ich den Käfig verriegelt habe.«

Sie blieb an meiner Seite, redete unbeirrt auf mich ein.

»Dabei habe ich ihn keine zwanzig Minuten alleine gelassen. Es klingelt doch ständig. Dauernd muss ich irgendetwas in Empfang nehmen, und ständig diese Sonderwünsche, Extras.« Sie riss die Hände in die Höhe, ich dachte, dass sie ihrer Empörung Ausdruck verleihen wollte. Aber sie deutete auf einen Baum auf der gegenüberliegenden Straßenseite: »Dort. Dort habe ich ihn zuletzt gesehen.«

Sie zog mich über die Straße, und ich musste mich unter den Baum stellen und die Krone mit den sich binär verzweigenden Ästen absuchen. Ich folgte den sich schrittweise verjüngenden Knoten und Kanten, die bis in die Zweigspitzen hinein der Darstellung optimaler Suchbäume glichen. Schließlich trat ich zwei Schritte nach rechts, und nach einer Dreiviertelminute, ohne den Blick zu senken, fünf Schritte nach links. »Nichts?« Ihre Stimme klang sorgenvoll.

»Nein.«

»Ich wusste es!«

Ich fürchtete, sie bräche in Tränen aus, versuchte, mich so schnell wie möglich abzuwenden. Im Foyer hielt sie mich zurück. »Warten Sie.« Sie fasste mich am Arm. »Sehen Sie. Ich war dort.« Sie deutete auf ihr Kämmerchen, führte mich anschließend in den Hinterhof. Der Käfig war so, wie sie ihn vorgefunden hatte. Das Törchen stand offen, ich musste den Mechanismus mehrmals bedienen, um zu bestätigen, dass es unmöglich von alleine aufspringen konnte.

»Aber was war es dann?«

»Sie müssen sich beruhigen.«

Ich blickte nach oben, um zu kontrollieren, ob wir bereits die Aufmerksamkeit der anderen Mieter auf uns zogen. »Lassen Sie das Tor offen. Es ist ja noch gar nicht gesagt, dass er weg ist. Er wird müde werden und in seinen Käfig zurückkehren wollen.«

»Meinen Sie?«

»Warum nicht?«

»Er ist kein Kater. Katzen finden ihren Weg nach Hause. Ich habe eine Dokumentation darüber gesehen.«

»Was ist mit Zugvögeln?«

»Daran habe ich nicht gedacht.« Sie zögerte: »Aber es ist ein Kanarienvogel, kein Wandervogel.« Ihre Finger nestelten an den Häkchen ihrer Schürze.

»Was mag er denn am liebsten?«

»Was er mag?«

»Ja, Nahrung, Essen, Speisen. – Ich meine Futter.«

Zum ersten Mal hellte sich ihre Miene auf.

»Na ja«, sie holte Luft, senkte ihre Lider. »Ich habe ihn ein wenig verwöhnt, wissen Sie, mein Mann –. Aber das ist eine andere Geschichte. Ich hätte besser auf ihn aufpassen müssen –. Oh, wissen sie, manchmal denke ich –« Sie war in ihren klagenden Singsang zurückgefallen, ich unterbrach sie: »Sie wollten mir seine Lieblingsspeise sagen.«

»Ja, eben, wie gesagt. Normales Obst hat er ja gar nicht mehr angerührt. Dazu war er sich der Herr zu fein. Es musste etwas Spezielles sein. Exotisch. Und jetzt?«

Ihre Gesichtszüge erstarrten.

»Legen Sie ihm etwas Papaya in den Käfig.«

»Mortadella mag er auch.« Sogleich war sie wieder präsent: »Vielleicht sogar noch eine Spur lieber.«

»Dann legen sie noch ein Scheibchen dazu.« Ich wurde ungeduldig, wandte mich ab.

»Ohne den Unfall meines Manns wäre es niemals so weit gekommen.« Ich ging zurück ins Foyer, konnte sie aber nicht abschütteln.

»Seitdem liegt er zuhause. Aber die beiden konnten noch nie miteinander. Zweimal hat er versucht, ihn auszusetzen. Er saß schon auf dem Fenstersims, aber er hat sich einfach nicht getraut. Wo hätte er auch hin sollen? Als mein Mann ihn vom Fensterbrett scheuchen wollte, ist er vor Schreck zurück in den Käfig geflattert.«

»Wie gesagt, Sie müssen sich beruhigen. Machen Sie Ihre Arbeit, das wird Sie ablenken.«

Ich ließ sie stehen.

»Ja, was sonst. Aber das macht es auch nicht leichter.«

»Ich drücke Ihnen die Daumen.«

Den letzten Satz rief ich aus dem Aufzug. Sie stand an dem Fleck, an dem ich sie zurückgelassen hatte, starrte in den Hof. Geistesabwesend strich eine Hand über ihre Schürze.

3 Nachtsehen

Es war inzwischen nahezu unmöglich geworden, die Arbeit fortzusetzen. Ich telefonierte oder erhielt die Nachricht eines wichtigen Kunden, doch sobald ich auf Daten zurückgreifen musste, um die Anfragen zu bearbeiten, waren keine verfügbar. Ich beendete das Telefonat, versprach, mich zu melden, sobald ich die Information in Erfahrung gebracht hätte, wusste jedoch, dass ich nichts mehr von mir hören lassen würde. Ich stand am Fenster, starrte hinaus, wartete auf die tiefe Frustration, die mich dann wie eine Welle ergriff und mit sich fortriss. Vermutlich hätte ich zornig werden sollen, aber die Affekte blieben aus. Ich spürte nichts, als wären die Beweggründe der eigenen Empfindung auf der Kehrseite von Interfaces verborgen; eher war es eine Form von Hilflosigkeit, die Verlegenheit, sich ohne irgendein Navigationsmenü orientieren zu müssen. Ich musste einen klaren Kopf bekommen, ging aus dem Haus.

Als ich eine halbe Stunde später mit Lebensmitteleinkäufen zurückkehrte und den Finger auf den ID-Sensor legte, leuchtete die Diode rot auf. Ich nahm das Signal nicht wahr, wollte die Tür wie gewohnt aufdrücken und stieß mit der Stirn gegen das Glas. Ich fluchte; noch bevor ich realisierte, was los war, öffnete die Concierge.

»Nicht so stürmisch, kommen Sie.«

Seitdem ich ihren Vogelkäfig begutachtet hatte, versuchte sie mich in persönliche Gespräche zu verwickeln. Ich war sogar dazu übergegangen, das Foyer, bevor ich es betrat, zu kontrollieren, um es anschließend zügig zu durchqueren.

»Noch immer nichts?« Sie senkte ihren Kopf, verneinte. Obwohl mein Schädel kaum schmerzte, fürchtete ich, der zweite Kopf könne sich zurückmelden. »Geduld«, ich hob eine Achsel, stieg in den Aufzug. »Das wird schon.«

Als ich den Finger auf den Wohnungstürsensor presste, versagte die Erkennung. Ich wischte meine Handfläche an der Hose ab, versuchte es erneut. Erst jetzt realisierte ich, dass die Registrierung bereits am Hauseingang fehlgeschlagen und ich deshalb gegen die Tür gestoßen war. Mein Magen zog sich zusammen. Ich stellte meine Einkaufstüte vor der Wohnungstür ab und eilte zum Aufzug zurück. Ich würde die Concierge ansprechen müssen. Sie musste wissen, wer für die Anlage zuständig war. Während ich auf die Stockwerkanzeige starrte, kam mir Loïcs Trick in den Sinn. Am Tag meines Einzugs hatte er mir vorgeführt, wie man die Wohnungstür mit einer beliebigen Kunden- oder Bonuskarte öffnen konnte; man musste sie lediglich im richtigen Winkel durch den Spalt ziehen. Loïc hatte sich damals über die mangelhaften Sicherheitsstandards echauffiert und mir empfohlen, sofort eine Extrasicherung anbringen zu lassen. »Das ist unglaublich. Da ist gar kein richtiger Riegel. Jeder Kleiderschrank schließt besser.« Damals war ich mit anderem beschäftigt, hatte das Ganze sofort wieder vergessen. Jetzt kramte ich eine Plastikkarte hervor, zog sie mehrmals durch die Ritze, ohne dass etwas passierte. Ich entsperrte mein Phone, um Loïc zu kontaktieren, zögerte jedoch und startete einen letzten Versuch. Diesmal öffnete sich die Tür wie von Geisterhand.

Beim Gedanken, dass ich wie ein Verbrecher in die eigene Einheit eindrang, spannte sich meine Muskulatur um den Mund und in der Stirnpartie an, ich musste lächeln. Der Coup euphorisierte mich, als stünden mir plötzlich sämtliche Türen offen, nicht nur in diesem Gebäudekomplex. Im Spiegel besah ich meinen Kopf, horchte in ihn hinein, konnte jedoch nichts Besonderes registrieren. Auch mein Gesicht wies keine weiteren Auffälligkeiten auf. Ich schlüpfte aus den Schuhen und ließ mich aufs Sofa fallen.

Ich erwachte irgendwann nach Mitternacht, unfähig, wieder einzuschlafen. Um halb zwei stand ich auf und kochte Tee. Ich aktualisierte mein Profil und schrieb eine Nachricht an Les. Ich hatte plötzlich das starke Bedürfnis, Rheimer mit dem Glitch zu konfrontieren, verfasste eine längere Nachricht, die ich ohne abermalige Durchsicht abschickte. Anschließend ging ich in den Fitnessraum, wurde aber nach zehn Minuten auf dem Rad unterbrochen. Von unten – es war Viertel nach zwei – pochte es mehrmals gegen die Decke. Ich horchte, wartete. Obwohl kein weiterer Protest folgte, stieg ich vom Rad und schlich zurück in die Wohnung. Im Bad stehend, überlegte ich zu duschen, stieg dann aber in die Sachen vom Vortag und ging aus dem Haus.

Draußen war die Luft unerwartet clean. In der Ferne peitschte die Fehlzündung eines Motorrads durch die Stille der Nacht, der Sauerstoff fuhr meine Sinne ruckartig hoch, und meine Fingerspitzen begannen, wie von einem Vibrationsalarm aktiviert zu kribbeln. Ich sah mich um und beschloss, ein Auto zu holen und zu einem Park am Wasser zu fahren. Das nächste verfügbare Auto war nur zwei Blöcke entfernt, die App meldete, dass ich um diese Uhrzeit einen vergünstigten Tarif erhielt. Ob ich meine Bonuspunkte einlösen wolle? Ich akzeptierte und stieg ein. Die Straßen waren leer, und ich kam ungewöhnlich schnell voran. Hinter der Stadtgrenze war die Ausfallstraße unbeleuchtet, jenseits des Scheinwerferkegels versank die Umgebung in der Dunkelheit. Oder vielmehr schien es so, dass die Fahrbahn und unmittelbare Umgebung im Moment aus dem kontrastarmen Nichts der Finsternis heraus generiert wurden, um im Lichtkegel, und nur dort, Gestalt und Farbe zu gewinnen. Außerhalb des Lichtkegels war nichts, herrschte Leere.

Die Schranke zum Parkplatz war geschlossen, ich hielt am Straßenrand und lief, ohne darauf zu warten, dass der

Prozess der Dunkeladaption meiner Augen vollständig abgeschlossen war, durch ein Cluster von Bäumen zum Wasser. Aufgrund der unzureichenden Helligkeit konnte ich keine Farben wahrnehmen. Der Untergrund war weich, unter meinen Sohlen zerbrachen dünne Äste. Als ich über eine Bodensenke stolperte, musste ich an die Anekdote denken, dass Piloten der Royal Air Force während des Zweiten Weltkriegs vor ihren nächtlichen Einsätzen in größeren Mengen Johannisbeeren und Blaubeeren verspeist hatten, um ihre Nachtsichtleistung zu verbessern. Der Farbstoff der Beeren fördert den Aufbau des Purpurs in den Stäbchenzellen, die das Sehen bei Dunkelheit regulieren. Ich fragte mich, ob sie die Beeren roh, oder auf verschiedene Art und Weise zubereitet verspeist hatten.

Der Mond war nur als Halo hinter einem Wolkenlayer zu erahnen, auf der Wasseroberfläche bildete der Lichtpfad einen zarten Flaum. Ich betrachtete die Reflexion auf dem Wasser, lief anschließend am Strand entlang, die dunklen Schemen des Seetangs, der in großen, länglichen Haufen ineinander verknäult auf dem Sand lag, ließ an alte Kabelbäume und Elektroschrott denken. Meine Gedanken waren angenehm aufgeräumt. Als ich mein Phone kontrollierte, um den Eingang möglicher Nachrichten zu checken, war es offline. Ich überprüfte die Einstellungen, versuchte, mich in ein Netzwerk einzuwählen, aber die Registrierung schlug fehl. Mit dem Phone in der Hand ging ich weiter den Strand entlang, machte schließlich, nachdem der dritte Versuch ebenfalls gescheitert war, kehrt, und joggte locker, aber zugleich leicht übereilt zum Auto zurück. Erst jetzt fiel mir auf, wie mühsam es war, im lockeren Sand zügig voranzukommen. Zurück an der Straße schlug die Anmeldung abermals fehl. Ich erschrak, aber das Auto ließ sich öffnen, offenbar waren die Daten auf dem Gerät gespeichert. Dennoch war ich plötzlich nervös, fuhr ohne Rücksicht auf das Speedlimit zurück. Erst weit hinter der Stadtgrenze – ich hatte den Komplex fast erreicht – meldete mein Phone, dass die Verbindung wiederhergestellt war. Ich hielt sofort an, starrte auf das Display, atmete auf.

Dass die Identifizierung an der Wohnungstür zuletzt fehlgeschlagen war, erinnerte ich erst, als ich den Wagen in der Nähe des Apartmentkomplexes abgestellt hatte. Ich fluchte, sah auf die Uhr. Es war zu früh, die Concierge begann ihren Dienst bestenfalls in zwei Stunden. Ich buchte den Wagen zurück und wischte mit leicht übertriebener Sorgfalt die Hand an der Hose ab. Am Eingang legte ich die Fingerkuppe auf den Sensor. Die Diode schaltete auf grün. Ich musste zweimal hinsehen, der Zugang war freigegeben. Im Beisein einer anderen Person hätte ich womöglich ungläubig aufgelacht; ich warf einen Blick über die Schulter und stieß die Tür auf. Das Foyer musterte ich, als sei es das eines fremden Hauses. Ich überlegte, ob die Sperre im Ring ebenfalls aufgehoben war. Eine tiefe Erleichterung machte sich breit. Ich wählte die Treppen statt des Aufzugs, hatte urplötzlich das Bedürfnis, meine Beine zu spüren, nahm jeweils zwei Stufen mit einem Sprung. An meinem Apartment leuchtete die Diode ebenfalls ohne die geringste Verzögerung grün auf. Ich stieg unter die Dusche. Obwohl die Müdigkeit verflogen war, legte ich mich ins Bett.

Am nächsten Morgen erwachte ich im Bewusstsein, dass das Lesegerät einwandfrei funktioniert hatte. Überwältigt, dass die ursprüngliche Erkennung wiederhergestellt war, eilte ich zum Shuttle. Die negative Autorisierung erfolgte instantan. Ich hielt die Hand erneut über den Scanner, ärgerte mich aber nur über meine Naivität. Ich unternahm erst gar nicht den Versuch, den Fahrer davon zu überzeugen, mich trotzdem mitzunehmen, kehrte nach Hause zurück.

Das Schreiben der Personalabteilung erreichte mich am Ende der Woche, darin war unter anderem von einer »vorübergehenden Verfügung« die Rede. Ich überflog die Mail erneut, um sicherzugehen, dass mir nichts entgangen war. Außerdem wollte ich kontrollieren, ob es sich um eine automatisierte oder persönliche Mitteilung handelte. Anschließend rief ich die Personalabteilung an, landete aber sofort in der Warteschleife. Vermutlich verschickten Sie diese Schreiben mit Absicht immer freitags kurz vor Feierabend, wenn niemand für Rückfragen zur Verfügung stand. Ich recherchierte den Terminus »vorübergehende Verfügung«, stieß auf die Schnelle aber nur auf verwandte und geringfügig abweichende Begriffe, rief schließlich Rheimers Nummer auf. Ich hatte eine anonymisierte Caller-ID verwendet, er klang leicht gehetzt.

»Du bist es?« Offenbar war er überrascht, mich in der Leitung zu haben. »Versteh mich nicht falsch, bei mir ist es gerade schlecht. Ich bin auf dem Sprung.« »Ich kann mich gerne später melden. Sag eine Uhrzeit.« »Puh, lass mich überlegen.« »Am liebsten gleich morgen. Sonst Montag –« Ich ließ nicht locker, erklärte, dass ich wissen wollte, was es mit der Verfügung auf sich hatte. »Ach, deshalb meldest du dich.« »Du weißt davon?« Er schien plötzlich entspannter, versuchte, mich zu beruhigen: »Mach dir keinen Kopf. Das ist nur pro forma.« »Was heißt ›pro forma‹? Handelt es sich um einen automatisierten oder persönlichen Hinweis?« »An deiner Stelle würde ich das nicht zu hoch hängen.« »Aber was soll das? Das ist doch ein offizielles Schreiben.« »Hör zu –« Ich unterbrach ihn: »Muss so etwas normalerweise keine Abmahnung oder etwas Ähnliches vorausgehen?« »Wie gesagt, bei mir ist es gerade schlecht. Warum sprechen wir nicht einfach Anfang nächster Woche in Ruhe? Wie viele Abwesenheitstage vom Campus hast du denn?« »Ist es das?

Ist das der Grund für die Mail?« »Ich kann dir keine Details nennen. Vielleicht ist es tatsächlich am besten, wenn du dich direkt an die Human Ressources wendest. Oder wer auch immer die Nachricht verschickt hat.« »Das habe ich ja versucht. Ich habe niemanden erreicht, ich nehme an, die haben schon Feierabend.« »Gut. Dann mach doch erst mal Wochenende. Und relax.« »Ich hätte es lieber sofort erledigt. Es kann sich nur um ein Missverständnis handeln.« »Verstehe«, er atmete hörbar ein, »ich kann mich momentan leider weder positiv noch negativ zu dem Ganzen äußern, du verstehst. Das wird schon. Also, erst mal einen schönen Feierabend.«

~

Am Nachmittag des darauffolgenden Tages, ein Samstag, war ich in der Stadt unterwegs, als ich plötzlich den Shuttlefahrer entdeckte. Der Latino kam gerade aus dem Laden und verschwand in einem Pulk von Leuten, die vor mir herliefen. Ich beschleunigte meine Schritte, holte auf, zögerte aber im letzten Moment, ihn anzusprechen. Ich war plötzlich neugierig, wohin er ging, ließ mich wieder zurückfallen und folgte ihm mit einem Abstand von 15 Schritten. Offensichtlich war er nicht bei der Arbeit. War er etwa wegen seiner Aktion gefeuert worden? Als er an einem Kiosk stehen blieb, wechselte ich rasch die Straßenseite. Wenige Minuten später näherten wir uns der Haltestelle. Hatte man ihm möglichweise doch nicht gekündigt, und er war auf dem Weg zur Arbeit und würde in Kürze seine Schicht beginnen? Der Shuttle war noch nicht eingetroffen, dennoch beschleunigte ich meine Schritte. Ich wollte ihn abpassen, bevor er seinen Dienst aufnahm; im letzten Moment lief er aber am Pick-up Point vorbei. Ich stutzte, verlangsamte mein Tempo und beobachtete, wie er auf den asiatischen Convenience-Store zusteuerte und im Laden verschwand. Ich wartete, kontrollierte in der App, wann der nächste Shuttle eintreffen würde. Als er nach vier Minuten noch immer nicht erschien, betrat ich den Store.

Bis auf die Verkäuferin war niemand im Laden. Dennoch kontrollierte ich die Gänge, ging anschließend an die Theke: »Vor viereinhalb Minuten kam ein Mann in den Laden. Wo ist er?« Die Verkäuferin erwiderte nichts, sah mich mit neutralem Gesichtsausdruck an. »Zufällig auf der Toilette?« Ich deutete auf den Perlenvorhang, überlegte, ob er die Örtlichkeiten während seiner Dienstzeit nutzte. »Wir hatten keine Kunden.« Ihr war nicht anzuhören, ob sie mich zu täuschen versuchte. »Ich stand vor der Tür. Ich habe gesehen, wie vor fünf Minuten ein Mann eingetreten ist.« »Wen wollen Sie sprechen?« Bevor ich antworten konnte, schrie sie wie beim letzten Mal auf. Ich zuckte zusammen. Im Nebenraum war es plötzlich ruhig, vier Sekunden später trat der Latino durch den Perlenvorhang. Seine Miene entspannte sich zeitverzögert, sein Kopf, der zunächst fragend, fast herausfordernd angehoben war, ging unmerklich in ein sanftes Nicken über und signalisierte zuletzt eine weitgehend emotionsfreie Wiedererkennung.

»Nicht im Dienst? Keine Shuttlefahrten heute?« Ich versuchte, einen klaren Gedanken zu fassen, aber sie waren zu weit verzweigt, schossen gleichzeitig in mehrere Richtungen. »Wie ist es damals ausgegangen? Der Streik, meine ich? Sie erinnern sich. Wie hat man reagiert? Hat man Ihnen gekündigt?«

Der Latino sah mich schweigend an. Mir wäre es lieber gewesen, ich hätte ihn draußen an der Haltestelle angesprochen, die Begegnung wäre dort mit Sicherheit zwangloser ausgefallen. »Ich habe alles gesehen. Wie Sie auf das Dach gestiegen sind. Was hatten Sie im Sinn? Hatten Sie das Ganze geplant? Warum haben Sie mir nichts gesagt? Sie hätten mich informieren müssen.«

Er schob eine Hand in die Hosentasche, kurz fürchtete ich, dass er einen Gegenstand hervorziehen könnte; aber er ließ sie dort.

»Wir haben uns einander, soweit ich mich erinnere, noch gar nicht vorgestellt. Wie heißen Sie eigentlich?« Ich streckte ihm meine Hand entgegen. Er reagierte erst auf meine wiederholte Nachfrage. »Morales.« Seine Hand steckte weiterhin in der Tasche.

Vor- oder Nachname? Ich war unsicher. Rührte meine Erwartung, er könne etwas wissen, das mich betraf, tatsächlich nur daher, dass der Streik sich zufällig am Tag des Vorfalls an der Schleuse ereignet hatte? Brachte ich zwei Dinge miteinander in Zusammenhang, die gar nichts miteinander zu tun hatten?

»Ich habe mich gar nicht richtig bei Ihnen bedankt. Ich meine den Flughafen. Sie haben mich mitfahren lassen trotz der Fehlermeldung. Ihr Kollege hat sich anders verhalten. Er hat mich nicht mitgenommen. Haben Sie das schon öfter erlebt? – Ringer, deren Autorisierung fehlschlägt? Wissen Sie etwas darüber? Authentifizierungsprobleme? Es würde mir weiterhelfen, mehr darüber in Erfahrung zu bringen.«

Auch im Fortlauf des Gesprächs blieb Morales Gesicht weitgehend verschlossen. Die Verkäuferin hatte sich hinter einer Glasvitrine mit süßen Backwaren aus Reismehl und zerstampftem Bohnenmus zurückgezogen. Im Nebenraum blieb alles still. Gern hätte ich ihn gefragt, was er in dem Laden machte, entschied mich aber dagegen. »Nun denn, vergessen Sie, was ich gesagt habe. Ich war unterwegs, habe zufällig gesehen, wie Sie in den Shop rein sind.« Mit dem schräg gestellten Daumen wies ich auf die Eingangstür. »Es hat mich dennoch gefreut.« Ich reichte ihm abermals die

Hand, nickte der Verkäuferin zu und verließ den Store. Als ich am Schaufenster der Wahrsagerin vorbeikam, blieb ich stehen. Drinnen war alles dunkel, die Leuchtschrift über dem Eingang erloschen. Obwohl mich die unerwartete Begegnung innerlich aufgewühlt hatte, lief ich ohne Eile nach Hause.

4 Der Anwalt

Der starke Drang, die Probleme endlich zu klären, hielt auch in der darauffolgenden Woche an. Die Temperaturen waren zu Beginn der Woche auf 21 Grad zurückgegangen, der Wind wehte zunehmend mäßig aus Südwest mit Böen um die 11 km/h, gegen frühen Abend war eine dichte Wolkendecke und ortsweise leichte Schauer zu erwarten, insgesamt waren die Regenstunden für den Tag mit 0,9 h angegeben. Ich saß an meinem Arbeitstisch, dachte nach. Hatte ich mich möglicherweise zu sehr von Bequemlichkeit leiten lassen und müsste endlich aktiv werden? Waren meine Möglichkeiten ausgeschöpft, und war ich nun auf fremde Hilfe angewiesen? Ich rief die Anzeigen auf, die mich mittlerweile regelmäßig erreichten. Sollte ich einen Anwalt aufsuchen? Insgesamt waren es drei Anbieter, die Mitteilungen waren weitgehend gleichlautend, es ging um Probleme mit Profilen und Daten. Ich verglich die Webseiten und Kommentarspalten, ließ mir einen Termin bei dem Anbieter mit der besten Gesamtbewertung geben, obwohl ich von deren Unzuverlässigkeit überzeugt war.

Die Kanzlei war in einem eingeschossigen Gebäudekomplex, der u-förmig um einen großen Parkplatz angelegt war. Ich lief die Storefront zweimal ab, bevor ich den richtigen Zugang fand. Die Metalltür ließ sich öffnen, und ich stieg in den ersten Stock. An der Etagentür war keine Klingel, der Schließmechanismus gab mit einem schlüpfrigen Sauggeräusch nach. Hinter dem Empfang saß ein Mädchen, kaum volljährig, ihr blondes Haar zu dyadischen Antennen drapiert, ein enges Top mit weitem Ausschnitt, Hals und Handgelenke mit billigem Schmuck aufgewertet, vielleicht handelte es sich um Devices. Ich zögerte. Sie fingerte auf ihrem Phone herum, hatte mich offenbar nicht gehört. Ich schloss die Tür, trat an den Tresen. Sie nahm noch immer keine Notiz von mir. »Ich habe mich online für einen Termin eingetragen.« Ich wiederholte meine Ansprache, nannte meinen Namen, dann den der Kanzlei: »Bin ich richtig hier?«

Ich konnte nicht sagen, ob sie mich absichtsvoll ignorierte, hatte die Lautstärke meiner Stimme während des Sprechens stufenweise nach oben reguliert.

»Was gibt's denn.« Sie legte ihr Gerät aus der Hand, klang demonstrativ genervt.

»Ist das die Rechtsanwaltskanzlei? Merser? Ich habe einen Termin.«

»Das hast du bereits gesagt.«

»Aha? Dann bin ich also doch richtig.«

»Agentur, Kanzlei, Büro ... was weiß ich. Macht keinen Unterschied. Nenn's wie du willst.«

»Ok, aber hier arbeiten doch Anwälte. Also ist es eine Kanzlei.«

»Einen Kanzler kannst du hier lange suchen.«

»Was ist mit Merser, Herr Dr. Merser?«

»Oh, natürlich! Der Herr Doktor!«, sie hatte in einen gestelzten Sprechmodus geschaltet: »Jemand anderen wirst du hier auch vergeblich suchen.«

Sie klang abschätzig.

»Und?«

Während sie redete, streichelten ihre schlanken Finger ihr Phone, ihre Iriden schienen die Farbe wie LEDs in mehrsekündlichen Intervallen zu wechseln. Soeben waren sie auf Resedagrün gesprungen, aber ich konnte ihrem Blick nicht länger standhalten. Sie senkte ihre Lider, widmete sich erneut ihrem Gerät. Ich wollte mich schon beschweren, als im Nebenzimmer ein Soundeffekt ertönte. Kurz darauf meldete sich eine Männerstimme. »Was gibt's denn?«

»Mein Gott, schau doch. Steht alles geschrieben!«

»Was?«

»Das ist ein Zitat.«

»Was für ein Zitat?«

»Bibel.«

»Von was redest du?«

»Na, der Teufel hat sich die Mühe meines Wissens nicht gemacht. Der ist eher Typ Pferdeflüsterer. Und Verwandlungskünstler. Hatte es, soviel ich weiß, nicht so mit dem Schreiben.«

»Von was um alles in der Welt redest du wieder?«

»Dafür muss man doch keinen Religionsunterricht besucht haben. Oder eine Kirche.«

»Kannst du –. Was zur Hölle. Klartext bitte!«

»Hier ist jemand für dich.«

»Ja, und?«

»Sagt, hat ’nen Termin.«

Eine Sekunde war es still, dann ging im Nebenzimmer ein Gewitter auf einer Computertastatur nieder. Die Sekretärin massierte erneut ihr Gadget. Ich starrte sie unschlüssig an, unsicher, ob ich eine Szene machen oder lieber gleich wieder verschwinden sollte.

»Was schaust du denn so?«

Sie atmete ein, wölbte ihre Brust, blies eine nicht vorhandene Strähne aus der Stirn. »Das könnte dir als Belästigung ausgelegt werden. Geht heutzutage schneller als man denkt.«

»Der Herr Papa?« Ich deutete ins Nebenzimmer. »Solltest du nicht in der Schule sein?«

Sie funkelte mich aus schwefelgelben Augen an, die runden Lippen zu einem pubertären Schmollmund aufgeworfen.

»Vielleicht komme ich einfach später wieder?« Ich wählte einen onkelhaften Ton, der sie bewusst herabsetzen sollte.

»Aber warum treten Sie denn nicht ein?« In der Tür stand ein annäherungsweise hippiesker Typ, geräumiges, leicht ausgebeultes Cordjackett, das patchweise ergraute Haar gewellt und eher unvorteilhaft lang.

»Die Tür steht immer offen. Hat Sie Ihnen das denn nicht gesagt? Sie ist noch neu. Sie müssen uns entschuldigen.«

Er bat mich ins Zimmer.

»Ist das Ihre Tochter?«

Er seufzte. »Bitte. Setzten Sie sich.« Er deutete auf einen Stuhl. »Also, was haben wir denn Hübsches mitgebracht?«

Der Anwalt ließ sich in einen ausgesessenen Schreibtischstuhl fallen, die Rückenlehne schwang ächzend zurück.

»Möglicherweise bin ich falsch hier.«

»Einen Grund wird es schon geben.« Sein Zeigefinger flocht sich zögerlich in einen isolierten Haarstrang.

»Na ja, ich weiß nicht, wie soll ich anfangen. Wo? Ihre Anzeige –. Wie dem auch sei. Es ist eine längere Geschichte.«

»Sie haben die Anzeige –? Sie meinen im Netz?«

Seine Augen weiteten sich.

»Haben Sie etwa gegen den Erfolg Ihrer eigene Anzeige gewettet?«

»Verdammt. Die Dinge sind komplex genug. Warum halten wir es nicht ganz simpel. Fangen vorne an und fahren dann fort, eins nach dem anderen. Brav wie ein Programmcode. Sie sind doch aus der Branche, oder etwa nicht?«

Ich gab eine kurze Zusammenfassung der Ereignisse, angefangen mit der Schleuse, erwähnte den Visitoraccount, den Shuttle, Morales, die Bank, das Apartment, zögerte zwischendurch, was ich erwähnen sollte und was nicht. »Aber das ist bereits Teil des Problems. Was womit zusammenhängt.«

»Tun Sie sich keinen Zwang an. Erst mal alles sammeln, die Fragen werden später gestellt.«

Der Anwalt unterbrach mich nur sporadisch, insgesamt machte er den Eindruck, als erzählte ich ihm wenig Neues.

»Also, jetzt noch mal von vorn«, unterbrach er mich schließlich.

Er rollte seinen Stuhl bis zur Mitte des Tischs, zog die Tastatur heran, begann, in die Tasten zu nageln.

»Vielleicht sagen Sie mir erst mal, also –. Macht es überhaupt Sinn, dass ich Ihnen das alles erzähle?«

»Oh, unbedingt!«

»Und warum sollte das so sein? Meinen Sie, dass die einzelnen Ereignisse überhaupt auf irgendeine Weise verlinkt sind?«

»Wissen Sie! Nein, warten Sie.« Er rückte vom Bildschirm ab, nahm eine professorale Pose ein. »Ich will es mal so erklären. Man könnte denken, dass wenig regulierte Prozesse viel Spielraum für Versicherungen lassen, hoch regulierte hingegen wenig. Das Gegenteil ist aber der Fall. Je perfekter ein System ist, desto höher ist der Versicherungsaufwand.«

»Und was hat das mit mir zu tun?«

»Nehmen Sie den Flugverkehr. Sie haben die höchsten Technologiestandards und gleichzeitig die höchsten Versicherungssummen. Wenn Sie mich fragen, ich meine diese ganzen Umstrukturierungen, Automatisierungen etc. Denken Sie allein an die Mobilität. Das wird noch einen versicherungstechnischen Rattenschwanz nach sich ziehen, darauf können sie ihre Aktien setzen. Die Errungenschaft ihrer Technologie in allen Ehren. Aber im Vergleich wird die Technologie selbst eine Fußnote darstellen. Die Umwälzungen finden immer woanders statt. Jenseits des Technischen.«

»Mh, da kann man wohl unterschiedlicher Ansicht sein, ich glaube nicht –« Ich unterbrach ihn, wurde aber selbst unterbrochen.

»Er sucht Kunden, die Probleme mit ihren Diensten haben.«

Die Sekretärin war unbemerkt eingetreten; sie lehnte in der Tür, die ausgefransten Denimshorts gaben die perlmuttfarbenen Schenkel bis zum Schritt frei.

»Falsche Sozial-, Kredit- oder Customer Lifetime Value-Scores, Identitätsdiebstahl, überhaupt fragwürdige Datengeschichten oder Datenklau. Was immer Sie für Probleme mit Ihren Diensten haben, er ist Ihr Mann.«

»Was machst du denn hier? Müssen wir das jedes Mal –? Ich habe dir doch gesagt, dass du nicht –«

»Ist ja gut. Aber es ist ja nicht so, dass der Laden brummt. Oder ich vor Arbeitsüberlastung krepieren würde.«

Sie schlenderte zu uns herüber, mit einem kleinen Hüpfer saß sie auf der Schreibtischplatte.

»Erzähl ihm doch von der Frau. Vor drei Wochen. Bei der hat es mit einer falschen Krediteinstufung angefangen.«

»Corrie, bitte.«

»Daraufhin konnte sie ihren Kredit nicht mehr bedienen und hat ihr Haus verloren. Ihre Scores fielen, und sie hat nicht einmal mehr eine Mietwohnung gefunden. Kurz darauf gab es dann Probleme bei der Arbeit. Schließlich musste sie wieder bei ihrer Mutter einziehen. Stell dir das mal vor. Echt ätzend.«

Corrie kramte eine Cremetube aus ihrer Tasche, verteilte das Fett gewissenhaft auf ihrem Bein.

»Ok, wissen Sie was? Ich danke Ihnen.«

»Halt, warten Sie.« Der Anwalt sprang auf.

»Jetzt vertritt er sie. Er hofft, genug Kunden zu finden. Der Plan ist, eine große Sammelklage oder so etwas in der Art einzureichen. Ist nur die Frage –«

Kokosnussduft waberte durch das Zimmer.

»Es reicht jetzt, still!« Mutlos herrschte er sie an.

Sie dehnte ihr Rückgrat mit einem hohen Grad an Achtsamkeit, ließ eine Ferse über die Tischkante baumeln. »Stimmt doch.« Sie gab sich beleidigt.

»Wie gesagt, ich danke Ihnen für Ihre Zeit.«

»Warum vertrauen wir beispielsweise den Kreditkartenunternehmen? Haben Sie sich das jemals gefragt? Wissen Sie überhaupt, welche Summen in den täglichen Transaktionen verschwinden? Einfach so? Es müssen nicht einmal kriminelle Absichten im Spiel sein. – Obwohl die Betrugsnetzwerke inzwischen natürlich industrieförmig operieren.«

»Danke. Ich weiß, wo ich Sie finde.«

»Die machen genug Profit. Sie können den Verlust aus der Portokasse bezahlen. Einfach so – und voilà: Alles sieht nach einer reibungslos funktionierenden Technik aus, der man vertrauen kann. Verstehen Sie? Das Vertrauen ist geschmiert.«

Als ich in den Flur trat, zwängte sich das Mädchen an mir vorbei, über ihrer Schulter eine Handtasche.

»Und wer zahlt? – Wir! Man muss die großen Unternehmen –«

»Wie gesagt, ich danke Ihnen. Ich weiß, wo ich Sie finde.«

»Ich geh mir mal die Füße vertreten.« Corrie ließ eine Kaugummiblase platzen.

»Dann hören Sie wenigsten auf meinen Rat. Notieren, speichern Sie alles.«

Corrie trippelte die Treppen hinunter; ich zögerte. Aber mir blieb offenbar nichts anderes übrig, als ihr zu folgen; als hätte ich es darauf abgesehen, mich an ihre Fersen zu heften.

»Dokumentieren! Schreiben Sie alles auf.«

Der Anwalt war auf den Treppenabsatz getreten, blickte uns hinterher. Vor dem Gebäude stieß ich auf Corrie.

»An deiner Stelle hätte ich mich wahrscheinlich auch vom Acker gemacht. Obwohl er die Sache ernst nimmt. Er ist ein Idealist, glaubt an die gute Sache. Nur eben ein bisschen ungeschickt ist er. Ist auch egal. – Wo fährst du hin? Ich muss nach Downtown.«

Ich hielt nach dem Wagen Ausschau, mit dem ich gekommen war.

»Nimmst du mich mit? Du musst mich mitnehmen.«

»Kommt nicht infrage.«

Ich ließ sie stehen, aber sie blieb an meiner Seite.

»Mann, warum so zugeknöpft. Ich bin übrigens Corrie.«

»Hab ich mitgekriegt.«

Bevor ich ins Auto stieg, blickte ich zurück. Oberhalb der Tür, die zur Kanzlei führte, meinte ich einen Schatten hinter dem Fenster zu erkennen. Kaum war der Wagen entriegelt, saß Corrie auf dem Beifahrersitz. Ich fluchte, aber ohne Überzeugung.

»Wie alt bist du eigentlich?« Ich startete den Wagen.

Sie verdrehte die Augen, blickte zur Decke, ließ eine weitere Kaugummiblase platzen.

»Deine Iris. Wie –. Na ja, ein ziemlicher Hingucker.« Ich hatte den schleichenden Übergang zu einem sumpfigen Moosgrün wahrgenommen, konnte nicht sagen, ob es derselbe Tonwert war, den ich schon früher registriert hatte.

»Echt jetzt?« Sie drückte ihre Schultern in den Sitz, klemmte ihre nackten Knie gegen die Armatur.

»Das war jetzt aber ein bisschen arg lame. Wie alt bist du denn? Und was ist das überhaupt für Musik?« Sie stöpselte ihr Gerät in die Konsole. Langsam verflüchtigte sich der Kokosnussduft, und der Geruch ihres Körpers setzte sich durch. Ich musste an Les denken, nahm mir vor, sie später unbedingt anzurufen.

Am folgenden Tag ging ich zum Frisör, machte einige Besorgungen, entschied spontan, ins Kino zu gehen. Als ich nach Hause kam, schlug die Identifizierung erneut fehl. Es war halb elf, die Concierge hatte längst Feierabend. Ich spähte ins Foyer, trat einen Schritt zurück. Die Klingeln waren im Eingangsbereich. Ich hielt nach erleuchteten Fenstern Ausschau, konnte aber niemanden entdecken, den ich auf mich hätte aufmerksam machen können. Ich lief den Komplex bis zur Straßenecke ab. Zum ersten Mal fiel mir auf, dass die Fassade vollkommen plan war, ohne Absätze oder Kanten. Aus Design- oder Sicherheitsgründen? Möglicherweise beides. Oder keines von beidem. Waren Häuser nicht immer so? Ich kontrollierte die Zufahrt zur Tiefgarage, der Zugang neben dem Garagentor war ebenfalls verriegelt. Als ich jemanden am anderen Ende der Straße auftauchen sah, eilte ich zum Eingang zurück. Aber der Passant lief am Haus vorbei. Ich sah auf die Uhr, überschlug die Stunden bis zum Morgen; ich könnte mich in einen 24-h-Diner setzen, abwarten. Unschlüssig ließ ich mich vor dem Apartmentkomplex nieder, ging meine Kontakte durch.

Als ein Kojote die Straße querte, schreckte ich auf. Er blieb in der Straßenmitte stehen, starrte mich mit der unbestechlichen Aufmerksamkeit eines hochsensiblen Aufzeichnungsgeräts affektlos an. Der Körper hatte zu wenig Lebendgewicht, um von den Sensoren der Straßenlaterne erfasst zu werden. Als wisse es darum, verharrte das Tier am rechnerisch finstersten Fleck der Straße, nur die Netzhaut reflektierte die Umgebungslichter, ich konnte nicht sagen, woher die elektromagnetischen Wellen rührten. Bisher hatte ich nur darüber gelesen, dass Kojoten zunehmend im Stadtraum heimisch wurden. Wegen des Tiers hätte ich fast verpasst, dass jemand aus dem Haus trat. Im letzten Moment sprang ich auf, streckte den Fuß in die Tür.

»Ein Kojote. Dort! Sehen Sie.«

»Wie bitte?«

Die Frau sah mich misstrauisch an. Als ich mich umdrehte und in die Richtung des Tiers deutete, war es verschwunden.

»Eben war er noch da. Ein dünnes Tier, um die Rippen leicht ausgezehrt. Mitten auf der Fahrbahn.« Ich hob die Schultern. »Sie sind scheu. Ich glaube nicht, dass sie einem gefährlich werden.«

Bevor ich mich verabschieden konnte, hatte sie sich abgewendet und war mit hellen Absätzen in die Nacht getrabt. Ich ging ins Haus. Ich benötigte nur zwei Versuche, um die Wohnungstür mit der Bonuskarte zu öffnen, und war zurück im Apartment.

5 Party

Das Apartment kam mir plötzlich verwaist vor. Das Atmen bereitete mir wieder Mühe. Ich wusste, dass sich etwas ändern musste. Am besten wäre es, alles auf Reset zu setzen oder eine Konfiguration auf einen Zeitpunkt vor drei oder vier Wochen vorzunehmen, als noch alles einwandfrei funktioniert hatte. Ich nahm 20 mg Adderall und lief elf Schritte von der Mitte des Schlafzimmers in die Mitte des Wohnzimmers. Vom Schlafzimmer ins Bad waren es acht Schritte und vom Schlafzimmer in die Küche ebenfalls elf. Fünfzehn Schritte von meinem Platz am Tisch zur Toilette, von der Toilette an die Spüle zehn; vom Mittelpunkt des Bads zum Mittelpunkt der Küche zehneinhalb. Der Flur maß sechs. Ich hatte die Wahl, von der Küche aus in eines der drei Zimmer zu gehen, insgesamt waren die Zimmer des Apartments ausschließlich des Flurs über sechs Pfade miteinander verbunden. Zählte man den Korridor als eigenständige Unit mit, sprang die Anzahl der Pfadoptionen von sechs auf zehn. Die Hoffnung, in den Flur hinauszutreten und dort der Hundebesitzerin von schräg gegenüber zu begegnen, erfüllte sich nicht.

Am nächsten Morgen rief ich die Personalabteilung an und wurde sofort durchgestellt. Ich verlangte, dass man mich über die Gründe für das Schreiben aufklärte. »Was hat es mit der temporären Verfügung auf sich? Was sind die Gründe für das Verfahren?« – »Wir bedanken uns für Ihre Nachfrage. Leider können wir momentan weder bestätigen, noch ausschließen, dass uns Informationen zur ihrer Anfrage vorliegen. Aber selbst gesetzt den Fall, dass uns die Informationen vorliegen sollten, könnten wir Sie aufgrund des laufenden Verfahrens nicht freigeben. Wir danken Ihnen für Ihr Verständnis.« »Mit wem spreche ich?« Die feminine

Stimme wirkte brüchig, an den Rändern leicht angeraut – auf niederschwellige Art und Weise erotisch: »Sie sind mit der Human Ressource-Abteilung verbunden.« »Ich habe nach einem Namen gefragt. Wie Sie heißen?« »Ich verstehe Ihre Bitte, aber eine individuelle Adressierung spielt im vorliegenden Fall keine Rolle. Wir informieren sie lediglich über unsere allgemeinen Richtlinien.« Es musste sich um ein Softwareprogramm handeln, ich beendete das Gespräch und rief Rheimers Nummer auf, bestätigte sie aber nicht. Mir war plötzlich klar, dass er mir nicht helfen würde, ich musste die Sache selbst regeln. Erneut recherchierte ich Einträge über Verfügungen und verwandte Begriffe und suchte im Anschluss daran in meiner Chronik nach den Adressen der Anwälte, die ich mir bereits angesehen hatte. Am frühen Abend räumte ich meinen Tisch frei und begann alles, zur Sache mit der Schleuse, zu notieren. Anfangs sammelte ich die Ereignisse, wie sie mir in den Sinn kamen, ohne auf Chronologie oder Ordnung zu achten. Erst am übernächsten Tag ging ich dazu über, die Einträge zu sortieren und zu hierarchisieren. Ich kommentierte sie, kopierte sämtliche Nachrichten und Suchverläufe. Sogar über die Telefonate führte ich Buch, druckte die Dateien aus. Obwohl alles länger dauerte, als erwartet, motivierte mich der wachsende Papierstapel, jede Lücke war ein weiterer Ansporn, weitere Daten zu sammeln. Ich hatte plötzlich ein Ziel, zeitweise fühlte ich mich erinnert an die Arbeit im Ring. Endlich hatte ich wieder eine konkrete Aufgabe, schöpfte automatisch neue Zuversicht.

Am Ende der Woche fuhr ich zurück zur Kanzlei. Ich wollte Merser eine Kopie des Materials aushändigen. Ich probierte drei Outfits, unfähig, mich für eines zu entscheiden. Drauf und dran, alles zu canceln, wählte ich eine teilverschlissene Jeans, ein Button-up, das ich über den Bund hängen ließ, hellblaue Segelschuhe.

»Du? – Ich hatte nicht gedacht, dass du noch mal aufkreuzt.«

Wie beim ersten Mal hatte Corrie mein Eintreten ignoriert, als sie aufsah, wirkte sie aufrichtig überrascht. Unsere Blicke trafen sich; ich musste grinsen. Sie erwiderte das Lächeln, nur ihre Augenpartie blieb unverändert.

»Du siehst überarbeitet aus.«

»Idiot.«

»Ich habe dir etwas mitgebracht.«

Ich hob einen kühlen, außen kondensierenden Softdrinkbecher aus einer Papiertüte.

»Zero?«

»So was Ähnliches.«

»Trinke ich nicht. Kannst du behalten.«

»Buy one, get two.«

Sie nahm den Becher mit spitzen Fingern, schloss ihre Lippen um das Röhrchen. »Igitt. Zu wenig Eis ist auch drin.«

Ich deutete auf Mersers Tür, trat ein.

»Gut, dass Sie kommen. Ich habe Sie schon erwartet.«

»Ich bin spontan gekommen.«

Ohne sein Gehämmer auf der Tastatur zu unterbrechen, wies er mit einer Geste seines Kopfs auf den Stuhl, der dastand, wie ich ihn zurückgelassen hatte, in einem spitzen Winkel von der Arbeitsplatte abgerückt.

»Na ja. Bei Ihnen sagt man wahrscheinlich Daten statt Erfahrung.« Er warf einen vieldeutigen Blick auf die Tür, hinter der Corrie saß.

Ich ignorierte den Kommentar, legte den Datenträger auf den Tisch, erklärte, ich hätte alles zusammengestellt. Falls er eine Verwendung dafür haben sollte – ich hätte noch keine Entscheidung über meine nächsten Schritte gefällt. Aber Merser ging erst gar nicht darauf ein, verfiel in eine inquisitive Kadenz, die sich unentschieden zwischen Frage und Aussage aufhing: »Dieser Latino, Morales, von dem Sie mir erzählt haben?!«

»Das wir uns nicht falsch verstehen. Ich erteile Ihnen kein Mandat oder so etwas. Das war mein vorerst letzter Besuch.«

»Wann hatten Sie zum ersten Mal Kontakt. Sie schilderten es so –«

Beiläufig nahm er den Datenträger, ließ ihn in der Brusttasche seines Paisley-Hemds verschwinden.

»Ich habe doch gesagt, dass es sich um eine falsche Fährte handelt.«

»Ich habe mich ein wenig umgeschaut.«

»Von was reden Sie?«

»Nichts Dramatisches. Aber auch nicht uninteressant. Dieser asiatische Convenience-Store scheint ein Knotenpunkt für, wie soll ich es sagen, na ja, Elemente zu sein, die sich zu diversen Fragen und Anliegen zu organisieren suchen.«

»Unmöglich. Die sind völlig harmlos. Allenfalls esoterisch. Die Handleserin im Gebäude habe ich doch erwähnt?«

»Sie haben vollkommen Recht, ich kann noch nichts Näheres sagen. Eine Art Anlaufstelle scheint es zu sein. Migranten, die dort in Kontakt miteinander treten, Beschäftigte aus dem Niedriglohnsektor, nicht ganz durchsichtig, wer dort alles ein- und ausgeht und zu welchem Zweck. Jedenfalls stammen sie überwiegend aus dem, wie sagt man das korrekt? Süden? – Also einschließlich dem Süden des Ostens. Ein höchst ungewöhnlicher Mix, man könnte denken, dass die Leute ihrer Herkunft entsprechend lieber unter sich bleiben.«

»Betreiben Sie als Nebenjob eine Detektei?«

Merser verschränkte die Hände hinter dem Kopf.

»Wie gesagt, es muss nichts heißen. Nur weil sich Ihre Wege kreuzten. Dennoch sind einige Kandidaten wie Ihr Morales möglicherweise in politische Aktivitäten involviert. Ich weiß nicht, mit welchen Leuten er in Kontakt steht und was ihre tatsächlichen Anliegen sind. Es handelt sich jedenfalls nicht um einen eingetragenen Verein oder so was. Es gibt keinen offiziellen Namen.«

Ich hob die Schultern, signalisierte Desinteresse.

»Ich habe damit nichts zu tun. Zumal der Glitch sich vor dem Zusammentreffen ereignete. Allenfalls eine unglückliche Koinzidenz.«

»Eben.« Abrupt schnellte er nach vorne, er sprach leise, mit annäherungsweise konspirativem Einschlag. »Korrespondenzen sind eine heiße Währung. Verstehen Sie mich nicht falsch. Aber von außen betrachtet«, seine geöffneten Handflächen kommunizierten Unschuld, bevor er zu seinem abgeklärten Sprachduktus zurückfand: »Sie waren mit den Leuten zusammen.«

»Aber nicht in diesem Sinn.« Ich hatte keine Lust auf die Diskussion, erhob mich.

»Kausalität, Chronologie – belasten Sie die Logik herkömmlicher Zeitabfolgen nicht zu sehr. Die Sache ist lockerer gestrickt, als man gemeinhin denken mag. Wer will schon sagen, was letztlich Ursache, was Wirkung ist. Das Entscheidende ist, dass sich die Dinge auf eine neue Weise miteinander verschalten. Wie man die Punkte miteinander verknüpft.« Sein Finger stach in die Luft, zog eine Linie mit drei imaginären Spots.

»Das ist absurd.« Er versuchte nicht, mich zurückzuhalten.

»Zufallsesoterik.« Ich stand schon in der Tür, halb von ihm abgewandt.

Am Empfang erwartete mich Corrie, ihre Handtasche griffbereit. Wir verließen das Büro, als wären wir auf ein Date verabredet. Merser kam uns bis ins Treppenhaus nachgelaufen, blickte uns stumm hinterher.

Als wir über den Parkplatz schlenderten, versuchte Corrie mich zu überreden, auf eine Party mitzugehen, nannte den Namen eines DJs.

»Sorry, ›Ihre Suche ergab keinen Treffer‹.«

»Langweiler.« Sie spielte beleidigt. »Der war doch schon bei Euch auf dem Campus. Gar nicht so lange her. Das hab sogar ich mitgeschnitten.«

Diesmal musste ich versprechen, sie auf einen Drink zu begleiten. Es war noch früh, und wir hielten an einem Foodmart. Als wir wieder auf die Straße traten, war es immer noch zu früh.

»Was machen wir jetzt?«

Sie blinzelte in die tief stehende Sonne.

»Ich pack's.«

»Sag nicht, dass du zur Arbeit musst.«

»Du wirst es nicht glauben, ich habe Dinge zu tun, Job hin oder her. Eigentlich sogar mehr als vorher.«

»Warte, wir könnten –. Da ist dieser Shop. Lass uns da mal vorbeigehen. Liegt sowieso auf dem Weg zur Party.«

»Was für ein Laden? Was meinst du?«

»Die machen manchmal Stress. Von wegen Alter und so. Ziemlich uncool.«

»Und? Haben sie recht?«

»Aber es ist wirklich gutes Zeug. Doktor Fresh heißt der Laden. Sag nicht, dass du noch nichts davon gehört hast?«

»Wie wär's stattdessen mit leckerer Eiscreme?«

Der Innenstadtverkehr war katastrophal, die Autos parkten in der zweiten Reihe, auf der Fahrbahn ging nichts mehr, Corrie hatte sich so weit auf ihrem Sitz vorgelehnt, dass ihre Stirn fast die Windschutzscheibe berührte. Der Shop war noch gar nicht zu sehen, als sie schon aufgeregt auf die Ecke zeigte, wo sich die neue Dr. Fresh-Filiale befand. Bevor der Shop zu erkennen war, waren die Menschen zu sehen; sie bevölkerten den Bordstein, die Schlange reichte bis zur nächsten Ampel. »Ich spring schon mal raus.« Im nächsten Augenblick stand sie auf der Fahrbahn, war um das Auto herumgegangen und steckte ihren Kopf durch mein Seitenfenster. »Aber nicht, dass du dich aus dem Staub machst.« Es klang nach einer Drohung, auf ihrer Stirn zwei makellose Vertikalfalten. Während die Autos zentimeterweise vorwärtsstotterten, beobachtete ich, wie sie ins Getümmel eintauchte – Erstsemestler mit Poloshirts und weißen Sneakern, die rabattierte Telefonverträge, Probeabos für Apps oder sonstige Dienste verscherbelten, Bettler, die die Kunden wie Drohnen umschwirrten, hier und da versprengte Lonely-Planet-Touristen, Teenager, die sich an der Bordsteinkante rangelten; zwei Hostessen in taillierten Krankenschwesterkitteln, um die Hüfte farngrüne Miniröcke, auf ihren Uniformen glitzerte dasselbe Dr. Fresh-Logo wie über dem Shop, sie fingerten und fegten über ihre Tablets, regelten den Andrang, jeden Fünften oder Sechsten siebten sie aus, lösten damit jedes Mal ein hysterisches Geheul aus. Wer mit seinem Shop-Tütchen aus dem Laden trat, die Miene siegreich oder selig, bekam von irgendwoher aus dem Gerangel einen anonymen Klaps auf die Schulter, als hätte die Person einen Wettkampf für sich entschieden, sofort heftete sich ein abgerissener Schatten an ihre Ferse, beschwatzte sie in geloopten Satzkaskaden; über allem der klebrige Duft der Grillwalker, die ihre Bratwurstbauchläden vor sich herschoben wie Mütter ihren Nachwuchs.

Anders als Corrie angekündigt hatte, war die Party in einem kleinen Ort auf der anderen Bayseite auf einem großen Anwesen mit Meerzugang. Wir waren über eine Stunde unterwegs. Vor dem Gate hatten sich zwei bis über den Hals hinaus tätowierte Schränke im Rockerlook mit flachen Boxernasen und breiten Jochbeinen aufgebaut. Corrie zeigte einen Barcode und zog mich hinter sich her. Offenbar war sie nicht zum ersten Mal auf dem Grundstück, sie war leicht erregt, steuerte an der Villa vorbei in den Garten, das Gelände fiel in in einer sanften Neigung zum Wasser hin ab. Die Gäste waren in kleinen Gruppen auf dem Grün verstreut, irgendwo auf der Veranda spielte Musik, die sich in Druckwellen über den Rasen legte. Es sah nicht danach aus, als habe die Party schon begonnen. Die Sonne hatte sich am Horizont abgemeldet, farbige Schlieren zeigten den Switch vom Tag zur Nacht an, Singzikaden hatten ihre Trommelorgane in vorprogrammierte Schwingungen versetzt, die in zeitlich zueinander versetzten Schleifen zu einem Crescendo anhoben und wieder sanft abschwollen, synchron sprangen die im Garten verteilten Lichtketten und Lampions auf »on«.

Ineffizient mäanderten wir von einer Traube zur nächsten, ein Viertel der Anwesenden war deutlich über einen abstrakten Mittelwert hinaus gut aussehend, möglicherweise Models oder Schauspieler, das Spektrum der Outfits breit gefächert; die Frage, ob sie nach bestimmten Leuten Ausschau hielte, verneinte sie, zog in planlosem Zickzack weiter. Erst als ich erklärte, keine Lust mehr zu haben, umherzuirren, und mich in der Nähe des Wassers niederließ, setzte sie sich neben mich, kam kurzzeitig zur Ruhe.

Sie kramte in ihren Hosentaschen, fluchte, zauberte schließlich eine mit Fusseln verklebte Pille hervor, fragte, ob wir sie teilen sollen.

»Die ist aber nicht aus dem Shop? Doktor Fresh?«

Sie versuchte sie, zuerst mit dem Fingernagel, dann mit den Zähnen, zu zerteilen; beides misslang, produzierte ein grobkörniges Pulver, dass wir mit unseren angefeuchteten Fingerspitzen auftupften.

»Kann vieles sein.«

»Sieht nach Aspirin aus.«

»Was in der Art, denke ich auch.«

Wir legten unsere Köpfe in den Nacken, der Himmel war ohne Sterne, wir sahen zu, wie die Nacht langsam aufzog. Nach fünfzehn Minuten sprang Corrie wieder auf, entfernte sich ohne Erklärung, warf mir lediglich ein rasches, leicht entrücktes Lächeln zu, ihre Iris auf Rubinrot. Ich beobachtete, wie sie einem kleinen Trupp, der soeben durch eine Seitentür in der Villa verschwand, hinterhereilte. Später ging ich zum Buffet, holte mir einen Drink, eine Handvoll Cracker mit Erdnussbutter, suchte eine freie Poolliege.

Ich erwachte um kurz nach Mitternacht; es war kühler geworden, der Rhythmus der Musik merklich aggressiver; die Stimmen in unmittelbarer Nähe dissonant. Ich benötigte eine volle Minute, um mich zu orientieren. Es war schwer zu sagen, ob die Party auf ihren Zenit zusteuerte oder ob sie ihn längst überschritten hatte. Corrie war nirgends zu sehen. Stattdessen entdeckte ich Sedar; kurz darauf Loïc. Sie kamen vom Wasser her, schlenderten über den Rasen. Erst in diesem Moment erkannte ich Les. Sie steckte in einem Outfit, das ihren Körper auffallend gut nachmodellierte. Ihre Frisur war neu, sie trug jetzt einen Pony. Ein Teil von mir wollte sich ihr und den Ringern sofort anschließen, etwas hielt mich aber zurück; ich blieb liegen. Les lief an der Seite eines gut proportionierten Typs mit minimalem Bauchansatz, den ich nicht kannte, ich versuchte zu erkennen, ob Gang und Gestik von Intimität zwischen den beiden zeugte. Handelte es sich möglicherweise um ihren Bruder, von dem sie erzählt hatte? Ihre neue Frisur ließ sie geringfügig jünger wirken. Meine Kehle war trocken; ich winkte einen Kellner heran, nahm gleich zwei der heftig fluoreszierenden Drinks. Den ersten leerte ich mit einem Zug, knallte das Glas zurück auf das Tablett des Livrierten.

Als ich zwanzig Minuten später mit einem frischen Cocktail in der Hand von der Liege aus beobachtete, wie Les ihre Begleitung unter einem Lampion küsste, fühlte ich mich eher bestätigt, als dass ich überrascht gewesen wäre. Sie hatte sich auf ihren Fußspitzen aufgerichtet, ihr Rücken hatte ein Hohlkreuz, es war dieselbe Geste, mit der sie sich während der Exkursion am Meer zu mir emporgereckt hatte. Aufgrund der Lichtverhältnisse waren die beiden kaum zu erkennen, meine erhobene Hand zitterte, dennoch schoss ich ein Foto. Ich hatte definitiv viel zu schnell zu viel getrunken.

Erst jetzt merkte ich, dass ich fröstelte, und erhob mich. Meine Glieder waren steif, der Alkohol war mir direkt ins Gehirn geschossen, beeinträchtigte meine neuronalen Aktivitäten, ich musste mich stark konzentrieren, um einen festen Stand zu gewinnen. Als ich loslief, war ich überzeugt, mich verhältnismäßig schnell zu bewegen, wusste aber, dass ich mich in Wahrheit nur sehr langsam vorwärtstastete. Das Buffet war bis auf unappetitliche Reste leer. Ich betrat die Villa durch die hohen Flügeltüren, darauf bedacht, so ausbalanciert wie möglich zu laufen. Im Saal hing ein überdimensional großer Kronleuchter, dessen Leuchtelemente ein psychedelisches Farbenspiel an die Decke schmierten, auf dem Boden Menschen, rücklings in die polychrome Projektion versenkt. Erst im Flur hielt ich inne, stützte mich drei

Minuten gegen die Wand – vielleicht waren es auch fünf, vielleicht nur eine. Ich hatte Lust, mich zu setzen, zwang mich aber, weiterzugehen. In den abgedunkelten Zimmern im ersten und zweiten Stock standen, saßen und lagen Menschen in lethargischen, redseligen bis euphorisch-enthemmten Gemütszuständen, einige Türen waren verriegelt. Von Corrie noch immer keine Spur.

6 Das Apartment

Am nächsten Morgen wurde ich von Stimmen geweckt. Ich fühlte mich schlecht, der Schmerz durchzog meinen Schädel sinusförmig, ging manchmal in ein höherfrequentes Pochen über. Ich versuchte, mich zu orientieren, aber das Licht war zu grell, und ich musste die Augen wieder schließen. Dennoch hatte ich die drei Gestalten am Fußende des Betts wahrgenommen, plötzlich unsicher, wo ich war. Sie kehrten mir ihre Rücken zu, als würden sie wie bei einer Visite über meinen Genesungsprozess beratschlagen; meine Hand tastete nach dem Phone. Ich hatte Mühe, die Zahlen zu entziffern, erinnerte mich in dem Moment an die Party – Les, Corrie. Unter den geschlossenen Lidern leuchteten die fluoreszierenden Drinks in meiner Erinnerung noch stärker als es schon in Wirklichkeit der Fall gewesen war. Wann war ich nach Hause zurückgekehrt? Schwierigkeiten ins Apartment zu kommen hatte ich offenbar nicht gehabt.

Die drei schlenderten hinüber zum Fenster, ich beobachtete sie, die Augen bis auf einen Spalt geschlossen. Ihrem Gespräch konnte ich nicht folgen, die Wörter blieben ohne Wiedererkennungswert, und auch die vereinzelten, die ich aus dem Gemurmel herauslösen konnte, fügten sich zu keiner sinnhaften Abfolge. »Wer sind Sie?« Ich stützte mich auf einen Ellbogen. Ich hatte einen metallischen, eher aluminium- als kupferhaltigen Geschmack im Mund, meine Kehle war trocken, gern hätte ich ein Glas Wasser gehabt. Hose und Shirt lagen gut zwei Meter entfernt verstreut auf dem Boden. Ich beobachtete, wie einer der Männer mit der Spitze seines polierten Lederschuhs nach meiner Unterhose stocherte, er benötigte mehrere Anläufe, um sie am Bund aufzuspießen, sein Gesicht behielt er während der gesamten Aktion unbewegt seinem Gegenüber zugewandt. Mit einem

Kick ließ er sie unauffällig in die Ecke segeln. Der Schwindel setzte mit nur minimaler Zeitverzögerung ein, erschöpft sank ich zurück aufs Bett.

»Was wollen Sie? Wer hat Sie reingelassen?«

Das Sprechen bereitete mir Mühe, um den Schwindel besser kontrollieren zu können, hielt ich die Augen geschlossen. Ich schätzte, dass mir zu mindestens fünfundsechzig Prozent schlecht war.

»In diesem Segment wohnen 32 Parteien. Die Einheiten sind identisch, insgesamt gibt es zwei Wohnungstypen. Die Homogenitätswerte unter den Mietern sind hochgradig konstant.«

Erst verspätet registrierte ich, dass die Sätze keine Antwort bildeten. Sie übergingen meine Gegenwart, setzten ihr Gespräch ungestört fort. Ich neigte den Kopf, erkannte jetzt im Profil des Manns, der meine Unterwäsche aufgespießt hatte, den Makler. Sein Gesicht schwebte dicht vor dem seines Gesprächspartners, als näherte er sich diesem in einer zutraulichen oder intimen Absicht.

»Hey, was zum Teufel macht ihr hier? Das ist meine Wohnung. Raus!«

Ich hätte Wut kommunizieren sollen, aber der Widerwille, sofort nach dem Aufwachen zu reden, ließ den Zorn sofort verpuffen. Außerdem fehlt mir der Wille, die dazu notwendige Energie aufzubringen. Ich wartete auf eine Reaktion, schoss währenddessen ein Foto. Als ich es ansehen wollte, erschien Les. Die Bilddatei von letzter Nacht. Der Anblick rief sofort komplexe Emotionen hervor, die mich entmutigten; ich hätte nicht einmal sagen können, ob Empörung oder Enttäuschung dominierte. Ich drehte den Eindringlingen den Rücken zu, zog die Decke über die Brust und stellte mich schlafend.

»Dort liegt jemand.«

»Ja, soviel ich weiß, handelt es sich um einen Kollegen. Mit den Mitarbeitern der Firma haben wir bislang nur die allerbesten Erfahrungen gemacht.«

Ich konnte hören, wie die drei am Bett vorbei und aus dem Zimmer trotteten.

»Aber die Einheit ist bezugsfertig? Es hieß –«

»Wenn die Kollegin es so gesagt hat, wird es so sein. Soll ich kurz durchrufen? Oder wollten Sie nicht sowieso noch auf einen Sprung mit ins Office kommen?«

Eine Weile lauschte ich den Stimmen aus dem Nebenraum, sann darüber nach, dass sie auch etwas Tröstliches hatten. Die Gegenwart von Menschen. In meiner Fantasie spukte das Bild, wie die Eindringlinge in das Schlafzimmer zurückkehrten, sich ins Gespräch vertieft am Bettrand niederließen, die Stimmen gedämpft, ihre anschmiegsamen Oberkörper spendeten einen wohltuenden Schatten. Kurz darauf war ich wieder eingeschlafen.

Als ich zwei Stunden später erwachte, herrschte Stille. Mein Kopf schmerzte noch immer, ich lauschte, der Makler war verschwunden. Den Tag verbrachte ich im Bett. Der Versuch, die Begleitung des Maklers mithilfe der Fotos zu identifizieren, scheiterte. Eine Weile war ich damit beschäftigt, nach einer besseren Erkennungssoftware zu suchen, aber keine der Apps, die ich testete, lieferte einen Treffer. Die Hausverwaltung würde ich später kontaktieren; als es so weit war, hatte ich jedoch Mühe, mich zu motivieren. Zwischendurch überlegte ich, ob es mir nicht sogar gleichgültig sein konnte. Durch die Fenster drang seifiges Licht, gegen Abend fiel Nieselregen, der folientransparent in der Luft zu stehen schien; ich erhob mich und setzte Tee auf. In Gedanken war ich bei der vorübergehenden Verfügung. Möglicherweise sollte ich endlich einen kompetenten Anwalt engagieren. Noch während ich nach entsprechenden

Einträgen suchte, wusste ich, dass ich auch an diesem Tag keine Entscheidung mehr treffen würde.

Mein Denken war so sehr von der Schleuse beherrscht, dass mich die Einsicht völlig unerwartet überfiel: Es gab nichts, was mich länger in der Stadt hielt. Ich würde die Westküste verlassen. Kaum hatte ich den Vorsatz gefasst, wurde ich ruhig. Kurz darauf fühlte ich ein Kribbeln, das im Rumpf einsetzte und wenig später bis in die Extremitäten ausstrahlte, mich seit Langem einmal wieder ungehindert durchatmen ließ, eine diffuse Vorstellung von Freiheit schaltete. Wahrscheinlich war es nur das Gefühl von Erleichterung. Auch am nächsten Tag hielt der Affekt auf einem moderaten Niveau an. Ich blieb bis zum späten Vormittag liegen; als ich schließlich aufstand und mich im Spiegel betrachtete, stellte ich meinen Blick absichtlich nicht scharf, beäugte mich mit einem Fernblick, als stünde ich mir in einer Distanz von mindestens zehn bis zwölf Metern gegenüber. Die einzelnen Blickpunkte meines Gesichts blieben blurry, an den Rändern des Blickfelds verschwamm die Umrisslinie vollständig, löste sich flächig auf. Nicht zum ersten Mal dachte ich darüber nach, dass die Adjektive niedrig und hoch in Kopplung mit dem Begriff »Bildauflösung« kontraintuitiv verwendet würden. Sämtliche Alltagshandgriffe kamen mir plötzlich feierlich vor, Zähneputzen, Rasur etc. Ich nahm mir für jeden Handgriff doppelt so viel Zeit wie sonst.

Anfangs wollte ich umgehend nach einem Flug suchen. Je stärker der Vorsatz, die Stadt zu verlassen, wurde, desto mehr ließ der Drang nach, möglichst schnell zu handeln. Ich suchte den Fitnessraum auf, radelte meine Trainingsstrecke wider Erwarten in Rekordzeit. Auch am darauffolgenden Abend hatte ich noch keine Flüge recherchiert.

Tags darauf war ich in der Stadt unterwegs, machte Besorgungen, als ich spontan bei einem Autohändler stehen blieb. Die Niederlassung lag nur wenige Blöcke vom Apartmentkomplex entfernt, ich war unzählige Male daran vorbeigelaufen, ohne sie zu beachten. Der Händler taxierte mich von seinem Schreibtisch aus durch die Scheibe des Showrooms, ließ schließlich – möglicherweise hatte er im Stillen bis zwölf oder siebzehn gezählt – seinen Stuhl zurückgleiten, stand auf und stieß die Tür auf. Gemächlich walkte er zu mir herüber. Mein erster Impuls war, mich abzuwenden und weiterzugehen. »Was darf's sein?« Ich blieb stehen. »Danke, ich komme zurecht.« »Wenn ich mir ein Urteil erlauben darf?« Er trat dicht an mich heran, musterte mich von unten bis oben. »Das schreit nach einem Deutschen. Bayer oder Schwabe, wenn Sie mich fragen.« Er wollte mich von der Gebraucht- in die Neuwagensektion lotsen. »Wir haben gerade ein paar umwerfende Exemplare da. Die müssen Sie sehen. Die reine Wucht.« Ich war von dem Typen genervt, murmelte eine Verabschiedung und lief nach Hause.

Am Abend suchte ich nach Autos statt Flügen, kehrte am nächsten Tag zu dem Händler zurück. Ich war plötzlich von der Idee besessen, mit einem Auto aufzubrechen. Auf der Homepage hatte ich ein Compact-Car gefunden. Ich zeigte ihm den Eintrag. Er nickte, ließ sich nicht anmerken, ob er mich vom Vortag wiedererkannte. »Mikra. Tipptopp Modell. Wie für Sie gemacht. Der Wagen stammt von einem langjährigen Kunden, wenig gefahren, tadelloser Zustand.« Wir irrten über den Parkplatz, der Wagen war nirgends zu finden. Zweimal telefonierte er mit der Filiale, ließ sich bestätigen, dass das Fahrzeug vor Ort und nicht in der Zweitniederlassung war. Wir fanden es schließlich im Hinterhof neben den Mülltonnen. Er hatte die falschen Schlüssel eingesteckt. Als er zurück war, machten wir eine Probefahrt. Das Sitzpolster wies starke Gebrauchsspuren auf, ein schlechtes Zeichen, wie ich am Vortag gelesen hatte. Blankgewetzte Kanten des Fahrersitzes deuteten auf einen starken, vorwiegend städtischen Gebrauch des PKWs hin; häufiges Ein- und Aussteigen. Das Lenkrad war unangenehm speckig. Überhaupt war der Wagen in einem allenfalls moderaten Zustand. »Und? Keine Schönheit, aber solide. Was schließlich der Zweck des Ganzen ist. Wir haben alles prüfen lassen, dem Wagen fehlt nichts.« Ich zögerte, wahrscheinlich sollte ich weitersuchen. Andererseits würde ich mich, wenn ich mich jetzt nicht entschied, später möglicherweise gar nicht mehr entscheiden können. »Warum nicht? Solange er läuft.« Der Typ war mir hochunsympathisch, ich schlug dennoch ein.

Wir gingen ins Büro. Während er eine Flut von Formularen ausfüllte, recherchierte ich Wagen bei anderen Gebrauchtwagenhändlern. Eine Umtauschgarantie über die ersten 60 Tage lehnte ich ab. Sie war unverhältnismäßig teuer. Aber vor allem sah ich mich bereits längst außerhalb der Stadt – ein in der Sonne glitzerndes Pixel irgendwo unter dem grenzenlosen Himmel des Mittleren Westens.

Bevor ich vom Parkplatz rollte, lehnte der Verkäufer am Wagen, eine Hand gegen die Dachkante gestützt; ich hatte das Fenster hinuntergelassen, der Motor schnurrte, wir plauderten wie alte Freunde. Der Himmel war bereits bedeckt gewesen, als ich von zu Hause aufgebrochen war, inzwischen hatte es sich zugezogen, die Wolken hingen extrem tief, als würden sie von ihrem eigenen Gewicht zu Boden gerungen werden. Der Verkäufer gab dem Wagen einen Klaps auf das Heck, und ich fuhr los. Ich nahm die direkte Route zur Brücke, die über den Kanal führte, der Gedanke an all die Orte, die ich so schnell nicht mehr wiedersehen würde, ließ ein vages Bedauern in mir aufsteigen. Ich hatte die Auffahrt zur Brücke noch nicht erreicht, als der Regen einsetzte. Anfangs fielen dünne, glitzernde Tropfen, von einem auf den anderen Moment kam stark böiger Wind auf, und drei Minuten später schlug in einem spitzen Winkel Starkregen gegen die Karosserie. Die Luft hatte sich grau verfärbt, selbst die Aufhängungen der Brücke waren geschluckt worden, die Sicht gleich null. Vorsichtig prüfte ich die Gummilippen an der Tür.

Noch vor der ersten Ortschaft hielt ich auf einem Sightseeing-Parkplatz. Besonders in meiner Anfangszeit hatte ich den Spot hin und wieder aufgesucht, an klaren Tagen bot er einen optimalen Blick auf Bay und City; oftmals saß der Nebel dort jedoch so fest, dass es sich lohnte, weiterzufahren, nur zwei, drei Kilometer nördlich klarte es in der Regel schon auf. Unmittelbar am Fuß des Steilhangs dösten Robben, die man zuerst roch, dann hörte, bevor man sie sah. Aufgrund des Gewitters mündete der Ausblick in einen Whiteout. Ich blieb im Auto, beobachtete, wie sich in den Asphaltlöchern braune Pfützen bildeten, auf die der Wind in Böen niederdrückte und winzige Rippel auf der Wasseroberfläche modellierte. Ich verzehrte einen Power-Bar, wischte von Zeit zu Zeit über die Scheibe, die nach wenigen Atemzügen wieder beschlug. Als ich mich auf den Rückweg machte, war das Unwetter vorübergezogen, und der Regen hatte nachgelassen, nur der Nebel war zurückgeblieben. Als ich die Stadt erreichte, öffnete sich ein Fenster, und die Sonne brach in einem stumpfen Winkel durch die Wolken. In Sekundenschnelle baute sich über dem Wasser ein Regenbogen auf.

Die Eingangstür zum Komplex stand offen. Ich hielt nach der Concierge Ausschau, wollte mich durchs Foyer schleichen, als sie aus dem Paketraum trat. Sie schreckte zurück, als wollte sie am liebsten wieder in den Stauraum flüchten. Die defensive Reaktion widersprach ihrem Charakter, ließ mich automatisch innehalten: »Noch immer nichts? Er hat sich noch immer nicht sehen lassen?« Ihr Gesicht zeigte keine Regung. »Wie viele Tage ist es jetzt her?« Ich deutete in Richtung Innenhof, aber sie schaute mich nur geistesabwesend an. »Na dann.« Ich ging zum Aufzug.

Dass die Tür offen stand, sah ich, bevor ich mein Apartment erreicht hatte. Ich stutzte, vergewisserte mich, im richtigen Stockwerk zu sein. Mit den Stories von Anwohnern im Kopf, die bei ihrer Heimkehr Einbrecher oder gewaltbereite Junkies in ihrer Wohnung überraschten, trat ich auf die Schwelle. Erst kürzlich war mir ein entsprechender Artikel empfohlen worden, der vor Beschaffungskriminalität warnte. Hätte ich tatsächlich auf Loïcs Rat hören und die Tür zusätzlich sichern sollen? Aus der Wohnung drang Lärm, aber weder an der Tür noch am Rahmen waren Spuren einer Gewalteinwirkung zu entdecken. »Ist da wer?« Ich zählte bis zwanzig, bevor ich, bewaffnet mit meinem Phone, in die Wohnung schlich.

Aus dem Bad drang Musik, in der Living-Area brannte Licht, und ich sah den Rücken einer massigen Gestalt. Der Mann trug eine Latzhose, die oberhalb der Knie abgeschnitten war, an den Füßen kastenförmige Caterpillarstiefel. »Ein Notfall? Was machen Sie hier?« Ich entschied, dass keine unmittelbare Gefahr von ihm ausging, öffnete die Tür und trat geräuschvoll ins Zimmer. »Ist etwas nicht in Ordnung?« Vorsichtig näherte ich mich ihm. Als hätte er mein Kommen erwartet, drehte er sich ohne Eile um. An der Hüfte baumelte ein ramponierter Klauenhammer aus einem ledernen Werkzeuggürtel.

»Nein, nichts, keine Sorge.«

»Wer hat Sie in die Wohnung gelassen? Sind Sie Handwerker? Ich wohne hier. Das ist mein Apartment.«

Er musterte mich und rief lustlos ins Bad. »Hier ist wer. Besuch. Kümmerst du dich mal darum.« »Scheiße, was ist denn jetzt schon wieder. Mach du doch. Hab gerade zu tun.« Er sprach nur halb in meine Richtung. »Der Kollege ist sofort da.«

Der Kerl wollte sich wieder an seine Arbeit machen, aber ich hielt ihn ab. »Wer hat Sie gerufen? Ich weiß von nichts. Sie haben kein Recht, sich ohne mein Einverständnis in der Wohnung aufzuhalten.«

»Ist das so?« Der Kollege war aus dem Bad getreten; ein kleiner, drahtiger Kerl, aus seinem Unterarm sprangen dicke Venen. »Wie kommst du darauf?« »Wer hat Sie reingelassen?« »Du überschätzt uns. Man hält uns keine Türen auf, das müssen wir schon selber machen. Aber keine Sorge, wir bringen alles auf Vordermann.« »Warum weiß ich nichts davon? Wer hat das veranlasst?« »Willst du behaupten, wir sind aus reinem Vergnügen hier?«

Ich hatte Mühe, meine Erregung zu verbergen. »Sie entschuldigen, aber ich habe momentan keine Nerven für derartige Scherze. Entweder Sie packen Ihre Sachen, oder ich rufe die Hausverwaltung.« »Was meinst du, Tonne?« Mit verschränkten Armen wandte sich der Kleine an seinen Partner: »Ist das schon eine Drohung? Oder fällt das noch unter Empfehlung? Wie dieser so auch jener, wie er ihr, so ich dir?« »Er will es, sie will es, Bruce –« Die beiden lachten, ich trat drei Schritte zurück, die Nummer der Hausverwaltung auf meinem Display. Nach drei Signaltönen sprang die Mailbox an, und ich hinterließ eine Nachricht, bat um einen umgehenden Rückruf, tippte die Nummer sofort nachdem ich aufgelegt hatte wieder an. Meine Finger hatten stressbedingt zu zittern begonnen, diesmal schaltete sich die Anrufbeantworterfunktion direkt ein.

»Und?« Der Kleine starrte mich an. »Was jetzt? Wer bist du überhaupt? Neu hier?« Ohne eine Antwort abzuwarten, wandte er sich an seinen Kollegen: »Wo hast du denn die

Fußleiste hin.« »Die hattest du zuletzt.« »Nein, du.« »Bullshit, du.« Ich räusperte mich: »Ist das überhaupt nötig? Vielleicht blasen wir die Aktion einfach ab.« Der Kleine hatte sich über einen Eimer gebeugt, begann darin zu wühlen. »Oder muss ich deutlicher werden? Ich will, dass Sie die Wohnung umgehend verlassen.« Keiner der beiden ging auf mich ein, stattdessen richtete sich der Klauenhammer an seinen Kollegen: »Ruf doch einfach durch. Du siehst doch, dass der keine Ruhe gibt.« »Mach doch selber.« »Jetzt mach schon.« Der Kleine fluchte, richtete sich auf. »Und dann?« Mühsam nestelte er sein Phone heraus, die Verbindung war sofort hergestellt.

»Wen ruft er an? Mit wem spricht er?« Der Große blieb stumm; er hatte nun seinerseits die Suche nach der Fußleiste aufgenommen. Statt meine Frage zu wiederholen, konzentrierte ich mich auf die Unterhaltung, wollte mitbekommen, wie der Handwerker den Zwischenfall schilderte. Seine einfältige Miene erweckte den Eindruck, dass die Stimme am anderen Ende der Leitung jeden beliebigen Ausdruck in dem Gesicht aufrufen konnte. Fast meinte ich, zusehen zu können, wie die unbekannte Stimme in seine Gedanken eindrang, das Gesicht unter Spannung setzte und sorgfältig modellierte; im nächsten Augenblick begann der Mund, einzelne Konsonanten und Vokale zu bilden: »Dein Name?« Ich sah ihn sprechen, bevor ich ihn hörte. Als ich meinen Namen nannte, tat ich es in dem Bewusstsein, dass ich den abwesenden Sprecher, nicht den Handwerker adressierte: »Ich wohne hier.« Der Kleine wiederholte meinen Namen, seine Augen suchten die meinen: »Und das schreibt man?« »Wie man es spricht.« Für zwei Sekunden wütete eine Verwirrung in seinem Gesicht.

Ich war plötzlich außer mir, setzte mich in Bewegung, lief, ohne den Kleinen aus den Augen zu lassen, auf und ab.

Wahllos griff ich Gegenstände, die die Handwerker offenbar achtlos über die ganze Wohnung verstreut hatten.

»Da ist sie doch.« Der Klauenhammer war neben mich getreten, riss mir das Leistenstück, das ich gerade aufgelesen hatte, aus der Hand. Der Gedanke, dass in meiner Anwesenheit über mich verhandelt wurde, ohne der Diskussion folgen zu können, beunruhigte mich. Sobald er das Phone vom Ohr nahm, trat ich vor den Kerl: »Mit wem haben Sie geredet?« Über den Befehlston meiner Stimme war ich selbst überrascht. Er verstaute sein Phone, ließ sich Zeit. »Das war unmöglich die Hausverwaltung. Ich habe die Nummer gerade gewählt, es war niemand da.« Ich war so dicht an ihn herangetreten, dass ich den Alkohol in seinem Atem riechen konnte.

Er ließ sich Zeit, wich einen Schritt zurück, pflückte ein Taschentuch aus seiner Hose, wischte seinen Handteller, dann jeden Finger einzeln wie nach einer besonders fettigen Mahlzeit, sorgfältig ab.

»Die Verwaltung sagt« – es war unklar, ob er seinen Kollegen oder mich adressierte – »dass er die Wohnung umgehend verlassen soll.« »Sie lügen.« »Sie sagen, dass wir weitere Maßnahmen vermeiden sollen.« Obwohl ich keine gute Antwort erwartet hatte, erschrak ich: »Mit wem haben Sie gesprochen? Ich kenne Sie nicht. Ich lasse mir von Ihnen nichts vorschreiben. Nicht in meiner Wohnung.«

»Und jetzt?« Der Hüne ließ die Leiste auf seinen Handteller klatschen. »Warum muss ich immer alles machen. Rede du doch mit ihm.« Der Klauenhammer räusperte sich, sah auf die Uhr. »Hör zu, ich habe seit einer halben Stunde Feierabend. Entweder wir bringen das zu Ende, oder –« »Oder was? Bist du der Einzige, der Feierabend hat?« Der Kleine brauste auf, und kurz überlegte ich, ob ich den Streit für mich ausnutzen und die beiden gegeneinander ausspielen konnte.

»Es sieht doch ganz danach aus, dass wir uns einig sind. Sie machen Ihren verdienten Feierabend, ich meinen. Morgen können wir dann alle Missverständnisse beseitigen.« Mit einem hyperfreundlichen Gesichtsausdruck sah ich die beiden an, versuchte, gleichzeitig in ihren Mienen zu lesen. Bevor ich zu einem Schluss gekommen war, baute sich der Kleine vor mir auf. »Missverständnis beseitigen, hm? – Tonne hier meint, dass er keine Lust auf Zirkus hat. Also?« »Was also?« »Ich wiederhole mich ungern.« »Geht mir auch so.« »Tonne?« – Sein Partner war ebenfalls neben mich getreten.

Bevor ich realisieren konnte, was geschah, hatten sie mich unter den Achseln und an den Beinen gepackt, ich verlor das Gleichgewicht und hing in der Luft. Anfangs war ich zu verblüfft, um mich zu wehren, schrie erst später auf, strampelte mit den Beinen. Die Venen des Kleinen waren zum Zerreißen gespannt, er hatte Mühe, mich zu fixieren, fluchte, zweimal gelang es mir, einen Fuß freizuzappeln und ihm einen Tritt zu verpassen. Wir hatten die Zimmertür noch nicht erreicht, als er meine Beine wütend zu Boden schleuderte, der Schmerz strahlte bis in den Rücken hinauf. »Fuck, du machst die Füße.« Erbost sprang er über mich hinweg, kickte mir dabei eher freundschaftlich als feindselig in die Rippen. Die beiden wechselten ihre Positionen. Im Rückwärtsgehen stolperte der Kleine an der Schwelle zum Flur, und wir stürzten. Ich fürchtete um meinen Kopf, der Kleine brüllte. »So eine verfluchte Kacke. Er ist zu fett. Ich mach die Füße.« Wieder setzte er mit einem hohen Sprung über mich hinweg, hing sich an meine Füße. Die Kräfte der beiden ließen jedoch spürbar nach; kaum dass sie mich durch die Wohnungstür gehievt hatten, ließen sie mein Gesäß kraftlos über den Boden schleifen. Schräg gegenüber ging die Tür auf, es war die Mieterin mit dem kleinen Hund. »Helfen Sie mir.« Ich versuchte, Blickkontakt mit ihr aufzunehmen: »Schnell, rufen Sie die Polizei – die Concierge, irgendwen!« »Du Aas.« Der Kleine versetzte mir einen Tritt, seine Schlagader war geschwollen, pochte wild an seinem roten Hals. »Schnauze, du sagst jetzt gar nichts mehr.« Ich hatte mich verausgabt, erst die Gegenwart der Mieterin motivierte mich wieder. Ich sammelte meine Kräfte, bekam ein Bein frei und erwischte den Kleinen am Knie. Er schrie wehleidig auf. »So eine Kacke. Du machst die Beine.« Lustlos ließ er mich fallen.

Diesmal wollte ich die Chance nutzen und aufspringen, aber im selben Moment kam der Hüne krachend auf meinen Rücken zum Sitzen, der Schaft seines Hammers schlug mir zwischen die Beine. Ich stöhnte auf, Tränen schossen in meine Augen. Mir blieb der Atem weg. Blinzelnd beobachtete ich die Frau, die in die Aufzugkabine stieg und mich desinteressiert musterte. Erst als die Tür sich schloss, meinte ich zu sehen, wie sie mir ein warmes Lächeln zuflashte. Es war zwecklos, mich länger zu wehren. Hinter mir trampelten die Handwerker zurück in die Wohnung, ihr Gejohle war durch die verschlossene Tür hindurch zu hören.

Am liebsten wäre ich im Flur liegen geblieben, nur mühsam rappelte ich mich auf. Als ich ins Foyer trat, war die Kammer der Concierge verriegelt. Meine Glieder schmerzten, und ich betrachtete mich im großen Spiegel, brachte meine Kleider in Ordnung. Wut und Erschöpfung hielten sich die Waage, in erster Linie verspürte ich Hunger. Ich ging in die Tiefgarage, schob ein Stück Pappe in die Tür, die ins Freie führte. Vom Gehweg aus meinte ich hinter den erleuchteten Fenstern meiner Wohnung einen Schatten zu erkennen, aber auch nach weiteren zwei Minuten zeigte sich niemand. Ich verlor die Geduld, zog ab.

Ich ließ mir absichtlich Zeit, blieb lange im Diner sitzen, kehrte erst nach zehn Uhr zum Komplex zurück. Die

Pappe klemmte in der Kellertür. Bevor ich die Karte in den Türschlitz der Wohnung steckte, lauschte ich am Türblatt. Nichts. Ich schlich in die Wohnung, die Spuren der Handwerker waren weitgehend getilgt, nur auf dem Boden entdeckte ich Holzspäne, einige Möbelstücke waren verrückt worden. Ich entfaltete zwei Umzugskartons, packte die große Reisetasche, den Handkoffer. Alles andere würde ich zurücklassen. Mit mehr Gepäck war ich auch nicht hierhergekommen. Ich schleppte die Kartons zum Auto, den Weckalarm stellte ich auf Punkt sechs.

Nur einmal schreckte ich in der Nacht auf, horchte, ob jemand in die Wohnung eingedrungen war. Ich machte Licht, überzeugt, die körperliche Präsenz eines anderen Menschen zu spüren. Aber das Apartment war leer, und auch im restlichen Gebäudekomplex war nichts zu hören. Am Morgen duschte ich, setzte Tee auf und zog wahllos irgendetwas an. Auf meinem letzten Kontrollgang durch die Wohnung dachte ich kurz daran, sie zu verwüsten. Halbherzig kickte ich gegen eine Kommode, schlug auf das Sofa ein, vergrub meine Fäuste im extrasoften Polster, bedauerte aber nur meinen mangelnden Mut. In der Kammer der Concierge brannte bereits Licht, ich ignorierte sie, durchquerte das Foyer ohne innezuhalten. Draußen war es bereits zu 97 Prozent hell, die ersten Strahlen der Sonne würden jeden Augenblick über die Hausdächer fallen. Der Motor sprang auf Anhieb an. Ich besorgte mir einen XL-Kaffee, suchte einen Radiosender und fädelte mich wenig später in aller Ruhe in den stadtauswärts führenden Verkehr ein.

Dritter Teil
Wüste

1 Traum einer amerikanischen Rivera

Der Staub drang durch die Ritzen, als kaum wahrnehmbarer Schleier legte er sich über die Möbel. Kam in der Nacht Wind auf, hatten sich am Morgen feine Linien unter der Tür und entlang der Fensterbänke gebildet. Selbst im Wohnzimmer, dessen Fenster ich abgeklebt hatte, färbte sich die Fingerkuppe, zog man sie über die Lamellen der Jalousien, grau. Die Partikel drangen in die Schleimhäute und belegten die Lungen, die Leute klagten über Atembeschwerden, Asthma, Bronchitis und Nasenbluten. Das Abnehmen des Mundschutzes glich dem Entkleiden in einer Sauna oder Sammelumkleide, hinterließ ein prominentes Gefühl von Blöße. Besonders beliebt waren Masken im Manga-, Outlaw-, Camouflage- oder Indiewoodgirl-Design, viele legten den Mundschutz auch im Bungalow nicht ab, gingen damit schlafen oder tauschten Zärtlichkeiten mit den Hygieneartikeln über Mund und Nase aus. Nur Ransom konnte der Staub und Sand, der aus dem toxischen Bett des schwindenden Lakes aufwirbelte und die Umwelt in einem stetig wachsenden Umkreis von hundertfünfzig Kilometern und mehr belastete, scheinbar nichts anhaben. Mit seinem großen, schlanken Wuchs war er nicht nur in der Wüste so etwas wie eine Erscheinung; seine halblangen Haare von der Sonne ausgebleicht, Wimpern und Brauen stellenweise so hell, dass sie im Kontrast zur verbrannten Gesichtshaut gläsern wirkten, sein Bart, an den Rändern absichtsvoll zerfiselt, berührte die Brust. Wo immer er auftrat, zog er die Aufmerksamkeit auf sich, aber es war eher seine gesamte Erscheinung als einzelne Merkmale – mit Ausnahme der Sneaker. Meistens mussten die Leute drei Tage in seiner Gegenwart verbringen, bevor sie verblüfft auf das entrückte Weiß seiner Schuhe deuteten, als hätten sie endlich die verborgene Lücke im Programm gefunden, die den Zugang zum ganzen System öffnete.

Sein Outfit war vergleichsweise moderat. Trikotartige Funktionswear, langärmlige New Balance-Shirts in Weiß, Beige oder Hellblau, mindestens eine halbe Nummer zu groß; die hellen Hosen aus Mischgewebe hatten keinen Schnitt. Auf dem Kopf trug er einen natogrünen Boonie Hat, an den Händen, wie die meisten von uns, dünne, Touchscreen-taugliche Wollhandschuhe in Weiß, Rehbraun oder Schwarz.

Obwohl er eine gewisse Unnahbarkeit ausstrahlte, versammelte er immer sofort die Menschen um sich. Möglicherweise übte sein schwer dechiffrierbarer Glutkern eine besondere Anziehungskraft aus. Einige fühlten sich an die letzten Extremabenteurer des letzten Jahrtausends erinnert, die sich in Individualexpeditionen auf Hundeschlitten und Skiern zum Südpol vorgekämpft hatten. Das Leben bildete eine Kette an Ereignissen und Entscheidungen, die nur einem Zweck dienten: dem Selbsterhalt in einem tödlichen Environment. Andere dachten an den eher intellektuellen Typus eines Ethnologen alter Schule, in der einen Hand die Kladde, in der anderen Malinowski, *Argonauten des westlichen Pazifik*. Aber man musste vermutlich noch weiter zurückgehen, in eine Zeit, als das physische Abenteuer sich noch offen in koloniales Unternehmertum, der Extremismus im Meer, Urwald und in der Steppe in das Versprechen auf grenzenlosen Profit übersetzte. »Aber wo bleibt in diesem Bild der Idealismus? Die Utopie?« Früher oder später verselbstständigten sich Diskussionen darüber, wurden zunehmend wirr oder versponnen, wir saßen an einem leeren Poolbecken mit gesprungenen Fliesen und bröckelndem Putz, fieberten der Kühle der Nacht entgegen, begannen uns allmählich im Kreis zu drehen. Ransom war noch im Büro, nicht selten war sein Fenster das letzte, das wie ein Fixstern in der Finsternis glomm.

Das Bemerkenswerte an Ransoms Sneakern war weniger die Farbe, sondern dass sie selbst nach einem Tag in der Wüste makellos weiß waren. Weiße Schuhe dort draußen clean zu halten, ist auf Dauer unmöglich. Ransom schien dabei nicht einmal besondere Aufmerksamkeit auf seine zu verschwenden. Unter den Novizen löste er einen regelrechten Kult aus. Kaum waren sie in das Phänomen eingeweiht, setzten sie alles daran, ihn nachzuahmen. Man fachsimpelte über Imprägniersprays, die einen setzten auf Paraffinemulsionen, die anderen auf Silikon und Fluorcarbone, in der Tasche kleine Vliesläppchen oder Spezialbürsten mit auswechselbaren Aufsätzen, mit denen sie das Leder und Polyester in jeder freien Minute polierten; die Jungs begannen zu laufen, als wären ihre Beine von einer partiellen Lähmung befallen, darauf bedacht, ja keinen Staub aufzuwirbeln, der sich in den Falten und Nähten festsetzen könnte. Sie verwandten plötzlich mehr Zeit auf die Pflege ihrer Treter als auf die Körperhygiene. Dies änderte sich erst nach Monaten, wenn der Körper gegen den toxischen Staub und die Hitze zu rebellieren begann; anfangs kaum spürbar, waren die Symptome irgendwann einfach da. Nur Einzelne konzentrierten sich auch jetzt noch auf ihr Äußeres. In der Regel war es kein gutes Zeichen, sondern ein erstes Indiz dafür, dass etwas aus dem Ruder lief.

Ransom schien von all dem nichts wahrzunehmen, vielleicht wollte er es auch nur nicht wahrhaben. Der Ausfall des Solarfelds hatte zu einer prekären Versorgungslage geführt, die sich nicht länger leugnen ließ. Anfangs sah es danach aus, dass uns die Panne zusammenschweißen könnte; doch schon bald kippte die Stimmung, und die Risse im sozialen Gefüge, die sich zuvor nur schwach abzuzeichnen begonnen hatten, wurden größer. Ransom konnten die Spannungen unmöglich entgehen, aber wie in anderen Dingen auch war er gegenüber jeglichen Lamentos resistent. »Probleme erfordern Lösungen, keine Klage«, war einer seiner Standardsätze. »Noch niemand hat einen Sturm durch Protest zur Umkehr bewegt.« Wenn er Zugeständnisse machte, dann erschöpften sie sich in der Diagnose, dass die Versorgungslage »unter den Möglichkeiten« lag oder Ressourcen »ungenutzt« blieben, »Konflikte mitunter schmerzhaft, aber produktiv« waren. »Fortschritte und Erfolge sind dem Unmöglichen seit jeher im Widerstreit abgerungen worden.«

Alle Versuche, das Solarfeld wieder in Betrieb zu nehmen, scheiterten; uns gelang es nicht einmal, einzelne Panels zu reparieren. Nach dem Ausfall der Solaranlage waren aber auch die zur Erzeugung von Strom genutzten Dieselreserven schnell erschöpft. Zwar bestellte Ransom hin und wieder einen Tankzug, aber eine dauerhafte Lösung war das nicht, bald schon blieb uns nicht einmal genug Energie, um den Minimalbetrieb aufrechtzuerhalten. Wir experimentierten mit Windgeneratoren und anderen alternativen Energiequellen, kurzzeitig setzen wir unsere Hoffnung in die Algen aus dem See, aus denen wir Methangas gewannen, das wir in Strom verwandelten. Wann immer wir versuchten, die Stromleitung auf der anderen Lakeseite anzuzapfen, die entlang der Hauptverkehrsader durch das Valley führte, brach das Netz komplett zusammen, und wir erhielten wütende Anrufe und Drohmails. Zweimal stand die örtliche Polizei in der Sektion, verließ das Gelände aber ohne weitere Nachfragen. Ransom hatte die Beamten sofort in sein Büro gelotst und die Angelegenheit geklärt. Kurz darauf tauchten Parabolspiegel in sämtlichen Größen in den Vorgärten und Courts auf. Nachdem wir uns darauf geeinigt hatten, den Betrieb von Klimaanlagen als Energiesparmaßnahmen einzustellen, hatten einige begonnen, mit Hitzeumwandlern zu hantieren, versuchten, über kleinen Lagerfeuern in ihren Backyards oder den Becken der funktionslos gewordenen Pools, Strom zu generieren, mit dem sie einfache Zimmerventilatorn speisten. Während des Sommers stiegen die Temperaturen lässig auf 42 Grad. Die Initiativen mochten noch so hilflos wirken, Ransom hieß sie ohne Einschränkung willkommen. Erst im Nachhinein wurde mir klar, dass es ihm in erster Linie um den psychologischen Effekt der Initiativen ging. Wir ließen uns nicht unterkriegen, bewiesen, dass wir unsere eigenen Mittel und Wege aus der Krise finden würden. »Der Ort verdankt seine Entstehung einem Unglück. Wir werden auch dieses bewältigen.« Solche Sätze prägte Ransom in den Wochen nach dem Ausfall des Solarfelds und spielte damit auf die Geschichte des Sees an.

Der Ursprung des Lakes gründet in einem Ingenieursversagen. Zu Beginn des 19. Jahrhunderts wurden in mehreren infrastrukturellen Großprojekten Eingriffe in den Verlauf des River C vorgenommen. Abgezweigte Zuflüsse ins Tal brachten die Wüste zum Blühen, eine großflächige Landwirtschaft entstand. Nach ungewöhnlich starken Regenfällen und der Schneeschmelze in den Bergen gaben die Dämme, die den Abfluss aus River C ins Tal regulierten, unter den blitzartig anschwellenden Wassermassen nach. Die lebensstiftenden Adern verwandelten sich in einen letalen Strom, der alles mit sich fortriss. Das Wasser sammelte sich über 100 Kilometer weiter an der tiefsten Stelle des Valleys. Als es endlich gelang, das Leck sechzehn Monate später zu schließen, war ein 60 Kilometer langer und 70 Kilometer breiter See entstanden, das Höhenniveau entsprach dem des Meeresspiegels. Der großen Hitze ausgesetzt, veränderte er durch die Verdunstung ständig sein Ausmaß, als besäße er eine aktive Lunge, blieb entgegen der Expertenprognosen aber aufgrund der Zuflüsse der stetig expandierenden Agrarökonomie erhalten.

Erste Siedlungen entstanden in den Zwanzigerjahren. In den Fünfzigern entdeckten Landentwickler, die von der Küste immer weiter ins Landesinnere und bis tief in die Wüste hinein vorgedrungen waren, den See, von dem bis dahin trotz seiner Größe kaum jemand Notiz genommen hatte. Investoren, stets auf der Suche nach käuflichem Grund und Boden, um ihre überschüssigen Finanzflüsse zu kanalisieren, gab es genug – die Vision von einer amerikanischen Rivera in der Wüste war rasch geboren. Schon bald strömten die High Society, Rentner, zuletzt Wochenendurlauber und Kleinfamilien in sprunghaft steigenden Zahlen in die neue Oase. Zwei Jahrzehnte lang wuchs das Resort, bevor es von einer Sturzflut weggeschwemmt wurde. Zwei tropische Regenstürme in zwei aufeinanderfolgenden Jahren und die unkontrollierten Abflüsse der Farmer spülten die Marina fort und setzten das Resort vollends unter Wasser. Zudem führte die Überdüngung zu einer erhöhten Selenkonzentration, wiederholt kam es zu einem Massensterben der Fische, über Nacht bedeckten die Kadaver große Teile des Lakes wie ranziges Icing. Das Landentwicklungsprojekt sollte sich nie mehr davon erholen. Nur private Fotos und kommerzielle Werbefilme der Immobilienmakler sind aus den Jahren des ewigen Sommers erhalten geblieben. Yuppies in Jachten und auf Jetskis, Postergirls in Bikinis, mit Atompilzfrisuren und spitzwinkligen Space-Age-Shades. Je heißer das Wasser im Hochsommer wurde, desto eher bissen die Fische an, der Angelsport boomte. Rot verbrannte Familienväter aus massenproduzierten Suburbs im Levittown-Stil, die mit ausgebreiteten Armen tote Fische in die Kameras hielten und ihr »so groß ist meiner« in die Welt grinsten. Bevor der Höhepunkt erreicht war, war der Traum schon wieder zerplatzt. Zurückgeblieben war nur eine Handvoll verschuldeter Anwohner, meist Rentner ohne Pension, die für das Haus, das unter ihnen fortgespült worden war, Kredite aufgenommen hatten, und, nun mittellos geworden, zum Bleiben verdammt waren. Andere wollten das Unglück gar nicht erst wahrhaben, und hielten stoisch daran fest, ihr Paradies auf Erden gefunden zu haben. *A place like no other.*

Erst Anfang der Nullerjahre wurde der See neu entdeckt. Der Nachrichtendienst suchte nach einem Ort für den Bau von Sektion Y, eine gigantische Anlage zur Datenverarbeitung, die die von den Telefon- und Internetunternehmen gesammelten, durch Satelliten, Kupfer- und Glasfaserkabel gleitenden Daten weltweit in streng geheimen Operationen und einem Geflecht kaum durchschaubarer öffentlicher und privatwirtschaftlicher Kooperationen abzapfen und speichern sollte. Die Neunzigerjahre hatten bei den Nachrichtendiensten eine veritable Krise ausgelöst, mit dem Fall der Mauer war der große Andere verschwunden, eher verlegen als überzeugt ließ man sich darauf ein, der Kommerzialisierung des Internets auf die Sprünge zu helfen. Aus dem Reich der Kälte waren die Computer plötzlich in die postbürgerlichen Heime gewandert.

Den Crash der New Economy hatte die Digitalisierung nicht bremsen können, überraschend war dagegen der Umschlag des politischen Klimas gewesen. Als sich über dem anbrechenden Jahrtausend die ungekannte Flut an Daten wie der Schatten einer mächtigen Sturmfront abzeichnete, besann man sich plötzlich: Sollte man den Konzernen das neue Feld tatsächlich überlassen? Schnelles Handeln war gefragt. Der Ort in der Wüste schien perfekt: am Wasser und im Abseits gelegen. Der Lake sollte das Problem der Kühlung lösen, die Abgeschiedenheit natürlichen Schutz bieten. Auf dem nierenförmigen Areal an der Ostseite des Lakes wurde eine Serverfarm aus vier identischen Hallen hochgezogen, deren Kühlsystem täglich 6,4 Millionen Kubikmeter Wasser verschlang. Die Anlage verbrauchte 65 Megawatt, die jährlichen Stromkosten beliefen sich auf 40 Millionen Dollar. Anfangs sank der Wasserspiegel des Lakes kaum spürbar. Zum einen sorgte das Datenzentrum für einen Anstieg der Wassertemperatur, zum anderen gingen die Abflüsse aus den landwirtschaftlichen Betrieben, die für kontinuierlichen Wassernachschub gesorgt hatten, zurück. Aber selbst wenn der Schwund früher bemerkt worden wäre, hätte sich wohl kaum jemand darum gekümmert. Allmählich steuerte der Salzgehalt auf den Tipping-Point einer ökologischen Katastrophe zu. Ab einem Salzgehalt von sechs Prozent starben die letzten Fische, mit den Fischen die Vögel.

Die Entstehung des Sees hatte über die Jahrzehnte zu einer im ganzen Land ungekannten Vogelartenvielfalt geführt. Zahlreiche Vögel hatten sich erstmals in der Wüste angesiedelt, Kaninchenkäuze und Reiher waren dazu übergegangen, dort ganzjährig zu nisten, andere hatten ihre Migrationsrouten auf der pazifischen Zugstraße neu ausgerichtet oder bezogen, wie die Limikolen und ein Großteil der weltweiten Prärieregenpfeiferpopulation, dort ihr alljährliches Winterquartier. Mit dem See schrumpften auch die Vogelpopulationen. Das Datenzentrum war nur wenige Jahre in Betrieb, als die ersten Aktivisten und Ökobündnisse an die Öffentlichkeit traten. Nach Jahrzehnten zirkulierten erstmals wieder Bilder von verendeten Fischen und Vögeln aus einem verschollen geglaubten Landstrich. Die JPEGs zeigten Salzbetten, die sich an den Rändern des Lakes ausbreiteten, im Teppich aus schneeweißen Kristallen schillerten erstarrte Fischskelette, die groteske, urzeitliche Formationen bildeten. Ein beißender Gestank schwelte über der Area. Das größte Problem war jedoch der Untergrund, der nicht länger durch das Wasser gebunden wurde. Die giftigen Düngemittel, die über Jahrzehnte von der Landwirtschaft in den See abgelassen worden waren und sich in dessen Untergrund angereichert hatten, waren plötzlich wieder an der Oberfläche, stoben frei durch die Luft. Toxische Staub- und Sandstürme wurden zur Regel, sie suchten nicht nur die um den Lake verstreuten Siedlungen, sondern zunehmend auch die Metropolen an der Küste heim.

Ransom, hieß es, hatte die Sektion einfach übernommen, nachdem der Nachrichtendienst in einer Nacht-und-Nebel-Aktion die Niederlassung geräumt hatte. Viele der Bungalows hatten anfangs den Eindruck erweckt, die Mitarbeiter würden jeden Moment nach Hause zurückkehren; in der Spüle dreckiges Geschirr, die Betten bezogen, das generische Mobiliar im International-Office-Design intakt. In den Regalen zerfledderte Sci-Fi- und Fantasy-Romane, Spielkonsolen und Asthmaspraydosen. Auf den Terrassen und in den Vorgärten stapelten sich zusammengedrückte Bierdosen, PET-Flaschen und leere Pizzaboxen. Ähnlich sah es in den technischen Anlagen aus. Die endlosen Stacks der Rechner waren verschwunden, einige waren zertrümmert und auf einen großen Haufen geworfen worden. Die Rohre des Kühlsystems waren durch den hohen Salzgehalt des Wassers stark erodiert, Büroeinrichtung, Monitore und getwistete Kabelbäume in Regenbogenfarben waren dagegen voll funktionstüchtig gewesen. Allein die Anschaffungskosten der in der Sektion verwendeten Glasfaserkabel hatte Ransom auf einen einstelligen Millionenbetrag geschätzt. Der Operation-Room war tadellos gewesen, als wäre dort auch nicht eine einzige E-Zigarette verdampft worden. Nur hatten Sand und Staub an allem gehaftet. Zuerst war die Sektion neu benannt worden: das »Brain«. Aus der Vogelperspektive glich das Areal einem Querschnitt durchs Gehirn, manche sprachen deshalb auch spaßeshalber von »der Niere«. Die Gerüchte, dass Ransom eine lachhaft niedrige oder gigantische Summe für die Sektion bezahlt hatte, sind nie verifiziert worden. Ransom begegnete der Frage mit seiner typischen Miene, die alles offenließ.

Die Unsicherheit, ob er uns damit zu rebellischen Besetzern oder rechtmäßigen Eigentümern der rasterförmig angelegten Siedlung machte, legte sich in der Regel bald. Meist dauerte es nur wenige Wochen, bis die Neulinge ihre Einheit wie ihr Eigentum behandelten und sich im Hardwareschuppen Nägel besorgten, um eine abgefallene Planke zu ersetzen oder einen Zaun oder Sichtschutz neu aufzuziehen. Besonders Engagierte pflanzten sogar Kakteen oder kreisförmige Gartenbeete an. Für einige Wochen und Monate wurde der Verfall aufgehalten.

Nur Einzelne reagierten auf die neue Normalität mit einem paranoiden Schub. Möglicherweise hatten sie die Situation unterschätzt, die grenzenlose Weite der Wüste, die dem Körper keinen Schutz und dem nervös suchenden Blick keinen Halt bot. Selbst das Basic Field Manual für Wüstenmanöver (FM 31–25, Washington, D. C.), das Geheimdienstler in einzelnen Bungalows achtlos oder absichtlich zurückgelassen hatten, warnte vor einem »Gefühl der Nacktheit«, dem Soldaten in der ungewohnten Umgebung ausgesetzt waren: »Wüsten zeichnen sich typischerweise durch das Fehlen von Vegetation aus«, hieß es einleitend in Sektion 1. Dies könne die »psychologische Reaktion«

hervorrufen, »Beobachtungen aller Art schutzlos ausgeliefert zu sein.«

Zunächst war es lediglich die unheimliche Stille des Morgens, die manchem zu schaffen machte. Nur in den ersten Wochen, den permanenten Lärm der Stadt noch im akustischen Gedächtnis, ließ die neue Umgebung aufatmen. – Bis die Stimmung plötzlich umschlug, und die Stille zum Mangel und der Mangel zur Obsession wurde – die Möglichkeiten, sich nach Belieben abzulenken, waren aus der Welt, nirgends ein Kino oder Kiosk, stattdessen das Knirschen der eigenen Sohlen im Sand und Split der unbefestigten Straßen, sobald man einen Fuß vor die Tür setzte. Auf schwindelerregende Weise warf das Geräusch der eigenen Schritte den Einzelnen auf seine physische Präsenz an dem Ort zurück, der so viele Millionen Jahre älter war als die Anwesenheit der Menschheit auf dem Planeten, ließ die dunkle Überzeugung reifen, dass die Wahrnehmung nicht am stummen Antlitz der Dinge endete. Es musste ein Dahinter geben, eine der spröden Oberflächen und kargen Formen abgewandte Seite, die die Eigengeräusche des Einzelnen nicht länger einfach schluckte oder als einfältiges Echo zurückwarf. Allmählich kalibrierte sich der Hörsinn neu, konzentrierte sich auf ein bis dahin ungehörtes Geflecht feiner und feinster Geräusche, ein Knistern oder ein unscheinbares, randständiges Flüstern. Die arkane Kehrseite der Stille – es gab sie doch: Sie wurden kontrolliert. Genauer: beobachtet. Oder war es nicht vielmehr ein berührungsloses Abtasten? Keine Blicke, sondern Wellen, die Körper und Wände blind durchmaßen? War das nicht die Realität, seit jener fußballgroße Satellit mit seinem einfachen Sender in den Orbit geschossen worden war? Den körperlosen Signalen war seither kein Ort auf dieser Erde fremd, rastlos ihre Wanderungen durchs All. Als erste Reaktion ersetzten die Betroffenen ihre Rechner und sämtliche technische Geräte, kontrollierten die Leitungen und Glasfaseranschlüsse. Anschließend gingen sie dazu über, nach Wanzen und winzigen Kameras zu suchen, vermuteten überall doppelte Decken, Wände und Böden, kappten Rohre, prüften Lüftungsschächte und Abwassersysteme. Die Masten auf den Mudhills am Fuß der dunkel getönten Bergkette im Osten, die in der flimmernden Ferne zu sehen waren – was hatte es damit auf sich? Waren sie an diesen Ort im Nirgendwo gelockt worden, um nun in aller Seelenruhe ausgehorcht zu werden? Aber warum? Es konnte sich nur um ein gigantisches Experiment handeln. Wie hatten sie in die Versuchsanordnung hineingeraten können, die sich kaum benennen, nur erahnen ließ? Denn das Experiment musste begonnen haben, lange bevor sie hier aufgetaucht waren. Möglicherweise hatten sie zu dem Zeitpunkt des Anfangs noch gar nichts von diesem Ort gewusst. Aber wie konnte das sein? Wo war das Außen dieses Labors, wo der Punkt, an dem sie die Schwelle überschritten hatten und zu einem Element der Versuchsanordnung geworden waren? Schritt um Schritt führte die Suche zurück in eine zunehmend tief zerklüftete Vergangenheit. Worum ging es bei dem Ganzen? Gab es einen Masterplan? Wenn ja, was sah dieser vor, und wo liefen die Fäden zusammen? Was wollte man von ihnen? Ging es darum, die physische und psychische Verfassung des Einzelnen zu protokollieren, menschliches Verhalten unter Extrembedingungen zu studieren? Aber warum? Qualifizierten sie sich, ohne die geringste Kenntnis davon zu haben, für eine zukünftige Existenz auf einem anderen Planeten oder anderswo? Sollte dies zutreffen, lag darin eine Auszeichnung oder Strafe? Die Fäden verhedderten sich heillos, ließen sich nicht zusammenführen. Waren sie Auserwählte oder Verdächtigte? Im unbeteiligten Wechsel der Amplituden zogen Größenwahn und Depression über die

Betroffenen hinweg, und noch bevor sie wieder zu sich kamen und sich neu sammelten, waren die Bungalows halb demontiert. Danach war der Do-it-yourself-Eifer erstorben, und alle richteten sich in den Wunden, die das Privateigentum erlitten hatte, ein. Wie Unkraut wucherten lose Kabelenden aus der aufgerissenen Wandverschalung, nur die größten Löcher wurden mit billigem Medienmaterial, Tages- und Gratiszeitungen, verstopft. Die Zersetzung nahm ihren gewohnten Lauf, als hätte die Überzeugung gesiegt, der Verfall sei so oder so nicht aufzuhalten, nicht unter diesen Umständen, nicht an diesem Ort. Wer auf die Zukunft wetten wollte, war sowieso besser mit der Einsicht beraten, dass alles von Grund auf neu zu gestalten war. »Wir haben nicht die Wahl, den Niedergang hinzunehmen oder aber aufzuhalten, um das Schlimmste zu verhindern«, erklärte Ransom in unterschiedlichen Wendungen. »Wir haben nur die Wahl, alles zu verlieren, oder wir erschaffen das neu, was wir zu verlieren drohen und niemals zur Gänze besessen haben.« Wir lebten an einem privilegierten Ort; so untermauerte Ransom diesen Gedankengang normalerweise. Hier draußen genüge es nicht, im luftleeren Raum zu spekulieren, wir müssten unsere Erkenntnisse leben. »Wir können es uns nicht leisten, uns länger etwas vorzumachen. Wir haben die Wahl entweder zu handeln oder aber zum Spielball des Schicksals zu werden. Dazwischen gibt es an diesem Ort nichts. Handeln heißt aber nichts anderes, als weiter vorwärts zu gehen.« Nur selten sah er seinem Gegenüber beim Reden in die Augen. Es war kaum auszumachen, ob sein Blick in der Ferne oder irgendwo in seinem Inneren ruhte, seine Worte waren stets eine Spur gedrängt, als breite sich das Geflecht dessen, was noch zu sagen war, mit jedem Gedanken gleichzeitig in mehrere Richtungen aus, auf sich anfänglich kreuzenden Pfaden, die allmählich auseinanderstrebten und mit jedem Satz in eine uneinholbare Ferne entglitten oder in einer ungespeicherten Vergangenheit unwiederbringlich verloren gingen. »Aber die Wüste hilft uns. Sie lehrt das Notwendige und befreit uns vom Überflüssigen. Machen wir uns also wieder an die Arbeit.«

Jeden Sonntag versammelten wir uns auf dem Floor des stillgelegten Rechenzentrums. Nach dem Ausfall der Solaranlage war die Halle der einzige Ort mit Aircon. Wir hatten uns darauf geeinigt, dass wir den noch verfügbaren Strom für den Betrieb der Rechner verwenden mussten. Ohne die Rechenanlage würde unsere Arbeit in großen Teilen zum Erliegen kommen. Daher kamen auch die Letzten allein aufgrund der verlockenden Kühle zu den Sonntagsgatherings. Ransom saß auf einer provisorischen Bühne, nur sein throngleicher Sessel fiel aus dem neutralen Wearhouse-Setting heraus. Ein Bastler der ersten Sektion-Y-Generation hatte ihn aus Fundstücken gezimmert, über dem Kopfteil prangte der ausgestopfte Schädel eines Albino-Kojoten mit rot funkelnden Elektroaugen. Uns fiel das atavistisch-futuristische Prop gar nicht mehr auf, nur die Neulinge und Besucher gluckten gewöhnlich, wenn sie das erste Mal an der Versammlung teilnahmen, erkundigten sich, was es mit dem Teil auf sich habe. »Sein Totemtier«, lautete die stereotype Antwort, von der wohl niemand wusste, wer sie in die Welt gesetzt hatte. In den Versammlungen stellte sich Ransom unseren Fragen, manchmal war ein Gesprächspartner oder Gast an seiner Seite, oft war er allein. Unsere Fragen pinnten wir unter der Woche an ein schwarzes Brett, Ransom wählte daraus einige für die Versammlung aus; wenn er besonders gut gelaunt war, schmiss er sie in seinen Bonnie Hat und ließ sie von einem der anwesenden Kinder wie Losnummern ziehen. Es gab keine Tabus. Alles durfte gefragt, alles zur Diskussion gebracht werden. Die Sessions dauerten eine halbe Stunde, an die sich ein zwölfminütiger Talk anschloss, der frei gehalten wurde, und in dem einer von uns eine inspirierende, bahnbrechende oder polemische Idee vortrug. Darauf folgte der gesellige Teil. Jemand legte Musik auf, und wir versammelten uns zu einem gemeinsamen Lunch.

Die Erzählungen von Ransoms Herkunft waren ähnlich unscharf wie jene von seiner Übernahme der Sektion. Die einen wussten, er sei hochbegabt und habe seine erste Firma bereits mit sieben Jahren gegründet. Mit fünfzehn hätte er die erste Insolvenz hinter sich, mit Siebzehn die zweite. Diese Erfahrungen waren die entscheidenden Lektionen für seinen weiteren Werdegang gewesen. Der Nächste hatte gehört, er sei ein typischer Spätzünder gewesen, bis in das Alter von 28 Jahren hatte er Verschiedenes ausprobiert, ohne in irgendeiner Weise aufzufallen. Später habe er das Glück gehabt, zur richtigen Zeit am richtigen Ort gewesen zu sein. Ob der Einstieg in die Entwicklung von E-Gold und elektronischen Währungen ihn unfassbar reich gemacht hatte, oder ob er, nachdem er sich mit seinen Mitgründern bald überworfen und das Unternehmen im Streit verlassen hatte, übers Ohr gehauen worden war und letztendlich gar nichts von dem Geld gesehen hatte, blieb umstritten. Nachfragen über seinen Background beantwortete er gewöhnlich mit einer Story, in der er vermeintlich freimütig erzählte, aber im Grunde nichts offenbarte.

»Ich habe mich längere Zeit mit Katastrophenschutz und Resilience beschäftigt«, so eine seiner häufigen Eröffnungen, wenn die Sprache auf seine Biografie oder persönliche Interessen kam. »Das war nach dem zweiten Semester. In meiner Jugend habe ich viel meditiert und mich mit Kryptografie auseinandergesetzt, wusste ansonsten aber nicht genau, wohin mit mir. Zufällig war ich dann auf diesem großen Festival in der Wüste. Es hat sich so ergeben, dass ich dort den Heptadome entwickelte. Die Veranstalter haben mich gefragt, ob ich mich zufällig mit 3D-Computergrafik und der Berechnung von Dreiecksnetzen auskennen würde. Letztendlich beschäftigt mich die Frage, die sie mir stellten, bis heute: Ob ich berechnen könne, wie man eine geodätische Kuppel ohne überschüssiges Material baut. Das war nämlich das Problem von Buckminsters Design. Richard Buckminster Fuller ist euch ein Begriff, oder? Fullers Dome ist auch viel zu kompliziert im Auf- und Abbau. Jedenfalls ist daraus die Idee entstanden, Notunterkünfte zu entwerfen, die weder Kosten noch Abfall produzieren. Das Grunddesign basiert auf den Standardspanplatten vom Baumarkt. Aber man kann natürlich alle möglichen Materialien verwenden, am besten recyclingfähige. Das war dann die Grundlage für die Kooperation mit global agierenden NGOs in diversen Krisen- und Katastrophengebieten. Auch das führte dazu, dass ich mich für sieben Jahre komplett aus dem Feld zurückgezogen und nichts mehr mit Computertechnologie oder Kryptografie zu tun gehabt habe. Als ich schließlich zur Technologie zurückkehrte, fand ich ein völlig verändertes Feld vor, das eine rasende Veränderung erlebt hatte. Damals habe ich begonnen, mich für E-Gold zu interessieren. In der Zwischenzeit hatte ich natürlich meine ganz eigenen Fragen entwickelt; über die Welt, das soziale Gefüge und die Organisation globaler und planetarer Strukturen. Es hat dann noch eine Weile gedauert, bis ich alles wieder auf eine schlüssige Art und Weise zusammensetzen konnte.«

Je besser ich die anderen kennenlernte, desto mehr gewann ich den Eindruck, dass nur Einzelne aus voller Überzeugung im Sektor waren und wirklich aktiv an Ransoms

Vision mitstrickten. Die anderen hingen eher diffusen Vorstellungen und Hoffnungen an, von diesem oder jenem zu profitieren, oder sie waren einfach auf die eine oder andere Art und Weise in der Wüste hängen geblieben. »Verdammte und Verbannte«, wie Hank, ein Hippie und Programmierer der ersten Generation in Sektion Y, der mir anfangs suspekt gewesen war, den ich aber schnell ins Herz schloss, scherzend erklärte: »Mein Gott, das sind nicht mehr die Sechziger. Auch wir sind erwachsen geworden. Und sitzen trotzdem noch irgendwie in dieser gottverlassenen Einöde fest.«

Dennoch brachte Ransom es fertig, uns immer wieder glauben zu lassen, wir seien zur richtigen Zeit am richtigen Ort. Auf eine schwer durchschaubare Weise vermittelte er uns eine Perspektive auf unseren Alltag, die uns von der Umgebung absehen ließ und uns etwas anderes, bisher Ungesehenes vor Augen führte. Möglicherweise glaubten wir nur daran, weil wir dachten, die anderen täten dasselbe. Oder weil Ransom daran glaubte. Vielleicht glaubten wir auch nur an den Glauben selbst und dass er notwendig war, um uns aus der Wüste zu führen, aus der radikalen Begrenzung auf uns und unsere Umwelt. Dennoch fragte ich mich im Verlauf der Zeit, ob dieser Glaube tatsächlich alles war, was wir hatten? Gab es darüber hinaus etwas, das uns jeden Tag aufs Neue dazu motivierte, alles in die Waagschale zu werfen, als hinge weniger unsere persönliche, als vielmehr die Zukunft der ganzen Welt von unseren Aktivitäten ab?

»Wir müssen grundsätzlich umdenken«, so eine weitere, beliebte Redewendung Ransoms. »Wir brauchen andere Kategorien, müssen von anderen Skalierungsmaßstäben und -effekten ausgehen. Bekannte Grenzen haben sich verschoben oder sind ganz verschwunden, die Textur der Verhältnisse hat sich gewandelt. Nehmen wir eine triviale Unterscheidung wie die von Zentrum und Peripherie. Die

Aufteilung der Welt in Zentren und Peripherien mag über die letzten Jahrhunderte mitunter perspektiv verzerrt gewesen sein. Dennoch war die Unterscheidung über Jahrtausende stabil, sei es im Großen – denken wir an Reiche und Nationen – oder im Kleinen, etwa in der Grenzziehung von Stadt und Land, Urbanität und Countryside. Traditionell war das Zentrum mit der Macht identisch, von dort ging die Kontrolle aus. Das hat sich geändert. In Zukunft sitzt die Macht in der Peripherie. Es wird möglich sein, Städte oder Staaten in einer Anlage wie dieser zu lenken, irgendwo in der Wüste oder, besser, tief im Permafrost, in strategischer Nähe zu den schmelzenden Polkappen. Ein Geflecht verteilter Datenzentren und ein überschaubarer Stab von Ingenieuren und Technikern, mehr wird nicht nötig sein. Alle relevanten Daten, die zur Steuerung der Gesellschaft notwendig sind, fließen in der Cloud der verteilten Datenzentren zusammen und wandern von dort in annäherungsweiser Echtzeit zurück ins Reich, das heißt, wo immer die Menschen und Ballungszentren sind, sei es eine Smart-City, ein smarter Staat oder neue transnationale Sozialgefüge. Die Peripherien von gestern sind die Zentren von morgen. Die Menschen mögen zwar nach wie vor in die urbanen Räume strömen, aber letztlich handelt es sich bei diesen bloß noch um verstreute Satelliten. Die Kämpfe, die dort geführt werden, werden reine Scheinkämpfe sein. Das muss nicht heißen, dass kein Blut fließen wird. Aber die Kämpfe werden keine Auswirkungen auf die Macht haben. Das Rückgrat der Infrastruktur liegt entlang der Koordinaten wie den unseren. Hier entsteht die Technologie von Morgen. Das Kalkül liegt primär in der geografischen und geophysikalischen Verortung. Ihr wisst, worauf ich hinaus will: Wer nach der Macht fragt, der sozialen Infrastruktur oder der Zukunft der Technologie, ist an einem Ort wie dem Brain goldrichtig.« Wir applaudierten, sprangen, vom eigenen Beifall mitgerissen, auf die Füße, bis auch der Letzte in der Halle stand, der frenetische Applaus übertönte den Wind, der den giftigen Sand wie Regentropfen sanft über die Blechverschalung rieseln ließ. Wir waren wieder vollauf überzeugt, einem Kreis Auserwählter anzugehören.

Jede von uns hat ihre eigene Geschichte, die sie ins Brain geführt hatte. Als ich auf die Niere stieß, war ich von meinem Job als Journalistin desillusioniert. Die Arbeit war mir zu schnelllebig geworden und darüber die Neugier allmählich abhandengekommen, aber vor allem hatte mich die Hysterie der Medien ermüdet, der offenbar niemand etwas entgegensetzen wollte, und die wir, wo wir sie nicht selbst entfachten, allzu bereitwillig reproduzierten. Von dem Lake hatte ich wie die meisten in der Region noch nie etwas gehört. Ein Kollege hatte mir eines Tages davon erzählt. Monate später war Ransoms Name erneut gefallen und mit ihm der Lake. Es ging um ein Porträt, das über ihn geschrieben werden sollte. Er hatte soeben einen bekannten Investor an sich binden können und außerdem eine Fördersumme vom Nationalen Stiftungsbund erhalten. Die Nachricht hatte in der allgemeinen Berichterstattung keine drei Zeilen umfasst. Die Redaktion fragte, ob da nicht mehr zu holen wäre, eine Story? Obwohl ich mich bisher wenig mit dem Technologiesektor beschäftigt hatte, meldete ich mich. Die Aussicht, der Stadt für ein paar Tage den Rücken zuzukehren, war Grund genug, um mein Interesse zu wecken. Der Schedule hatte vorgesehen, dass ich Ransom drei Tage begleiten würde. Aus den drei Tagen war zuerst eine, dann eine zweite Woche geworden. Zurück in der Stadt, kündigte ich meinen Job und löste die Wohnung auf. Obwohl mir die erste Begegnung mit Ransom und dem Brain noch immer lebhaft vor Augen steht, habe ich bis heute keine schlüssige Erklärung dafür gefunden, was mich damals so schnell an diesen exzentrischen Ort hatte binden können.

Zu jener Zeit fuhr ich den alten Kleinwagen meiner Mutter, die erste Anfahrt dauerte länger als erwartet, zweimal hatte ich meine Ankunftszeit bereits korrigiert, als ich über eine Schotterpiste auf die Sektion zusteuerte, unsicher, ob mich das Navi nicht fehlleitete. Über die letzten hundert Meter schlängelte sich die Zufahrt durch ein Feld aus Betonstelen; erst später lernte ich, dass es sich um eine gängige Antiterrormaßnahme handelte. Auf die Poller folgte ein doppelter Zaun. Obwohl die Tore offen standen, wirkte die Anlage in ihrem einschüchternden Gestus deprimierend, ich erwartete jederzeit einen aus dem Nichts auftauchenden Scharfschützen oder deutschen Schäferhund. Ransom hatte in der Mitte der Straße gestanden, ganz in Weiß. Bereits während der Fahrt hatte ein starker Wind geweht. Die Wüste hatte sich verflüssigt und in einen breiten Strom verwandelt, der in einer kontinuierlichen Seitwärtsdrift über die Straße spülte. Staub wirbelte durch die Luft. Ransom wurde plötzlich von einer dichten Wolke geschluckt. Ich ging sofort vom Gas, kniff die Augen zusammen, um besser zu sehen. Als die Luft aufklarte, stand er unmittelbar vor mir. Ich trat auf die Bremse, stoppte in letzter Sekunde. Ransom rührte sich nicht, lachte ansatzweise, klopfte eher verbindlich als alarmiert auf die Motorhaube. Keinen halben Meter weiter, und ich hätte ihn umgefahren.

Als ich ausstieg, nahm mir der Wind den Atem. Der durch das Bremsmanöver ausgelöste Schock setzte zeitverzögert ein, meine Knie begannen, heftig zu zittern, und ich verlor die Balance. Ich konnte mich nicht halten, sah mich ihm zu Füßen fallen. Glücklicherweise war er um den

Wagen herum und an die Fahrertür getreten, stützte mich mit einem beiläufigen Griff. Er lockerte ihn erst, als ich wieder auf eigenen Beinen stand, auf den Schwächeanfall ging er mit keiner Silbe ein.

»Na denn, wollen wir mal?« Bevor wir uns auf den Weg machten, deutete er auf den Parkplatz: »Aber vielleicht fahren Sie noch rasch an die Seite.« Erst jetzt realisierte ich, dass ich auf der Fahrbahn zum Stehen gekommen war. Er hatte gar nicht darauf vertraut, dass ich rechtzeitig bremste, sondern war davon ausgegangen, dass ich den Wagen seitlich in einer der Nischen parkte. Beschämt kletterte ich zurück auf den Fahrersitz. Als wir kurz darauf in die Sektion liefen, hatte sich der Sturm verzogen, die Sonne brannte von einem kristallklaren Himmel herab, nur in der Ferne flatterten feine Zirrusschlieren, die den Horizont mit einem Band spitzer Rüschen zierten. An Ransom war der Sturm vollkommen spurlos vorübergegangen.

Er ließ es sich nicht nehmen, meine Tasche zu tragen, war auf eine fast schon offensive Weise gut gelaunt. Zunächst führte er mich zu meinem Bungalow. »Wenn Sie sich erst frisch machen wollen?« Mein Geruch war mir selbst unangenehm, erst später überlegte ich, ob es der mir damals noch unbekannte Gestank des Lakes war, der mir in der Nase lag. Der Staub klebte an meiner Stirn und auf den Armen. Als ich aus meinen Kleidern schlüpfte, rieselte der Sand aus Nähten und Hosenaufschlägen. Ich duschte und wollte wieder zurück in meine Kleider steigen, kam mir mit Slacks und Bluse aber plötzlich overdressed vor. Ich durchwühlte meine Tasche, schüttete den gesamten Inhalt entnervt auf das Bett, hatte aber nichts Angemessenes dabei. Ich hätte meine Kaki Pants mitnehmen sollen, hatte nicht einmal an eine Kappe gedacht, um mich vor der Sonne zu schützen. Verzweifelt hob ich die zwei Sommerröcke hoch und schleuderte sie zurück aufs Bett. Die Fahrt hatte mich ermüdet, die Erschöpfung überkam mich mit einem Schlag. Ich blickte aus dem Fenster. Die Straße war ungeteert, nur der schmale Sidewalk mit schiefen Betonplatten ausgelegt, zwischen den Platten hatten sich Krater und knöchelhohe Sandverwehungen gebildet. Ich biss mir auf die Lippen, spürte plötzlich, wie die angestaute Frustration der letzten Wochen sich Bahn brach und mich in einer einzigen großen Welle zu verschlucken drohte. Ich sank aufs Bett, versuchte, die negativen Emotionen wieder niederzuringen.

Ransom übernahm die Führung persönlich. Eine Ausnahme, wie ich erst später feststellte.

»Ist alles in Ordnung?«

Er sah mich von der Seite an.

»Oh ja, danke. Alles fabelhaft. Nur die Fahrt war anstrengender, als ich gedacht hatte. Vielleicht hat es an dem Wind gelegen.«

Wir starteten in der Mitte, die Sektion war, auch darin erinnerte sie an ein Gehirn, symmetrisch aufgebaut. Das Rechenzentrum war in zwei riesigen Hallen untergebracht, um die sich alles Weitere gruppierte. Ransom nahm sich viel Zeit, erklärte den ursprünglichen Aufbau und die Funktion der Anlage, und wie sie heute verwendet wurde. »Es gibt eine einfache, alles dominierende Regel, der sich alles in Sektion Y unterordnet: Der Betrieb darf niemals ausfallen.« Wir hatten eine der Hallen betreten. »Deshalb gibt es von jedem Zentrum eine Kopie, ein Haupt- und ein Backup-Zentrum. Sie gleichen sich gewöhnlich bis aufs Haar, obwohl sie in einem anderen Land oder auf einem anderen Kontinent stehen können. Mittlerweile verwenden Unternehmen sogar drei Anlagen für ihre Clouds, die Ausnutzung wird gedrittelt, fällt eines aus, übernehmen die beiden anderen den Betrieb, fallen zwei aus, besitzt jedes einzelne die Kapazität, den vollen Betrieb aufrechtzuerhalten. Man sagt Redundanz dazu. Unser ehemaliges Backup-Zentrum steht übrigens in Utah. Ist noch immer in Betrieb.«

Wir passierten zahlreiche Türen und Korridore, ich stellte nur wenige Zwischenfragen, ließ die Aufnahme während des gesamten Gesprächs laufen. Zuletzt ging es durch eine doppelte Schleusentür, auf dem sogenannten Floor herrschte eine irre Hitze, der Lärm war enorm, Ransom reichte mir Ohrenschützer. Erst als wir die Halle wieder verlassen hatten, nahm er seine Erläuterungen wieder auf. »Früher wäre das der Innere Ort gewesen. Das Heilige des Heiligsten. Wie in jedem Tempel herrscht dort höchstes Reinheitsgebot«, er lachte. »DIN EN ISO 14644. Wir können die Standards leider nicht einhalten, zu kostenintensiv. Aber wir können die Anlage momentan sowieso nur auf einem äußerst niedrigen Level betreiben. Ursprünglich war der Floor mit Zehntausenden baugleichen Servern bestückt gewesen.« Wir liefen die Regalreihen mit den Rechnern ab, die Gänge zwischen den Reihen waren alternierend angeordnet, auf einen heißen Korridor, der die Abluft abführte, folgte ein kühler, alles war auf dieselbe Weise verkabelt.

»Die Bedrohung des Betriebs durch technische Störungen oder Angriffe ist aber nur das Eine. Der zweite wunde Punkt ist die Energieversorgung. Wenn kein Strom da ist, hilft auch kein Backup-Zentrum.«

Als wir wieder ins Freie traten, war es bereits dunkel geworden. Ransom zeigte auf die Stelle, wo einer der Tanks mit einem Fassungsvermögen von 50 000 Liter Diesel in den Boden eingelassen war. Geheimnisse gab es offenbar keine, egal auf welche Tür ich zeigte, sie wurde mir geöffnet.

Als ich irgendwann kurz vor Mitternacht in meinen Bungalow zurückkehrte, schmerzten meine Füße. Die Nähte meiner Riemenschuhe begannen sich zu lösen, ich würde mir irgendwo Sneaker organisieren müssen. Gab es einen Retailstore auf dem Gelände? Ich war erschöpft. Etwas an diesem Kosmos hatte mich offenbar angezogen, ohne dass ich es konkret hätte benennen können. Woher hatte ich damals den Mut genommen, einfach zu bleiben? Die Entscheidung passt nicht in das Bild, das ich von mir habe. Ransom stellte mir zwar einen eigenen Aufgabenbereich in Aussicht, vermittelte zudem das starke Gefühl, hier wäre ich Teil einer gemeinsamen Vision. Aber selbst das schien die Frustration über meinen Job nicht aufzuwiegen. Es musste noch andere Gründe gegeben haben, die mich damals zum Bleiben bewogen hatten. Dass ich diesen Fragen nur halbherzig nachging, lag auch daran, dass sie, gerade zu dem Zeitpunkt, als sie drängender wurden, vom Verschwinden des Ringers überlagert wurden. Es war unser letzter ernst zu nehmender Neuzugang, zum Zeitpunkt seines Verschwindens hatte er bereits ein halbes Jahr in der Sektion verbracht. Erst sein Fortgang weckte plötzlich die Zweifel über die Gründe für meinen eigenen Aufenthalt im Brain. Ransom, der mich unbedingt hatte behalten wollen, hatte allerdings den Zwiespalt sofort erkannt. Er warf mir vor, das Verschwinden des Ringers diene mir nur als Vorwand, um mich von mir selbst abzulenken: »Geht es dir um ihn oder um dich?« – »Ich verstehe die Frage nicht. Was denkst denn du? Natürlich geht es um ihn, um nichts sonst.« Ich war damals nicht bereit, mir seine Einschätzung anzuhören. Mittlerweile denke ich, Ransoms Verdacht könnte ins Schwarze getroffen haben und dass die Suche nach ihm auch dem Versuch geschuldet war, wieder in mein altes Leben zurückzufinden.

2 Kojoten

Wir waren in der Stadt gewesen, zu einem von Ransoms zahllosen Pitchs, es war schon spät, der Termin hatte um elf stattgefunden, danach hatten wir einen Lunch zu uns genommen, ein paar Besorgungen gemacht, jetzt waren wir müde, auf dem Rückweg, die Sonne würde bald untergehen, das Licht war, wie so oft zu dieser Jahreszeit, von herzerweichender Intensität. Während die Sonne am Mittag alles trennte – je höher sie stand, desto schärfer die grell gesetzten Schnitte –, fügte sie nun, am frühen Abend, mit einem naturtrüben Gloss, das das Licht streute und die Dinge direkt in ihrem Kern anzurühren schien, alles versöhnt zusammen. Neben den Morgen mit ihrer unverbrauchten Luft, die dort draußen von einer betörenden Klarheit sein konnten – nur in der Wüste vermochte der Tagesanbruch die Illusion zu erzeugen, einer Unberührtheit wie am Morgen nach der Entstehung der Welt beizuwohnen –, war es meine liebste Tageszeit. Er hatte im Schatten seines Wagens gesessen, dessen Motor überhitzt war. Erst winkte er uns weiter, der Motor sei schon fast abgekühlt, Trinkwasser, das Ransom ihm anbot, lehnte er ebenfalls ab. Wir waren zu dritt gewesen, Ransom hatte aus dem heruntergelassenen Fenster mit ihm gesprochen, nach fünf Minuten fuhren wir weiter. »Ich glaube, es ist keine gute Idee, ihn dort draußen allein zu lassen. Sah nicht nach einem Outdoor-Typ aus. Wo will er überhaupt hin? Was meint ihr?« »Keine Ahnung, du hast mit ihm gesprochen.« Bis zum Brain waren es noch dreißig Kilometer. »Fraglich, ob heute noch viele vorbeikommen, schon gar nicht in unsere Richtung, sollte er sich doch anders entscheiden. Einen Mechaniker wird er hier sowieso nicht finden.« Wir nahmen ihn also ins Schlepptau.

Am nächsten Morgen inspizierte Andrej den kaputten

Wagen. Er tauschte einen Schlauch aus, blieb aber skeptisch. »Wie weit fährst du noch?« – »Na ja, Ostküste.« Unsicher, ob er gerade auf den Arm genommen wurde, starrte Andrej ihn mit offenem Mund an. »Mhhjaa. Du bist gerade erst los, hast noch 3000 km vor dir, und kennst den Wagen nicht? Ich weiß nicht, ob ich die Wette eingehen würde. Halt, doch. Wenn du mich fragst, ich würde lieber nicht.« Er zuckte mit den Achseln. Am späten Vormittag war er zurück auf der Straße, am nächsten Tag stand er wieder bei uns, diesmal zu Fuß, nur mit einem kleinen Beutel über der Schulter. Er wirkte merkwürdig gleichgültig. »Wirklich nicht sehr viel los dort draußen.«

Ransom machte mir damals das Angebot zu bleiben am dritten Tag, unmittelbar vor meiner geplanten Abfahrt. Er begleitete mich zu meinem Wagen, ich hatte die Fahrertür geöffnet, Ransom stand auf der Beifahrerseite, die Hände auf dem Dach aufgestützt. »Wir könnten jemanden wie dich hier brauchen.« Er hielt einen Eistee in der Hand, nahm einen großen Schluck. »Das glaube ich kaum.« »Im Ernst.« »Du meinst für die Quote.« »Die spräche zumindest nicht dagegen.« »Ich wüsste nicht, was es hier für mich zu tun gäbe. Manche schwärmen ja davon, Kochen als Kunst und so. Ich war noch nie so richtig scharf auf den Herd.« Zwanzig Minuten später schlenderten wir zum Bungalow zurück. »Den alten oder willst du einen anderen ausprobieren?« »Vielleicht einen ganz außen, mit Blick auf den Stacheldraht?« »Wenn du willst.« »Ich nehme die alte Einheit. Warum hat niemand den Zaun demontiert? Den Draht könnte man sogar verkaufen. Gelten die Sicherheitsvorgaben noch? Das hat schon diesen, also, wenn ich ehrlich bin, gewissen Guantánamo-Flair. Macht dich das auf Dauer nicht depressiv? Zumal –«

Ich sprach nicht weiter, beschrieb lediglich mit dem Finger einen Halbkreis, deutete auf die unbegreifliche Landschaft. Letztlich bewegten wir uns auf dem Grund einer archaischen Unterwasserwelt, die suggerierte, dass jede Form der Geschichte letzten Endes in Evolution zurücksinkt. Es schien mir lächerlich, die Unendlichkeit dieser Weite mit einem Zaun begrenzen zu wollen, um sich dort draußen selbst hinter Gitter zu setzen. »Ist mir noch nie aufgefallen. – Aber hast du gewusst, dass die Patente für die Windungen für Bettensprungfedern und Stacheldraht fast gleichzeitig angemeldet wurden?« »Und das heißt noch mal – was?« Er zuckte mit den Achseln. »Nichts weiter. Nur dass, wie so viele Erfindungen, auch diese auf die Mitte des 19. Jahrhunderts datiert.« Wieder trug er den Koffer. Er ließ sich nichts anmerken, aber ich bildete mir ein, dass er hochzufrieden damit war, mich fürs Erste gewonnen zu haben. Vielleicht hatte ich mich aber auch nur unter Wert verkauft. Über unsere erste Begegnung haben wir nie mehr gesprochen.

Seinen zum zweiten Mal liegen gebliebenen Wagen holten wir erst am nächsten Tag, diesmal waren wir mit Tylers Pick-up unterwegs. Tyler gehörte zur ersten Generation des Brains, er war ein langjähriger Vertrauter Ransoms und wohnte im RV-Park am Rand des Geländes. Ich fuhr mit, weil wir auf dem Trip Holz sammeln wollten. Die Bäume am Lake standen seit wenigen Jahren unter Naturschutz, am südöstlichen Ende des Sees war sogar ein Nature & Wildlife-Refuge eingerichtet worden, wir hatten entschieden, dass wir die Maßnahme nicht nur aus ökologischen Gründen, sondern aus Selbstschutz unterstützen wollten. Der Effekt mochte gering sein, aber ein Bruchteil der Agrargifte wurde durch Pflanzen und Bäume gebunden. Zudem gab es verfügbare

Ressourcen in der Umgebung, verfallene Farmen oder Areas mit strauchartigem Bewuchs, der passables Feuerholz abwarf. Anfangs war er, unentschlossen was er mit seinem defekten Auto machen sollte, in der Niere geblieben. Selbst nachdem er einen Pannendienst hatte kommen lassen, lief der Motor auf Probefahrten, die er unternahm, nach dreißig oder vierzig Kilometern heiß, ließ die Kühlflüssigkeit überkochen. »Ich werde wohl zurück in die Stadt, nach einem neuen Wagen gucken. Oder einfach fliegen. Hätte ich vermutlich gleich machen sollen.« Er klang wenig überzeugt. Eine Führung durch das Camp, die ich ihm anbot, lehnte er ab, sah sich dann aber selbst in Ruhe um. Einmal beobachtete ich, wie ihn Ransom in sein Büro winkte, ein anderes Mal kam er spätabends mit dem Fahrrad vom Lake zurück.

Über das Angebot, das Ransom dem Ringer machte, erfuhr ich erst zehn Tage nach seiner Rückkehr, als wir uns in Ransoms Büro trafen. Mit dabei war Hank, ein Programmierer, der aber in erster Linie für seinen Bungalow bekannt war, in dem wir abends regelmäßig zusammenfanden. Vom ursprünglichen Design war so gut wie nichts mehr zu erkennen, Hank hatte aus verwitterten Stämmen eine pavillonartige Holzstruktur mit Sitzmöglichkeiten über zwei Etagen gezimmert, die wie ein lebendiger Organismus beständig wuchs und inzwischen das Hausdach überragte. Vom höchsten Deck aus überblickte man den Lake, im Gerüst hingen Solarlampions und Found Objects, die zu kleinen Kunstwerken zusammengefügt waren, in den Nischen verschlissene Sofas, in einer Ecke ein Propankühlschrank und eine rustikale Bar. Seine Gäste hieß Hank mit seinem trockenen »Happy Four Twenty« willkommen. Wir unterhielten uns, selten tanzten wir, irgendjemand zupfte eine Gitarre oder ein Banjo, ein anderer kramte Bongos hervor. Oder wir saßen in windstillen Nächten schweigend auf dem

Deck, beobachteten Satelliten. Hank wusste stets, wann sie wo am Himmel auftauchen würden und woher sie kamen.

Während des Treffens beteiligte er sich kaum an der Diskussion, stellvertretend berichtete Ransom von seiner ehemaligen Arbeit im Ring und der Ads & Sales-Abteilung. Ransom verfocht die Meinung, dass seine Expertise im Bereich Werbung sich für das Brain als wertvoll erweisen könnte. Das Wachsen einer Firma oder Durchsetzen einer Technologie hängt von der mittelfristigen Finanzierung ab. Ohne staatliche Aufträge und Gelder ist der Einstieg in die Werbung der einfachste und sicherste Weg, um Umsätze sicherzustellen, ohne die eine Weiterentwicklung bald gefährdet ist, erklärte Ransom. Ob seine Erfahrung aus dem Ads & Sales-Bereich im Ring sich nicht gut mit meinem Aufgabenbereich koppeln ließe? Ich zeigte mich wenig begeistert, zumal ich ihn persönlich noch nicht einschätzen konnte. Dass er sich selbst nicht stark machte für die Sache und stattdessen Ransom reden ließ, irritierte mich zusätzlich. »Er hat sich noch nicht einmal dazu entschieden, hierzubleiben. Wenn sein Bleiben nur seiner Entscheidungsunfähigkeit, ob er nun bleiben oder gehen soll, geschuldet ist, sehe ich darin keine Arbeitsgrundlage.« Ich machte deutlich, dass ich meinen Arbeitsbereich nicht ohne Weiteres zu teilen bereit war. Ich hatte mich an meine neue Unabhängigkeit gewöhnt und sie lieb gewonnen.

»Wir müssen weiterdenken«, warf Ransom ein. »Ich glaube, dass es uns guttut, wenn wir verstärkt in Richtung Monetarisierung gehen. Das wird uns auch bei der Suche nach weiteren Investoren helfen. Ich muss nicht betonen, dass das gerade nottut.« Ransom und Hank sahen offenbar kein Problem in seiner Zurückhaltung, dennoch kamen wir bei unserem ersten Treffen zu keiner Entscheidung, vertagten das Gespräch.

Im Anschluss an das Treffen mit Ransom begleitete ich ihn auf der Suche nach einem Bungalow. Die verfügbaren Einheiten waren in einem weitgehend unbewohnbaren Zustand. Fensterscheiben waren zerborsten oder fehlten ganz, Wandpaneele waren komplett herausgebrochen; überall Weiß- und Wellblechreste, lose Drähte, eine verrostete Autotür, leere Propangasflaschen, schiefe Pfosten im aufgeplatzten Erdreich. Ihre aggressive Hitze hatten die Tage bereits verloren, dennoch stand uns der Schweiß auf der Stirn, ziellos irrten wir von einem Backyard zum nächsten, über geflieste Terrassen, deren Untergrund sich abgesenkt hatte, in den Gärten gelb blühende Kreosotbüsche und Mesquitesträucher, die zu Müllfängern für Plastik und Kleiderfetzen geworden waren, staubige Melden mit ihrem unterirdischen, bis zu 15 Meter langen Wurzelgeflecht, ehemalige Zäune ragten wie Gerippe aus dem Sand. Ich hob einige umgekippte Stelen auf, klemmte sie unter den Arm, sie würden sich gut verfeuern lassen. Die verfügbaren Bungalows waren längst zu Ersatzteillagern verkommen. Seine Anwesenheit zwang mich, die Anlage ungewohnt kritisch, mit den Augen einer Außenstehenden, zu betrachten. Obwohl ich den Anblick kannte, war ich schockiert, schämte mich mit einem Mal, als hätte ich den Verfall mit zu verantworten. War ich tatsächlich blind für die Umgebung geworden? Eine Schlange verschwand im Pool, er war plötzlich hellwach, bewaffnete sich mit einem Stock, sprang in das Becken. »Was für eine war das?« Ich zuckte mit den Achseln. »Das weiß Mary-Ann. Was meinst du? In den Trailerpark würde ich an deiner Stelle nicht gehen. Aber wir können noch auf der anderen Seite schauen, in der zweiten Nierenhälfte, vielleicht ist da noch etwas Besseres? Ich war schon ewig nicht mehr dort.«

»Warum, was spricht gegen den Trailerpark?«

»Erkläre ich ein anderes Mal.«

»Sind die Schlangen giftig?«

»Unterschiedlich. Aber ja, es sind definitiv giftige darunter.«

»Ich nehm den hier. Einen Privatpool hatte ich bisher nicht.« Er stand noch immer in dem zu einem Drittel mit Sand gefüllten Pool.

»Ich bezweifle, dass sich der jemals wieder in Betrieb nehmen lassen wird.«

»Der Gestank. Kommst du eigentlich klar damit? Auf Dauer, meine ich? Das ist doch unerträglich, oder etwa nicht?«

Mit seinem Stock stocherte er in den Ritzen der Poolwand, offenbar noch immer auf der Suche nach der Schlange.

»Eigentlich rieche ich das schon gar nicht mehr. Oder nur an bad days, wenn es besonders hartnäckig ist.«

»Wirklich?«

»Man kann sich an fast alles gewöhnen. Du wirst staunen. Der Gestank ist nicht einmal das Schlimmste, obwohl das anfangs alle denken.«

»Hm, ich weiß nicht.«

Er traf seine Entscheidung, ohne einen Blick in den Bungalow geworfen zu haben. Die Schiebetüren waren aus der Aufhängung gebrochen, auf der Terrasse bildete der Sand einen Teppich, der in den Living-Room überging. Er kletterte aus dem Pool, schlug mit dem Stock gegen die Fassade, um versteckte Tiere aufzuscheuchen. Den Sand aus der Wohnung zu entfernen, würde allein drei volle Tage in Anspruch nehmen. Ich wies ihn darauf hin; er winkte ab. »Passt schon. Die Zeit ist mein geringstes Problem.« »Wie du meinst.« Ich hatte keine Lust, ihm zu widersprechen.

Ransom erklärte mir damals, dass wir vor allem gegenüber Investoren selbstbewusster auftreten müssten. »Ich kann Einiges darlegen, aber eben nur auf meine Weise. Wenn wir das Ganze professionalisieren könnten. Du weißt, was ich meine? Besser aufbereiten. Stories daraus machen, ganz klassisch.« Aber er hatte auch an mehr und anderes gedacht. »Letztlich würde es so etwas wie PR sein. Aber ich denke auch schon länger darüber nach, ob wir nicht unseren eigenen Content produzieren könnten. Ich weiß ehrlich gesagt noch nicht, wie das aussehen soll. In letzter Zeit denke ich darüber nach, wie ein *Whole Earth Catalog* von heute aussähe. Das sagt dir was, oder? Die Hippienummer aus den Sechzigern. Produktbeschreibungen unter Rubriken wie Ökologie, Holismus, Community & Communication, Land Use, Shelter. Solche Sachen. Schau dir das mal bei Gelegenheit an, ich habe einiges in meiner Bibliothek. Ist ganz reizvoll. Natürlich auch irgendwie schräg. Mit Fortsetzungsromanen, die quer durch die Produktbeschreibungen und Rubriken mäandern.« »Tatsächlich? Ich dachte, wir hätten die Neuauflage schon längst. Sagt man heute nicht World Wide Web dazu?« »Nein, ja, ich weiß nicht. Man müsste das heute anders aufziehen. Zu den Wurzeln zurück, indem man weiter voranschreitet.« »Hm, klingt ein wenig nach Doublebind. Auf entspannte Art schizophren. Aber trifft das nicht auf diese ganze Generation damals zu?« »Anfang der Siebziger ist die ganze Redaktion sogar raus in die Wüste, um eine Beilage für den Katalog zu machen. Sie hatten einen Generator und einen aufblasbaren Dome dabei, in dem die Produktion stattfinden sollte. Sogar ihre Fotos haben sie dort selbst entwickelt. Schwierig, aber möglich. Könnte auch unser Motto sein.« Er lachte: »Sie suchten eine noch radikalere Form der Autarkie. Wie auch immer. Um es in ein Verkaufsargument zu wenden: Du hast große Gestaltungsfreiheiten.«

Während meiner ersten Tage in der Sektion hatte ich das Porträt über Ransom verfasst. Allein für die Fotostrecke hatte ich mir drei Tage Zeit genommen. Zuerst hatte ich das Brain bis in die letzten Winkel durchstreift, war zum Lake gegangen, hatte das Solarfeld begutachtet, und war anschließend die unmittelbare Umgebung abgelaufen, angezogen von den Hügeln mit ihren sanft gewölbten Rücken, den sedimentierten Ausläufern mit ihren tief gefurchten Krallen wie denen eines greifartigen Fabelwesens. Von den Bergen war ich schon auf der Anfahrt fasziniert gewesen, jetzt hatten sie vorgegaukelt, man könnte dem Bann der Horizontale zumindest für einen Augenblick entkommen. Aber ich hatte die Distanzen unterschätzt, ohne Auto war es sinnlos, sich dort draußen in dem unstrukturierten Raum frei zu bewegen, die Entfernungen waren zu gewaltig gewesen.

Für mein erstes Projekt in der Sektion, der Aufbau einer Seite, auf der das Leben und die aktuellen Projekte der Community dokumentiert werden sollten, nahm ich mir Zeit. Wir hatten uns darauf geeinigt, zunächst intern verschiedene Meinungen zu sammeln, bevor wir mit einer Message nach außen traten. Zudem war es mir wichtig, selbst ein besseres Gefühl dafür zu bekommen, wie das Brain tickte und worum es ging.

In meinem ersten Eintrag stellte ich Mary-Ann vor. Sie experimentierte mit Reisanbau in Salzwasser, außerdem betrieb sie eine kleine Fischfarm, ihre Tage verbrachte sie am Lake. Sie war Biologin, mit ihrem Fernglas konnte sie stundenlang am Ufer ausharren, sie wusste alles über die Gegend, Pflanzen und Tiere. Über ihre Methoden, die Fortschritte und Fehlschläge, führte sie akribisch Buch. Der Beitrag fand großen Anklang und half mir, in der Community Fuß zu fassen. Dennoch fiel es mir schwer, dem Wesentlichen der Sektion näherzukommen; wiederholt verlor ich mich auf

Seitenpfaden und in Details. Wann immer ich mit Ransom redete oder er eine seiner Ansprachen hielt, bekam ich zwar ein Gespür für das große Ganze, aber gleichzeitig erhellten sich die Zusammenhänge in demselben Maß, in dem sich anderes wieder im Dunkel verlor.

»Ich will heute über das neue Management des Lichts sprechen. Der Umgang mit Licht entscheidet über die zukünftige Struktur des Netzes.« Es war eines der Themen, die Ransom damals umtrieben. Da ich nicht wusste, was wichtig war, zeichnete ich alles auf. »Licht ist träge. In der Zeit, in der eine Nachricht von hier auf die andere Seite des Globus und wieder zurück reist, kann ein Rechner vor Ort, auf dem das Licht über einen etwa ein Zentimeter großen Chip hin- und hergeschickt wird, unzählige Berechnungen und Transaktionen ausführen. Solange die Lichtgeschwindigkeit eine fixe Größe darstellt, besitzt das Netz eine Geografie. Dem müssen wir Rechnung tragen, denn Geografie bedeutet Ungleichheit. Denkt etwa an den Hochfrequenzhandel, ich muss das Prinzip nicht erklären: Ein großer Computer steht im Zentrum, um den die Händler in radiären Kreisen angeordnet sind. Die finanziellen Mittel entscheiden, wie nah an der Börse man sich einmieten kann. Jeder Meter näher am Mittelpunkt bedeutet einen Zeitgewinn im Nanosekundenbereich. Dieser Wettbewerbsvorteil wird durch astronomische Summen erkauft. Es ist eine irrwitzige Struktur, um eine Welt zu organisieren. Ganz zu schweigen von der immensen Verschwendung von Energie und Kosten.«

Wir saßen in der Versammlungshalle des Floors, ich blickte in die Gesichter ringsum, die anderen schienen an seinen Lippen zu hängen. Erst Wochen später, vielleicht waren es sogar Monate, fand ich heraus, dass ich bei Weitem nicht die Einzige war, die Mühe hatte, seinen Ausführungen und Ideen zu folgen.

»Was wir brauchen, sind neue Synchronisationsmodelle, die Zeit und Raum überwinden. Datenbanken und -zentren haben sich als äußerst robuste und effiziente Strukturen erwiesen. Wir müssen das Rad nicht neu erfinden. Zumal der Aufbau neuer Infrastrukturen viel zu lange dauern würde. Unsere Aufgabe liegt also darin, die Organisation und Funktionsweise der Datenbanken zu überdenken. Anders als im Hochfrequenzhandel oder anderen Synchronisationsversuchen wie die GPS-Technik, die in der Hand des Staats liegt, müssen wir von einer Verteilung der Datenbanken und Rechenzentren ausgehen, die das Problem der Zeit und Materie überwindet. Erst das schenkt uns Unabhängigkeit gegenüber den überkommenen Institutionen. Die ersten Schritte in diese Richtung sind bereits gemacht. Wir müssen uns an den bereits existierenden Technologien orientieren und darauf aufbauen.«

Letztlich störte ich mich aber gar nicht so sehr, dass vieles unverständlich oder vage blieb, vielmehr entfachten die Ansprachen gerade deshalb eine Neugier, von der ich vergessen hatte, dass sie in mir schlummerte. An manchen Tagen fühlte ich mich wie im Erstsemester meines Studiums, als Wissenserwerb noch auf eine unschuldige Art aufregend gewesen war. Bevor ich mir dessen bewusst war, war es Winter, und mein erstes halbes Jahr im Brain lag hinter mir.

Natürlich hatte ich gewusst, dass es in der Wüste kühl würde, dennoch überraschte mich die Kälte. Nachts fielen die Temperaturen auf wenige Grad über null, ich musste dringend in die Stadt, um mir warme Kleider zu besorgen. Obwohl die Luft von einer unerreichten Klarheit war, sehnte ich mich zum ersten Mal nach meiner alten Wohnung, dem Komfort all der selbstverständlichen Dinge, die ich zuvor kaum beachtet hatte und die mir in der Erinnerung plötzlich wertvoll erschienen. Das Gefühl rührte aber möglicherweise auch daher, dass sich ein Jahr dem Ende zuneigte und ich zum ersten Mal realisierte, tatsächlich aus meinem alten Leben ausgestiegen zu sein. Erschrocken stellte ich fest, dass ich meine Kontakte in der Stadt vernachlässigt hatte. Zudem hatte ich mich verändert, allein körperlich, an meinen Fingerkuppen hatten sich Schwielen gebildet, meine Haut, war spröde geworden, obwohl ich sie ständig eincremte, Beine und Arme sehnig. Auf den Selfies hatte ich manchmal Mühe, mich selbst wiederzuerkennen.

Die physische Veränderung war Folge eines Projekts, das ich zwei Monate nach meiner Ankunft im Brain ins Leben gerufen hatte und auf das ich besonders stolz war. Ich hatte vorgeschlagen, den Zaun zu demontieren. Die Arbeit war viel härter gewesen, als ich mir hatte vorstellen können, und das Projekt war nur langsam vorangekommen. Dennoch hatte ich motivierte Mitstreiterinnen gefunden, die Schwerstarbeit hatte uns zusammengeschweißt und mich in ihrer Einfachheit mit einer überwältigenden Genugtuung erfüllt.

Die Beobachtung, dass es im Brain hinsichtlich der Erinnerung nur zwei Kategorien von Menschen gab, hatte ich schon früh gemacht. Er bestätigte meine Beobachtung. Die einen erzählten überhaupt nichts von ihrem Background, woher sie kamen und was sie vorher gemacht hatten; die anderen konnten nicht aufhören, über ihre Vergangenheit zu reden. Er gehörte zur ersten Gruppe. Nur wenn es um pragmatische oder technische Dinge ging, etwa darum zu erläutern, wie sie diese oder jene Sache im Ring gehandhabt hatten, kam er auf seinen früheren Job oder die Werbebranche zu sprechen. Das Persönliche sparte er gewöhnlich aus, ich hörte schon bald auf, Nachfragen zu stellen. Zudem hatte ich Schwierigkeiten, seine Haltung gegenüber der Sektion, aber auch den Dingen allgemein zu erfassen. Eine Ausnahme stellte seine erste Begegnung mit den Kojoten dar, er erzählte mir daraufhin sogar ausführlich von einem seiner Träume. Er war zu dem Zeitpunkt noch keine drei Wochen bei uns gewesen und hauptsächlich damit beschäftigt, seinen Bungalow zu renovieren, übernachtete währenddessen in einem Zelt, das er im Pool aufgeschlagen hatte.

Offenbar hatte er noch nie zuvor in seinem Leben Kojoten heulen gehört, suchte mich eines Morgens aufgeregt in meinem Bungalow auf, fragte, ob ich die Tiere in der Nacht nicht gehört hätte? Er war durch ihr Heulen geweckt worden. Anfangs war er überzeugt, es müsse sich um Teenagerinnen aus dem Trailerpark handeln, vielleicht stammten die Mädchen aus einem der umliegenden Orte. Er hatte sie, in seinem Zelt liegend, auf dreizehn, maximal vierzehn geschätzt. »Irre, dieser Gesang, diese präpubertär hohe Tonlage. In der unsauberen Aussteuerung wirkte das vollkommen kalkuliert, nur um kurz darauf in ein klagendes Jaulen abzugleiten und sich dann, wie aus dem Nichts, als triumphales Heulen zu behaupten. Wie bei einem entgleisten Wettbewerb überboten sich die einzelnen Tiere gegenseitig, bildeten zwischendurch ein harmonisches Arrangement, kaum war eine Stimme verklungen, setzten zwei neue ein, noch leidvoller, noch hysterischer.«

Anfangs war er darüber verärgert gewesen, geweckt worden zu sein. Wo trieben sich die Mädchen rum? Auf dem Platz vor dem Datenzentrum, oder schlichen sie durch die Gärten der Bungalows? Warum ermahnte sie niemand? Ihnen musste klar sein, dass ihr albernes Verhalten die halbe Sektion aus dem Schlaf riss. Kurz überlegte er, selbst aufzustehen und sie zur Rede zu stellen. Endlich verstummten sie. Er drehte sich um, versuchte, wieder in den Schlaf zu finden. Kaum hatte er sich beruhigt, waren die Stimmen wieder da. Diesmal waren sie noch näher gerückt als zuvor. Der Lärm hatte bereits eine volle Minute angedauert, als er sich aufrichtete. »Die Antwortzeile poppte wie aus dem Nichts auf – die Stimmen waren animalisch. Draußen heulten Kojoten, keine Gören.«

Erst im Nachhinein glaubte er, den Unterschied von Anfang an wahrgenommen zu haben, er sei lediglich zu müde gewesen, um seiner Intuition zu folgen. Kaum hatte er die Tiere als solche identifiziert, hatten sie auf stumm gestellt. Er lag noch lange wach, wollte den nächsten Einsatz um keinen Preis verpassen, aber sie ließen nichts mehr von sich hören.

Wenig später träumte er, die Kojoten schlichen um sein Zelt. Anfangs wagten sie sich nicht über die Poolkante, fuhren lediglich mit ihren Schnauzen durch den Sand, nahmen Witterung auf, er konnte hören, wie der Sand über die Kante in das Becken rieselte. Plötzlich stand das erste Tier im Pool, die anderen folgten, teils vorsichtig, teils übermütig. Ihre Pfoten waren weich, sie hatten wohldefinierte Leiber, die sie gegen die Plane drückten. Allmählich zogen sie ihren Kreis enger. Sein Kopf berührte die Außenwand, mit allen Kräften versuchte er, in die Mitte des Zelts zu rutschen, aber so sehr er sich anstrengte, seine Muskeln sprachen nicht an. Die Kojoten stießen ihre Schnauzen mittlerweile ohne jede Scheu in den Zeltstoff, schnüffelten das Innere ungeniert aus, pressten ihre konkav geschnittenen Bäuche spielerisch gegen die Plane, als wollten sie testen, ob sie es mit einem simplen Streich zum Einsturz bringen könnten. Ein besonders kräftiges Tier stand reglos über ihm, er spürte den warmen Atem, der in kleinen Wolken aus dem halb geöffneten Maul durch die Plane auf ihn herabsank. Es war nur eine Frage der Zeit, bis das erste Tier sein Maul aufriss und seine Zähne, möglicherweise ohne Ehrgeiz, nur aus einem Gähnen oder einer

Langweile heraus, eher prüfend als reißerisch in seine Schädeldecke stieß. Während er die Geschichte erzählte, setzte ich Kaffee auf, steckte zwei Scheiben in den Toast. Das Leitungswasser tranken wir ausschließlich doppelt gefiltert. »Wie wär's mit einem kleinen Frühstück?« »Oh ja, gerne.« Ich erklärte ihm, dass ich am Morgen nach dem Aufstehen ein halbgroßes Exemplar in meinem Backyard überrascht hatte. Anfangs, als Ransom die Sektion übernommen hatte, hatten sich die Kojoten regelmäßig im Brain sehen lassen, inzwischen waren ihre Besuche selten geworden. Seit ich im Brain war, hatte ich sie erst drei- oder viermal heulen gehört.

Dass alles Persönliche in unserer Beziehung ausgespart blieb, lag vielleicht auch daran, dass er in einer schwierigen Zeit zu uns gestoßen war. Selten verging eine Woche, in der sich nicht irgendetwas ereignete, das für große Aufregung sorgte. Zum Zeitpunkt, als wir ihn auf der Straße aufgelesen hatten, lebte ich bereits über eineinhalb Jahre in der Niere. Die Situation hatte sich seither kontinuierlich zugespitzt, ich selbst registrierte die Entwicklungen allerdings erst viel später. Lange hatte ich die Stimmung im Trailerpark nicht ernst genommen, was vor allem auch daran lag, dass Ransom sie konsequent herunterspielte. Allmählich zeichnete sich jedoch ab, dass die aggressive Atmosphäre eine Zerreißprobe für uns alle werden würde.

Nur einen Monat vor seiner Ankunft war es zu einem ersten Zusammenstoß gekommen. Bisher hatten sich die Spannungen vor allem in den Sonntagsversammlungen entladen. Zwar versuchte Ransom nach wie vor, seine programmatische Richtung vorzugeben, inzwischen wurde er aber hemmungslos unterbrochen und traf auf Widerstände. Regelmäßig brachen die Leute das Protokoll, stellten ihre Fragen unaufgefordert, anstatt sie vorab ans schwarze Brett zu pinnen, oder sie riefen einfach dazwischen. Viele Einwürfe waren weder sachlich noch konstruktiv, sondern zielten unverhohlen darauf ab, die Gemeinschaft zu polarisieren. Hinter dem Protest steckte maßgeblich Tyler, der sich als neue Autorität neben Ransom zu etablieren suchte. »Wir müssen den Sektor als eigenständige, autonome Zone begreifen. Der ursprünglichen Idee gemäß.« Zwar knüpfte er einleitend an Ransoms Visionen an, je länger er redete, desto stärker verschob er jedoch die Prämissen und endete nicht selten mit einem Gegenprogramm zu allem, wofür das Brain bisher gestanden hatte.

»Unsere Stärke liegt nicht darin, mit anderen zu konkurrieren. Die Stromkatastrophe sollte das spätestens klargemacht haben. Wir müssen uns auf uns und unsere Qualitäten konzentrieren, das heißt, Formen der Resilienz entwickeln, die mit den Gegebenheiten und den uns verfügbaren Ressourcen auskommen. Was sind die Lektionen der Wüste? – Um in der Wüste zu überleben, bedarf es Zweierlei: hohe Widerstandskraft und eine hohe Anpassungsfähigkeit, und zwar beides gleichzeitig.« Tyler hatte die marktschreierische Stimme eines Politikers oder Südstaatenpastors, die sich selbst im Tumult Gehör zu verschaffen weiß, möglicherweise ist sie sogar auf den Lärm angewiesen, um ihren gewaltvollen Sprachgebrauch zu rechtfertigen. »Was heißt das aber für die Ausrichtung des Brains? – Wir brauchen niederschwellige Technologien. Wir können unsere Energie nicht länger für planetarische Visionen verschwenden. Die Wachstumsphase ist vorbei, das werden auch die Globalökonomie und die Staatengemeinschaften bald realisieren. Auch deshalb müssen wir unsere Abhängigkeit von Konzernen und Staat überdenken – und kappen. Und ist nicht genau das die Vision, mit der wir hier angetreten sind?!« Seine Anhänger spendeten frenetisch Applaus. »Danke. Also. Wann machen wir endlich mit dem selbst gesetzten Anspruch ernst? Zumal diese Institutionen einen schwindelerregend hohen Vertrauensverlust erleiden. Was soll aber kommen, wenn die Menschen ihre Gefolgschaft endgültig aufkündigen? Wenn das System implodiert? Wer hat Antworten für das, was danach kommt? Hier müssen wir ansetzen. Nicht umsonst sind wir an einem Ort wie diesem. Das gelingt aber nur, wenn wir uns auf uns und unsere Mittel konzentrieren.«

Gleichzeitig lancierten Tyler und seine Leute konkrete Projekte. Eines war der Wiederaufbau des Zauns. Der Vorschlag führte zu heftigen Auseinandersetzungen, die in dem Kompromiss endeten, dass die Trailerparkbewohner den Zaun um ihren Abschnitt – nur ein Jahr, nachdem wir ihn demontiert hatten – neu hochziehen würden. Allen war klar, dass die Maßnahme keinen sachdienlichen Zweck hatte, sondern rein symbolischen Charakter. Dennoch konnten wir sie nicht davon abhalten.

Die Versammlungen fanden seitdem kein gesetztes Ende mehr, sondern lösten sich einfach auf. Die einen stürmten frühzeitig davon, andere blieben nur, um sich zu streiten. Das gemeinsame Mittagessen fiel aus, und wir zerstreuten uns, gingen zurück an die Arbeit, oder verzogen uns in unsere Bungalows. Wenig später machte Mary-Ann ihre Entdeckung: Die Bewohner des Trailerparks fällten weiterhin ohne Erlaubnis Bäume am Lake. Sie trommelte uns sofort zusammen. Wir trafen uns in Hanks Bungalow, verständigten uns darüber, sie zur Rede zu stellen. Sie brachen unsere gemeinsam getroffene Vereinbarung und riskierten, dass die Behörden auf uns aufmerksam wurden. Wir stimmten ab, wer das Gespräch führen sollte, die Wahl fiel auf Mary-Ann, Hank und mich. Spontan hätte ich nicht sagen können, wann ich das letzte Mal im Trailerpark gewesen war und dort einen Abend am Feuer verbracht hatte. Früher hatte sich alles durchmischt, die Camper hatten uns an einem der Pools aufgesucht oder waren in die Kneipe gekommen, die noch aus Geheimdienstzeiten stammte und die wir wiederhergerichtet hatten und nun kollektiv betrieben. Umgekehrt waren wir abends in den RV-Park gegangen und hatten dort am großen Feuer gesessen. Ohne dass wir es anfangs gemerkt hätten, war die Stimmung mit der Zeit gekippt und jede Gruppe war immer öfter unter sich geblieben.

Die Sonne war gerade untergegangen, es war noch hell, der Himmel rosa, man konnte zusehen, wie die Farbe aus der Landschaft langsam abfloss wie Wasser aus einer Badewanne. Die offizielle Zufahrt zum Camp verlief über eine Schotterstraße, die durch eine selbst gezimmerte Arkade führte, überall standen und hingen selbst gemachte Schilder, »Private Property, No Trespassing«, »Smile, you are on camera«, »Keep down dust«, »Wo die Freiheit ihre Heimat hat« etc. Unmittelbar vor der Zufahrt traten uns plötzlich zwei Jungs in den Weg. Bei dem Wortführer handelte es sich um Tylers dreizehnjährigen Sohn, der zweite war vermummt. Sie hatten sich hinter einem Palo Verde-Baum versteckt, trugen einen Camouflage Combat Suit, wie ihn einige Camper zu tragen begonnen hatten, im Hosenbund Schusswaffen. »Was wollt ihr?« Sie hatten sich vor uns aufgebaut. »Reden«, erklärte Hank trocken. Ich hatte mich so erschrocken, dass ich keinen Ton herausbrachte.

»Das müssen wir klären.« Tylers Sohn befahl uns zu warten, erklärte seinem Kumpel, er solle bei uns bleiben, verschwand im Schatten der Bäume, die in auffallend hoher Dichte um den Trailerpark standen, und, was an diesem Fleck selten war, auf natürliche Weise Schutz boten. In seiner Quirkiness vermochte Hank eigentlich jeden für sich zu gewinnen. Als er aber auf den vermummten Jungen einredete, als handelte es sich um einen läppischen Streich, lenkte dieser nicht ein, blockierte weiterhin, eine Hand auf der Waffe, den Durchgang. Dies war der Auslöser für Mary-Anns Tirade. Selten habe ich sie derart außer sich gesehen, kurz fürchtete ich, die Situation würde vollends eskalieren. Zum Glück kehrte in diesem Augenblick Tylers Sohn zurück, gefolgt von einem Erwachsenen. Er verscheuchte die beiden Jungs, lotste uns ins Camp. Wir forderten eine sofortige Erklärung dafür, was es mit der Aktion auf sich habe. Woher stammten die Waffen? Wollten sie uns tatsächlich weismachen, es seien neuerdings Wachen nötig? Warum? Was sollte das? Es ergab überhaupt keinen Sinn.

Tyler, der wenig später dazustieß, ging dagegen auf Konfrontation, reagierte aggressiv, speiste uns mit den abgedroschenen Phrasen ab, die er auch in den Versammlungen von sich gab oder als Kurznachrichten verschickte. Das Gespräch verlief ergebnislos, auf die Bäume kamen wir gar nicht erst zu sprechen. Schweigend kehrten wir zu Hanks Bungalow zurück. Wir waren schockiert, spürten, dass etwas zerbrochen war.

Wir hatten uns, schon bald nachdem er seinen Bungalow bezogen hatte, daran gemacht, unser erstes gemeinsames Projekt zu entwickeln. Es sollte in enger Absprache mit Ransom entstehen, obwohl die Zusammenarbeit mit Ransom nur schleppend voranging. Der war noch immer mit der Energiefrage beschäftigt, fuhr mindestens einmal in der Woche in die Stadt und blieb oft über Nacht, traf verschiedene Experten. In einer Woche sprach er von einer alten Solarfarm, die er aufkaufen wollte, in der darauffolgenden von neuen Techniken der Energiegewinnung, die für uns interessant sein könnten. Häufig kehrte er mit wahllos zusammengekauftem Equipment zurück, irgendwo hatte er gebrauchte Solarpanels aufgetrieben, das nächste Mal kam er in einem geliehenen LKW, auf dem er ein zerlegtes Windrad transportierte. Für größere Anschaffungen fehlten uns aber nach wie vor die Mittel. Obwohl er es abstritt, war Ransom von der gegenwärtigen Situation überfordert, spürbar gereizt, schickte uns manchmal, ohne von der Arbeit aufzuschauen, wieder fort. Tags darauf hatte er ein schier unerschöpfliches Bedürfnis, sich mitzuteilen, redete über alles Mögliche. Nicht selten wirkten seine Ausführungen wie wörtliche Vorwegnahmen oder Fortsetzungen der sonntäglichen Ansprachen. Unsicher, welchen Stellenwert wir einzelnen Ideen und Statements beimessen sollten, behielten wir meine Vorgehensweise bei, alles unterschiedslos aufzuzeichnen und diskutierten das Material im Anschluss. Zunächst konzentrierten wir uns auf jene Passagen, die wir zu verstehen glaubten, und suchten die Bedeutung und mögliche Weichenstellung darin. Kaum zeichnete sich ein narrativer Strang ab, der uns schlüssig erschien, schreckten wir jedoch wieder zurück. Was war mit den Abschweifungen und dunklen Passagen, die wir übergangen hatten? Den technischen Details? Den Andeutungen? Was war der springende Punkt? Mussten wir nicht davon ausgehen, dass das Wesentliche in dem lag, was noch nicht ausformuliert oder uns unverständlich geblieben war?

»Wir leben in einer planetarischen Ordnung, wir müssen daher nach der Organisation der Welt als Ganze fragen«, so ein wiederkehrender Refrain Ransoms. »Wir können uns nicht auf uns selbst zurückziehen. Die zukünftige Ordnung wird mit dem Versuch stehen oder fallen, verlässliche Identitäten zu kreieren. Wir müssen den Dingen einen Namen geben. Aber wie gibt man den Dingen einen Namen? Das wird eine der vorrangigen Aufgaben des 21. Jahrhunderts sein. Nur wenn es uns gelingt, Menschen und Dinge verlässlich adressierbar zu machen und in die Struktur globaler

Netzwerke zu integrieren, werden wir die Grundlage schaffen, um das Zusammenleben auf dem Planeten freiheitlich zu regulieren.«

Er erhob sich, früher oder später übertrug sich der gedankliche in einen physischen Bewegungsdrang. Er schritt im Zimmer auf und ab, kam schließlich vor dem Fenster zum Stehen, starrte hinaus, kehrte uns selbstvergessen den Rücken zu. Die Qualität der Aufnahmen war entsprechend mies.

»Die Frage ist heikel. Die Identität zieht schlechtes Denken an wie Licht die Motten. Natürlich ist jeder von seiner Einzigartigkeit überzeugt, auch wenn niemand sie beschreiben oder darstellen kann. Unser Problem liegt darin, dass sich keine allgemeinen Regeln über die Einzigartigkeit des Einzelnen aufstellen lassen. Unsere Vorstellung eines platonischen oder romantischen Selbst ist nicht nur nicht praktikabel, sie führt auf Abwege und ist letztlich dumm und gefährlich. Wie sieht es aber mit der Biologie aus? Zunächst scheint die Frage der Identität eine der Biologie zu sein. DNA, biometrische Verfahren, Neurotechnologien, die Zugänge sind vielfältig. Wie wir wissen, bedeutet Evolution biologische Abweichungen. Die Mutation gehört zum Code der Natur. Egal, welche Regel man aufstellt, die Natur hat eine Ausnahme hervorgebracht. Wenn wir die Verfahren der Identifikation optimieren wollen, bietet die Biologie langfristig keine verlässliche Grundlage. Auf statistischen Durchschnittswerten lässt sich kein allgemeingültiges System gründen, das käme dem Prinzip einer Konfektionsgröße gleich. Das entspricht dem Denken des ausgehenden Jahrtausends, genauer gesagt dem des 19. und 20. Jahrhunderts, nicht unserem. Ihr seht, es ist vertrackt. Dennoch ist die Problematik brisant, weil wir nicht in alte Schemen zurückfallen dürfen, die schon immer alles vereinfacht haben. So viel ist jedenfalls klar: Weder Platonismus noch die Biologie halten eine Antwort bereit, unsere Chance liegt hingegen darin, das Problem als ein technisches zu begreifen. Vielleicht sind die Dinge im Endeffekt auch gar nicht so schwierig. Um auf das Problem des Namens zurückzukommen. *What's in a name*? Der Name ist ein Interface. Bei der Benennung geht es um eine Eingliederung in die Ordnung der Welt, egal ob es sich um Dinge, Tiere oder Menschen handelt. Ich denke, dieser Spur können wir in der Entwicklung unserer Tools und Verfahren folgen.«

Neben solchen Ausführungen von Ransom suchten wir seit dem Zusammenstoß mit den Leuten vom Trailerpark nach Maßnahmen und Strategien, wie wir den Konflikt beilegen könnten.

»Was hat es mit dem Trailerpark überhaupt auf sich? Ich hatte gedacht, dass das alles hier eins ist, das Brain.«

»Na ja, ursprünglich war es auch so. Ransom und Tyler sind alte Buddies, die kennen sich schon aus Zeiten weit vor der Sektion.« Erst seine Nachfragen ließen mich erkennen, dass ich selbst wenig mehr als anekdotisches Wissen besaß. Die tatsächlichen Hintergründe, um den Konflikt zu verstehen, fehlten mir.

»Aber komisch ist es schon. Beziehungsweise kann ich nicht einmal sagen, was merkwürdiger ist: dass sie früher angeblich gute Freunde waren, oder dass sie sich jetzt derart in den Haaren liegen.«

»Na ja, aber grundsätzlich ist das doch nichts Außergewöhnliches.«

»Hm, vielleicht. Ich weiß auch nicht. Du magst recht haben.«

»Warum machen wir uns nicht daran, die Geschichte der Sektion aufzuarbeiten?« Es war seine Idee. Nicht nur bei mir, auch bei den anderen, mit denen wir darüber sprachen, fand sie sofort Zuspruch.

Den Trailerpark hatte es von Beginn an gegeben, er war voll in das Brain integriert gewesen. Tyler, der schon immer einen Caravan besessen hatte, hatte sich lediglich dagegen entschieden, in einen der Bungalows zu ziehen, nach und nach hatten sich ihm Members angeschlossen, vom schrottreifen Trailer über den Vintage Camper bis zum Luxus-RV war alles vorhanden. Noch als ich ins Brain zog, galt Tyler ganz selbstverständlich als Ransoms Vertrauter, obwohl der Bruch damals schon zu erkennen gewesen wäre. Ihre Freundschaft ging auf die gemeinsame NGO-Arbeit und das spätere Interesse für E-Gold zurück. Möglicherweise tat sich Ransom schwer, die gemeinsame Vergangenheit zu hinterfragen, und zögerte auch deshalb so lange, sich offen gegen Tyler zu stellen. Auf diese Weise hatte er Tyler aber zu viel Raum und Zeit gelassen, um seine Autorität zu untergraben und die eigenen Ideen zu verbreiten.

Wir beschlossen, ein Forum zu gründen, in dem wir zunächst persönliche Stories über die Anfänge des Brains sammeln wollten. Wie und warum waren die Leute hierhergekommen? Mit welchen Vorstellungen, welchen Träumen? Die Fragen sollten dazu dienen, wieder miteinander ins Gespräch zu kommen, und uns sowohl im Positiven als auch im Negativen unserer gemeinsamen Interessen zu versichern. Entgegen unserer Erwartungen wurden die Konflikte durch die Beiträge und Chats jedoch befeuert.

»Die Wildnis herrscht über den Kolonisten.« Anstatt persönlicher Geschichten über die Anfänge des Sektors posteten Tyler und andere Camper alles Mögliche wie Zitate aus Frederick Jackson Turners berühmten Essay über die Bedeutung der amerikanischen Grenze. »In Kleidung, Gewerbe, Handwerkszeug, Reisegewohnheiten und Denkweise trifft die Wildnis auf einen Europäer. Sie holt ihn aus dem Eisenbahnwagon und setzt ihn in ein Kanu aus Birkenholz.

Sie streift ihm die Gewänder der Zivilisation ab und stattet ihn mit Jagdhemd und Mokassins aus. Sie steckt ihn in die Blockhütte des Cherokesen und Irokesen. Er stößt den Kriegsschrei der Indianer aus und erbeutet das Skalp nach ihrem Brauch. Die Wildnis ist für den Menschen zu stark. Entweder er akzeptiert ihre Bedingungen und gleicht sich den Indianern an, oder er muss zugrunde gehen. Allmählich verwandelt die Wildnis den alten Europäer, bis ein neues Produkt daraus hervorgeht, der Amerikaner.«

Nur wenige Tage, nachdem das Forum freigeschaltet war, wurde deutlich, dass die Einträge die Parteien entlang der Konfliktlinien polarisierten und die Gräben weiter aufrissen. Die Diskussionen wurden schnell heftig und drohten zu entgleisen, und als wir schließlich begannen, die Einträge und Kommentare zu moderieren, gerieten wir selbst zwischen die Fronten. Sogar die Frage, wo die Erzählung von den Ursprüngen der Sektion einsetzte, provozierte bittere Auseinandersetzungen, eine sachliche Verständigung war nicht möglich.

»Ich verstehe das nicht. Dabei scheint es doch eine ganze Menge ungeklärte Punkte zu geben, über die man zueinanderfinden könnte.«

Ich war erstaunt, dass er sich vom aggressiven Ton der Auseinandersetzungen so wenig beeindrucken ließ, vielmehr schien ihn der Konflikt in seinem Vorhaben, die Anfänge des Brains aufzuarbeiten, nur zu bestärken.

»Es muss doch beispielsweise irgendwelche Informationen darüber geben, wie Ransom die Anlage vom Nachrichtendienst übernommen hat? Dokumente, Mails, was weiß ich. Da soll nichts vorliegen? Das glaube ich nicht.«

Erneut kramte ich meine Notizen hervor, die ich für mein Porträt über Ransom gemacht hatte. Je tiefer er in die Materie eintauchte, desto mehr schien seine Neugier zu wachsen.

»Und du sagst, dass Ransom dir damals gesagt hat, dass das Backup-Zentrum in Utah nach wie vor in Betrieb ist? Hat er denn nicht mehr dazu gesagt? Ransom muss das doch irgendwie erklärt oder sich dazu verhalten haben? Ich meine –. Wollen wir nicht einfach –. Komm, wir gehen mal zu ihm.«

Ich hielt ihn zurück, versuchte, ihn zu beruhigen: »Warte, das steht doch gerade gar nicht an. Wir müssen erst die Fronten aufweichen, statt neue Gräben aufzureißen. Wenn wir jetzt mit weiteren Was-wäre-wenn-Szenarios ankommen und alles infrage stellen, säen wir doch allenfalls weitere Zweifel und heizen die Auseinandersetzung an, anstatt sie zu beruhigen.«

»Und das sagt eine ehemalige Journalistin?«

»Klar, was sonst. Vielleicht solltest du einfach auf sie hören.«

Bevor es zum Streit kommen konnte, ließen wir das Thema fallen. Ransom hielt sich aus all dem konsequent raus. Selbst als wir ihn mit anderen Fragen behelligten, Interviews und Gespräche zu anderen Themen mit ihm führten, die wir auf dem Forum posten wollten, zog er die Freigabe in letzter Sekunde wieder zurück.

»Vielleicht waren wir zu naiv. Wir sind davon ausgegangen, dass die Leute, die sich auf den Sektor und die Umgebung hier draußen einlassen, unsere Werte teilen und alle ein gemeinsames Ziel verfolgen. Gleichzeitig brauchen wir kompetentes Personal, Leute, die etwas von der Sache verstehen. Wir dürfen nicht vergessen, dass die Umgebung hier draußen etwas mit einem macht. Die einen führt sie auf natürliche Weise näher zusammen, die anderen empfinden Verunsicherung oder verlieren den Halt, beginnen sich plötzlich für solche Dinge wie ihre eigenen Wurzeln, Vorfahren oder Indianer zu interessieren. Grundsätzlich spricht ja nichts dagegen. Wenn ihr mich fragt –. Ich schlage vor, wir geben der Sache etwas Zeit.«

»Aber das ist doch keine Antwort. Wir haben viel zu lange gewartet. Deshalb ist das alles doch überhaupt erst hochgekocht.«

Wir beharrten darauf, dass die Sache dränge und Ransom endlich eine klare Haltung gegenüber Tyler und den Campern einnehmen müsse. Doch wir konnten ihm nur das Versprechen abringen, sich die Sache durch den Kopf gehen zu lassen. Entmutigt verließen wir das Büro. Bisher hatte ich ihn verteidigt, jetzt ließ ich meinem Missmut zum ersten Mal freien Lauf und wetterte gegen ihn. Kaum hatte ich die Seiten gewechselt, ging er dazu über, Ransom in Schutz zu nehmen: »Er sieht seine Aufgabe vermutlich darin, das große Ganze im Blick zu behalten, und will eine Spaltung verhindern. In dieser Rolle muss er anschlussfähig bleiben und darf sich auf keine kleinlichen Grabenkämpfe einlassen.«

Sein spontaner Sinneswechsel machte mich nur noch wütender: »Das akzeptiere ich nicht. Wie kann er sich das Recht rausnehmen, zu entscheiden, was bedeutsam ist und was nicht?«

»Willst du noch ein Bier trinken gehen?«

»Wann zum Teufel wacht er endlich auf? Jemand muss ihm in den Arsch treten.«

» – «

»Wie kann man gleichzeitig so sachkundig und klug und so blind sein?«

»Na ja, möglicherweise hat er in dem einen Punkt recht: Man kann auch in falschen Schlachten umkommen. Sie sind nicht weniger gefährlich als andere. Deshalb muss man die Kämpfe, auf die man sich einlässt, sorgsam auswählen.«

»Wo hast du das denn her? Klingt verdammt nach einem dieser beschissenen chinesischen Sinnsprüche.«

»Möglich, ja.«

Zweieinhalb Wochen später nahmen wir das Forum wieder aus dem Netz.

Der Skandal, der das Brain bis ins Mark erschütterte, ereignete sich einen Monat später. In aller Frühe, an einem Sonntag. Wie die meisten hatte ich noch geschlafen, stieß erst später dazu. Mary-Ann hatte die Pick-ups als Erste gesehen. Sie war draußen am Lake gewesen, hatte sich zunächst nichts weiter gedacht. Die Camper waren bereits mehrmals zur Jagd gefahren, rasten in der Morgendämmerung mit hohem Speed durch die Wüste, auf den Pritschen der Fahrzeuge saßen die Männer in Tarnkleidung und mit schweren Stiefeln, die Schnellfeuergewehre im Anschlag. Unterschiedslos schossen sie auf alles, was sich bewegte, und es spendete keinen Trost, dass sie bisher kaum etwas erwischt hatten, Schlangen und Wegekuckkucks. Obwohl wir angewidert waren, hatten wir beschlossen, uns nicht provozieren zu lassen.

Als Mary-Ann das erste Mal aufsah, bildeten die Trucks schwarze Punkte, die am Fuß riesiger Staubfahnen hingen, die aufgehende Sonne brach sich in den Chromleisten und Windschutzscheiben, warf grelle Blitze. Erst als das Gespann einen Bogen machte, und von Nordosten her in die Sektion einfuhr, blickte sie abermals auf, stieg, einer Ahnung folgend, aus dem Lake, wo sie im Reisfeld gearbeitet hatte, und lief, so schnell sie konnte, ins Brain zurück. Als wollten sie sichergehen, dass auch alle sie wahrnahmen, fuhren die Jäger die Niere im Schritttempo der Länge nach ab, aus den Boxen dröhnte Metal. Die Gewehre über den Knien posierten sie auf der Pritsche, die Kojoten – insgesamt waren es drei, zwei große Tiere und ein junges – baumelten für alle sichtbar, an den Hinterläufen zusammengeschnürt, von den Überrollbügeln.

Ich habe nie erfahren, wer Ransom die Nachricht von der Aktion überbrachte, wahrscheinlich war er schon wach gewesen und beobachtete alles von seinem Fenster aus. Wir sammelten uns nach und nach auf der Straße, wer nicht wach war, wurde von dem anschwellenden Lärm geweckt – Motoren, Musik, Worte derer, die in wachsender Zahl aus ihren Bungalows traten, sich erkundigten, was um alles in der Welt los war. Ransom zeigte sich erst volle vierzig Minuten später.

Ohne Eile hatten sich die Jäger an die Arbeit gemacht. Die Kojoten hatten sie, den Kopf nach unten, auf dem zum Trailerpark führenden Vorplatz an hohe Pfähle geknüpft. Sie schnitten ihnen die Kehlen auf, das Blut schoss auf ihre Stiefel. Während die Tiere ausbluteten, entzündeten sie ein Feuer. Anschließend schlitzten sie den Kojoten die Bäuche auf und zogen ihnen das Fell ab. Als Ransom schließlich auftauchte, glänzten die blutigen Leiber nackt in der Sonne, allmählich begann es, heiß zu werden. An der Zufahrt zum Trailerpark standen einige Camper in voller Montur, als gäben wir Grund zur Annahme, gewaltsam in die Zeremonie eingreifen zu wollen. Ransom lief zögerlich, alles in ihm schien von der Szene, auf die er zusteuerte, wegzustreben, allein die Gasse, die sich schrittweise vor ihm öffnete, trieb ihn gegen seinen Willen immer weiter vorwärts, bis er die vorderste Reihe erreicht hatte und, aus der Ansammlung der Bungalowbewohner hervortretend, nach vorne schritt. Bis zum Eingang des Trailerparks waren es fünfzehn Meter, das Feuer loderte keine dreißig entfernt.

Spätestens in diesem Moment war allen klar, dass diesmal etwas Entscheidenderes als bei den bisherigen Auseinandersetzungen auf dem Spiel stand. Es ging nicht um sachliche oder die Moral betreffende Fragen. Der Akt, dem wir beiwohnten, war symbolisch und zugleich vollkommen real, wie ein Kunstwerk. Der Wind hatte gedreht, und die Rauchschwaden wehten zu uns herüber. Unter dem Beifall der Zuschauer trieben die Jäger dem ersten Kojoten eine rostige Eisenstrebe in den Anus. Alle Gespräche erstarben, reglos sahen wir zu, wie das Metall Zentimeter um Zentimeter durch den Körper drang, bis es schließlich aus der Kehle ragte.

Noch immer bin ich davon überzeugt, dass bis zu diesem Moment niemand von uns die Rede vom Kojoten als Ransoms Totemtier auch nur im Ansatz ernst genommen hatte. Als die Jäger aber den ersten Kojoten über die Flammen hängten, war auch dem Letzten von uns auf dumpfe Weise klar, dass die Tiere, ob Ransom es wollte oder nicht, in diesem Moment zu seinem Totem geworden waren. Es war ein vollkommen irrwitziger Akt. Dass er rational nicht nachzuvollziehen war, steigerte seine Evidenz aber nur, statt sie zu schmälern. Keiner von uns wagte zu sprechen, die Stille erzeugte eine fast schon andachtsvolle Stimmung, nur von winzigen, trockenen Explosionen des erhitzten Harzes im Brennholz unterbrochen. Der Akt schien einem Protokoll zu gehorchen und war doch bis ins Detail maßlos und widersinnig. Ransom rührte sich nicht, schien eine Ewigkeit auf ein und derselben Stelle zu verharren. Gern wäre ich neben ihn getreten, ich hatte das starke Bedürfnis, ihm beizustehen, aber irgendetwas hielt mich ab. Ich blickte mich um, unfähig zu entscheiden, ob es anderen ähnlich ging. Bedurfte es möglicherweise nur einer minimalen Geste? Würde eine Demonstration von Solidarität den Bann brechen und die anderen in Handlungsbereitschaft versetzen? Oder hätte sie alles nur noch schlimmer gemacht und der Aktion noch mehr Wirklichkeitswert verliehen, und gleichzeitig

Ransoms Autorität untergraben? Ransoms Gesichtszüge verrieten nichts, möglicherweise verfluchte er einfach nur den Kerl, der sich irgendwann vor langer Zeit einen Spaß erlaubt und den Schädel des Kojoten mit den Elektroaugen an seinem Stuhl befestigt hatte. Wäre diese Szene ohne den Scherz gar nicht denkbar gewesen? Im Vokabular des Möglichen gar nicht erst vorhanden? Allen schien klar, dass sich Ransom in diesem Augenblick nicht mehr abwenden, sondern nur weiter vorwärtsgehen und die Jäger auf dem von ihnen bereiteten Grund und Boden konfrontieren konnte. Als er sich nach einer halben Ewigkeit in Bewegung setzte, waren seine Schritte enttäuschend kraftlos. Zum ersten Mal dachte ich, er habe seine Jugendlichkeit verloren, wäre schwerfällig geworden. Die Camper, die die Zufahrt bewachten, unter ihnen Tylers Sohn, erhoben sich, aber auch wir wurden unruhig, rückten mit jedem Schritt, den er vorwärtsging, enger zusammen. Er lief vierzehn Schritte, unter der Arkade verweilte er kurz, betrachtete die Galerie der lächerlichen Schilder – »Privatgrund«, »Wi-Fi Zone«, »Free Rule«. Der Gang schien ihm das Äußerste abzuverlangen, zwanghaft zählten wir seine Schritte, während sich der schwere und süße Geruch von verbranntem Fleisch allmählich ausbreitete. Seine Hand griff nach dem zerknautschten Boonie Hat, als wolle er ihn lüften. Er behielt ihn aber auf, und für einen Moment sah es so aus, als gäben seine Beine nach. Aber er war nur in einer Bodenkuhle stehen geblieben, ohne ersichtlichen Grund, vielleicht war der Schreck darüber, dass sich der Boden unter ihm abgesenkt hatte, Auslöser für sein Innehalten. Eine halbe Minute lang verharrte er reglos, sein strähniges Haar flatterte im Wind, sein Kopf war in zarten Rauch gehüllt. Dann wandte er sich abrupt ab und ging ohne ein weiteres Wort und ohne Blickkontakt mit uns aufzunehmen, querfeldein, verschwand zwischen dem Chapparal und den wild zerzausten Zweigen des Palo Verdes. Ich hatte jedes Zeitgefühl verloren, konnte nicht sagen, wie lange wir dort noch ausharrten. Die Versammlung entfiel auch an den darauffolgenden Sonntagen.

Im Nachhinein habe ich oft über mehrere Möglichkeiten nachgedacht, mit der Aktion umzugehen. Letztlich war sie lachhaft gewesen, wenig mehr als ein Sandkastenspiel. Nichts und niemand hatte uns gezwungen, die Symbolik zu bedienen, indem wir sie ernst nahmen. Wir hatten uns gegen unseren Willen und aus freien Stücken auf das Spiel eingelassen. Möglicherweise hatte Ransom seine Flucht sogar aus der schlichten Weigerung heraus angetreten, sich der vermeintlichen Bedeutung des ihm aufoktroyierten Spektakels zu beugen. Aber falls dem so gewesen sein sollte, so hatte er den richtigen Zeitpunkt für diese Reaktion bereits verpasst. Nachdem er dort draußen gestanden hatte, die Kojoten über dem Feuer vor Augen, hatte es nicht mehr ausgereicht, sich der Situation wortlos zu entziehen. Seine Reaktion wirkte vielmehr wie das Eingeständnis von Schwäche, kam einer Kapitulation gleich.

Nach dem Vorfall warfen wir uns mit verstärktem Eifer in unsere Arbeit, nur eine Handvoll Mitglieder zog die Konsequenz, das Brain zu verlassen, auch wenn sie abstritten, dass ihr Weggang mit der Häutung der Kojoten zusammenhing. Noch in derselben Woche kamen vier Schlepper mit Solarpanels, die Ransom erworben hatte. Wir installierten sie sofort. Zu einem anderen Zeitpunkt oder unter anderen Umständen hätte dies möglicherweise die Wende, einen neuen Aufschwung markieren können. So aber blieb die Stimmung gedrückt. Obwohl die Schächtung der Kojoten nichts mit der Vision von der Sektion zu tun hatte, teilte sie die Geschichte des Brains in ein Davor und Danach.

3 Lose Kabelenden

In den und Wochen nach dem Vorfall zeigte sich Ransom kaum, er steigerte seine Reiseaktivität; selbst wenn er vor Ort war, verließ er das Büro erst nach Einbruch der Dunkelheit oder gar nicht, nächtigte, ohne seine Tageskleidung abzulegen, auf seiner Yogamatte auf dem Boden, mehr als vier oder fünf Stunden schlief er sowieso nicht, bei Sonnenaufgang war er wieder auf den Beinen. Er ernährte sich von Instantsuppen, Power-Bars und Vitaminextrakten, seine Kommunikation beschränkte sich auf Kurznachrichten, die er nicht selten spätnachts oder in den frühen Morgenstunden verschickte, oft wirkten sie erratisch, verstärkten unsere Irritation, statt sie auszuräumen. Am auffälligsten war jedoch sein neues Erscheinungsbild. Drei Wochen nach der Schlachtung nahm er seinen Bart ab und ließ sich eine Glatze rasieren, sein überholtes Outfit bestehend aus Bluejeans, punkigem Motivshirt und Sakko, in der Brusttasche eine getönte Fliegerbrille, trug er wie eine Uniform. Nur einmal sprach ich ihn auf die Kojoten an, nach Feierabend auf dem Weg zu meinem Bungalow. Ich lief an seinem Büro vorbei, schob meinen Kopf durch die Tür. Er aß gerade zu Abend, die Füße auf dem Tisch und winkte mich herein. Mit dem Handrücken fuhr er sich über die Lippen, lachte: »Peinlich.« Er war gut gelaunt. »Eine ganz und gar peinliche Szene. Ist es nicht absolut schockierend, wie sehr man sich in Menschen täuschen kann?« Er kam auf Tyler und die bekannten Anekdoten der NGO-Arbeit und ihr gemeinsames Interesse für E-Gold und Kryptologie zu sprechen. »Vielleicht hattest du recht. Ich hätte ihn früher konfrontieren und zur Rede stellen sollen.« Ich war empört, dass er dem Vorfall eine so geringe Bedeutung beimaß, hatte aber dennoch keine Energie, ihn damit zu konfrontieren und lief heim.

Dass Mary-Ann ihre Sachen packte, traf mich schwer. Ohne zu wissen, wohin sie gehen wollte, erklärte sie, dass sie die Spannungen nicht länger ertrug. Bis zuletzt sprach sie von den Kojoten, wiederholte, wie in einer Schleife gefangen, dass sie die Tiere gekannt und ihnen sogar Namen gegeben hatte. Sie waren regelmäßig bei ihr am Lake gewesen, ab und zu hatte sie ihnen Fische verfüttert. Sie fühlte sich schuldig. »Ich habe ihnen die Angst vor den Menschen genommen. Das hätte ich nicht tun dürfen. Mit der Angst habe ich ihnen ihren letzten Schutz geraubt. Sie dem Schicksal von Tieren preisgegeben, die gelernt haben, von der Zivilisation zu profitieren, indem sie ihre über Abergenerationen gewachsene Furcht vor dem Menschen ablegen.« Ich widersprach: »Du darfst das nicht persönlich nehmen. Die Kojoten haben die Sektion doch schon immer aufgesucht, in der Vergangenheit sogar viel öfter als heute.« Sie wurde emotional. Ob mir die Märchen der Indianer über Kojoten bekannt seien? Die Kojoten gehörten darin zu den ersten Wesen, die an der Erschaffung der Welt beteiligt gewesen seien. In den Erzählungen der Indianer träten sie zudem als Herren der Kälte auf, die engen, nicht selten intimen Umgang mit Menschen pflegten, auf verschlagene Weise kopulierten sie sogar mit ihnen, indem sie ihr getrocknetes Sperma heimlich den Mahlzeiten der Menschen untermischten, meist handelte es sich um schmackhafte Suppen. In einem Märchen reiche der Penis eines Kojoten quer durch den Fluss, am gegenüberliegenden Ufer säßen die Mädchen in halbhohem Gras. Ich verneinte, nein, die Märchen waren mir nicht bekannt. Ich konnte sie erst mit dem Versprechen beruhigen, mich um das Reisfeld und die Fische zu kümmern.

Ransom erklärte, dass er in Zukunft mindestens einen von uns auf seinen Reisen mit dabeihaben wolle. Neben den Branchentreffen wurde er inzwischen auf akademische und außerakademische, meist von Wirtschaftsverbänden organisierte Kongresse oder Workshops eingeladen, er hielt Vorträge. Seine Ideen trafen einen Nerv, sein öffentliches Videoarchiv wuchs nahezu im Wochentakt. »Ich spreche von einem fundamentalen Verständnis unserer heutigen Welt. Wer die kommende Ordnung der Welt verstehen will, muss das Finanzsystem und dessen Bedeutung für die globalisierte Welt verstehen. Im Finanzsystem liegt der Schlüssel, die Beziehungen in der heutigen Zivilisation auf einer planetarischen Ebene zu regeln. Wenn wir danach fragen, wie wir Identitäten in Zukunft managen, müssen wir hier ansetzen. Die Idee ist einfach: Reduzieren wir das Konzept der Identität auf den kleinsten, gemeinsamen Nenner, der uns zur Verfügung steht: auf das Geld. Wir müssen die Identität so weit einstampfen, bis sie wie Geld aussieht und sich ähnlich leicht handhaben lässt. Ich spreche hier natürlich von elektronischem Geld, das jenseits der Autoritäten von Staaten oder Banken zirkulieren kann. Haben wir die Identität erst einmal in eine elektronisch kodierte Währung verwandelt, ist es nur noch ein kleiner Schritt, sie in die Infrastruktur von vernetzten Datenbanken zu integrieren. Ich will es so formulieren: Die Datenbanken sind unser prometheisches Feuer, das wir nehmen und umwidmen. Das Problem der Identität lässt sich nicht dadurch lösen, dass man sie biologisch oder ontologisch festschreibt. Sie ist ein Risiko, das gemanagt werden muss. Im Grunde ist es einerlei, ob es sich hierbei um Individuen, Objekte oder Konzerne handelt. Der Mechanismus ist technisch äquivalent. Wir müssen die Identität als Schlüssel begreifen. Die einzelnen Transaktionen verknüpfen sich zu einem individuellen Code, der darin so etwas wie eine Erzählung über die jeweilige Entität bildet. Als solche lässt sie sich jederzeit rückverfolgen. Gleichzeitig wird dieser Schlüssel für jede neue Transaktion herangezogen und beglaubigt sie im Abgleich mit dezentralen Datenbanken. Mit jeder neuen Transaktion wächst die Historie der einzelnen Entität, je länger sie wird, desto unwahrscheinlicher werden Verwechslungen oder die Möglichkeit zur Manipulation.«

Wir protokollierten seine Reisen und Vorträge, manchmal wollte er nur einen Fahrer, um unterwegs arbeiten zu können. Ohne zu verstehen, wie es dazu gekommen war, waren wir plötzlich zu so etwas wie seine persönlichen Assistenten geworden und daran beteiligt, die Vision des Brains zu verbreiten.

»Wir dürfen uns keine Illusionen machen, Veränderungen, die die Gesellschaft oder Zivilisation als Ganze betreffen, vollziehen sich nicht über Nacht. Das gilt auch für die Computertechnologie. Oft heißt es, die neue Technologie vollzöge sich in einer atemraubenden Geschwindigkeit. Ich sehe das anders. Vieles, was bereits vor einem halben Jahrhundert entworfen wurde, wird erst heute umgesetzt. Entwicklungen brauchen Zeit. Es ist daher wichtig, das Wesentliche vom Nebensächlichen zu trennen. Große Umbrüche müssen nicht an markante Ereignisse oder signifikante Objekte gebunden sein, sondern können sich unter der Oberfläche und auf eine nur schwer fassbare Weise vollziehen.«

Die Reisen verschlangen Zeit, zehrten an unseren Kräften. Gleichzeitig wirkten sie stimulierend, selbst die Rückfahrten lernte ich zu schätzen, auf denen wir wieder im Auto saßen und die Anspannung abfiel. Die Gedanken konnten frei wandern, wie man sie nur auf einer langen Fahrt durch die Nacht oder in der Wüste schweifen lassen kann. Nichts ist zu bizarr, nichts unvorstellbar, alles möglich. Bevor ich mir dessen bewusst wurde, hatte ich mich wieder mit meinem Leben an dem extraterrestrischen Spot versöhnt. Gemeinsam fantasierten wir über die Zukunft der Niere, welche Leute wir um uns versammeln wollten. »Warum rufen wir kein Festival ins Leben? Laden die Leute einmal im Jahr für eine Woche ein? Wir bauen eine Bühne, bieten eine rudimentäre Infrastruktur, alles andere packen wir in eine Anleitung zur Selbstorganisation.« Letztlich währte das Hochgefühl aber nur kurz, manchmal genügte ein einziger Tag in der Sektion und die bleierne Atmosphäre hatte mich wieder fest im Griff. Es fiel mir plötzlich schwer, die Diskrepanz zwischen Ransoms Visionen und dem Alltag im Brain länger zu akzeptieren. Die Vorstellung von der Zukunftsträchtigkeit des Orts, davon, dass wir die Tür in eine neue Zeit bereits aufgestoßen hatten, verflüchtigte sich, Vergangenheit und Zukunft hatten ihren Richtungssinn verloren.

Sein Interesse daran, Ransom regelmäßig zu begleiten, oder der Niere tageweise zu entkommen, war dagegen schon bald verschwunden. »Mir steht gerade nicht der Sinn danach, die ganzen Leute von früher wieder zu treffen. Wenn es sich vermeiden lässt. Wäre mir nicht unrecht.« Ich wusste nicht, ob er sich auf konkrete Personen oder einen bestimmten Menschentyp bezog, und ob es sich nicht sowieso in diesem wie in jenem Fall um bloße Ausreden handelte. Zum ersten Mal erzählte er in diesem Zusammenhang freizügiger von seiner ehemaligen Tätigkeit im Ring und dem Vorfall an der Schleuse. Durch die gemeinsame Arbeit war zwischen uns eine Nähe entstanden, zumindest war das mein Eindruck. Dass er den Sektor ohne jede Ankündigung oder Nachricht just zu diesem Zeitpunkt verließ, irritierte und traf mich daher umso mehr. Vielleicht hatte ich die Situation falsch eingeschätzt? War ihm tatsächlich etwas zugestoßen? Oder war es etwas Drittes?

Ich hatte Ransom auf eine Konferenz nach Deutschland begleitet. Insgesamt waren wir drei Tage unterwegs gewesen, landeten erst gegen Abend, als wir in der Sektion einfuhren, war es bereits nach Mitternacht. Am nächsten Tag, ein Freitag, war ich vollauf beschäftigt, verbrachte mehrere Stunden im Reisfeld. Ich hatte die Arbeit, die Mary-Ann dort verrichtet hatte, unterschätzt, zudem fehlten mir Knowhow und Übung. Am Samstag stand ich in der Küche, als Tyler mit seinem Pick-up vor dem Fenster vorbeifuhr, ein Auto im Schlepptau – sein kaputter Wagen. Zunächst wunderte ich mich nicht wirklich, erst nach dem Frühstück lief ich zu seinem Bungalow, neugierig, welchen Deal er mit Tyler abgeschlossen hatte. Niemand öffnete. Ich wählte seine Nummer, er nahm nicht ab. Die Terrassentür zu seinem Bungalow ließ sich aufdrücken. Mit einem Fuß trat ich ins Wohnzimmer, machte mich bemerkbar, erhielt aber keine Antwort. Der Anblick seiner Wohnung erschreckte mich, und ich trat vollends ein. Im ersten Moment dachte ich an einen Einbruch, versuchte, mich daran zu erinnern, wann ich das letzte Mal in seinem Bungalow gewesen war. Das lag mehrere Wochen zurück. Es herrschte Chaos. Was mich jedoch mehr beunruhigte, war der Eindruck, die Einrichtung sei absichtsvoll demoliert worden. Einzelne Paneele waren aus der Wand gebrochen, Stromleitungen herausgerissen und durchgetrennt.

Ich eilte zum Trailerpark, um Tyler zu sprechen. Der hatte sein kaputtes Auto und würde sicher wissen, wo er steckte. Ich musste nicht lange suchen. Gemeinsam mit seinem Sohn stand er auf dem Parkplatz, inspizierte den kaputten

Wagen. Tylers Antworten fielen einsilbig aus, ich musste ihm jeden Satz einzeln aus der Nase ziehen. Der Wagen hätte vierzig Kilometer entfernt am Straßenrand gestanden, sie waren zufällig in der Gegend gewesen und hätten das Auto wiedererkannt. »Er war nirgends zu sehen, also haben wir uns gesagt, dass es am besten wäre, den Wagen mitzunehmen. – Bevor jemand anderes auf die Idee kommt.« »Ohne sicherzugehen, dass er nicht noch irgendwo dort draußen ist?« »Letztes Mal ist er zurückgelaufen. Du warst doch dabei, als wir den Wagen geholt haben. Natürlich haben wir versucht, ihn zu erreichen, aber er hat sich nicht gemeldet.« »Er ist nicht hier. Du kannst den Wagen doch nicht ohne Absprache wegnehmen. Vielleicht hat er nur darauf gewartet, dass der Motor abkühlt.« »Er hat sich doch nie um das Auto gekümmert; es ist defekt.« »Was, wenn er Hilfe geholt hat? Und plötzlich ist sein Auto weg?« »Wenn er ins Brain zurückkommen will, wird er schon einen Weg finden. Und kann sich bei der Gelegenheit dann gleich bei uns dafür bedanken, dass wir uns um sein Auto gekümmert haben.« Ich riss die Fahrertür auf. »Den haben wir gefunden.« Bisher hatte Tylers Sohn geschwiegen. »Was soll das heißen? Willst du mir etwa sagen –« »Lass gut sein.« Tyler trat vor seinen Sohn, bedeutete ihm zu schweigen. Ich durchwühlte Ablage, Seitenfächer und Handschuhfach, ließ mir Zeit damit, Rückbank und Fußraum waren zugemüllt. Ich fand nichts, was einen Hinweis auf seinen Verbleib gegeben hätte. Nur das Fell machte mich stutzig. Ich hielt es in die Höhe. »Was ist das?« Tyler ließ sich nichts anmerken. »Sieht nach einem Sitzbezug aus. Oder dem Fell eines Kojoten? Sollte man riechen können, den Unterschied.« »Was macht das in seinem Auto? Wo kommt das her?« Tyler zuckte mit den Achseln. »Sein Auto. Musst du ihn schon selber fragen.«

Die tumbe Präsenz der beiden machte mich wütend. Ich

warf das Fell auf die Rückbank, steckte ein paar Papiere ein, die ich im Auto gefunden hatte, und stürmte davon, ohne zu wissen, wohin. Seine Nummer rief ich x-mal auf, hinterließ auf allen Plattformen und Kanälen, die mir einfielen, Nachrichten, dass er sich sofort melden sollte. Anschließend fragte ich auf dem Floor, aber niemand hatte ihn gesehen. Ich klopfte bei Ransom, ging anschließend zu Hank. »Und du bist sicher, dass er nicht irgendwo im Brain steckt? Er hatte doch manchmal seine Anwandlungen.« »Schau dir mal seinen Bungalow an. Ich weiß nicht, was er dort angestellt hat. Ob er das Chaos selbst verursacht hat und ob es irgendetwas zu bedeuten hat. Aber natürlich, ja. Er kann überall sein.«

Hank erklärte sich bereit, den Floor zu kontrollieren, ich nahm mir unterdessen ein Fahrrad, fuhr an den Lake. Am frühen Nachmittag machten wir uns schließlich auf, um den Ort zu inspizieren, an dem er den Wagen zurückgelassen hatte. Die Straße zog sich wie ein Riss durch die rostbraune Ebene, die Umgebung gab keinerlei Aufschluss darüber, warum er ausgerechnet an diesem Spot gehalten hatte. Wir stiegen aus, Hank packte seine Drohne aus, ich lief aufs Geratewohl in die Wildnis, nach einem halben Kilometer fiel der Weg ab, das Terrain wurde unübersichtlich, ging in eine Senke über. Ich stieg hinunter, suchte das Gelände ab. Von ihm nirgends eine Spur.

In der Nacht weckte mich der Wind. Ich meinte zu hören, wie jemand an der Terrassentür klopfte, stand auf, schaute nach, aber draußen war niemand, nur der Sand, der sanft, wie mit bloßen Fingern, über die Außenwände strich. Als ich am nächsten Morgen aus dem Haus trat, begrüßte mich meine Nachbarin; sie war jeden Morgen vor ihrem Bungalow, kehrte Zugang und Vorplatz. Eigentlich hatte ich mich an den Anblick gewöhnt, diesmal machte er mich aggressiv.

Warum konnte sie ihr Spießertum nicht dort zurückzulassen, wo sie herkam? Warum musste sie es an diesen Ort mitbringen? Natürlich war mir klar, dass es eine Übersprunghandlung war. Ihr Mann war Techniker, arbeitete auf dem Floor, sie wurde vom Brain zerrieben. Vermutlich reizte sie mich genau deshalb, sie war nicht die Einzige, die unter den Bedingungen und dem Klima litt. Ich nickte ihr wortlos zu, kontrollierte erneut seinen Bungalow, radelte zum Lake, schon von Ferne konnte ich sehen, wie der Wind den Staub aufwirbelte und über die Ebene blies. Als Schlieren waren die Staubformationen nur aus der Distanz zu sehen, eingehüllt in die Staubwolken waren sie oftmals nicht mehr zu erkennen. Erst hinterher spürte man die Partikel auf der Haut, die sie in Schleifpapier verwandelt hatten. Die Luft war erfüllt von beißendem Gestank, auf dem Lake die dünnen, weißen Lippen der Wellen.

Ich kontrollierte den Reis, die Fischfarm. Vom Lake fuhr ich weiter zum stillgelegten Solarfeld, diesmal hatte ich den Wind im Rücken. Ich war schon lange nicht mehr dort gewesen, in den langen Korridoren der schräg gestellten Zellen war es windgeschützt und kühl, im Schatten der Panels schwirrten Insekten, die Erosion hatte die Metallstreben angegriffen, der Untergrund war dreckig, ich rätselte, ob der Müll angeweht wurde oder ob Jugendliche aus der Umgebung diesen Ort für sich entdeckt hatten. Ich stieg über eine Windel, Verpackungsreste, Ohrstäbchen, eine Spritze, Zigarettenstummel, leere Schnapsflaschen, Plastiktüten, eine Radkappe, eine rosa Kindersocke mit Silberglitzer, einen Kothaufen, der trotz einsetzender Verwitterung zu mächtig für die örtliche Fauna zu sein schien. Ich wusste, dass die Anwohner auf der anderen Lakeseite mit Drogenproblemen kämpften, aber ich hatte nicht davon gehört, dass sie sich im Solarfeld herumtrieben. Ich machte kehrt.

Zurück in der Sektion empfing mich Hank, der sein Phone von den Technikern hatte orten lassen, und das er daraufhin in der Sitzspalte des kaputten Wagens gefunden hatte. Ob ich zufällig wüsste, ob es sich um sein aktuelles handelte? Sie hatten sich sofort darangemacht, es zu knacken. Gemeinsam mit Hank ging ich die letzten Anrufe und Kontakte durch. Wir überflogen die Daten, riefen ein paar Nummern auf, aber ohne auf eine heiße Spur zu stoßen. »Da müssen wir später noch mal mit mehr Ruhe ran.« »Klar, können wir machen.« »Was ist mit seinen Accounts? Haben wir darauf Zugriff? Oder warten wir besser noch? Was meinst du? Ist das übergriffig zu diesem Zeitpunkt?« »Kann ich auch nicht sagen. Außerdem weiß ich gar nicht, wie leicht das geht. Ich spreche mal mit den Jungs. Dann können wir das ja immer noch entscheiden.«

Am Nachmittag klopfte ich bei Ransom. »Wir müssen die Polizei informieren. Er fehlt seit mindestens vier Tagen. Wir wissen nicht einmal, wann genau er fortgegangen ist, möglicherweise sind es schon sechs, und er hat noch immer nichts von sich hören lassen.« »Jemand wird ihn mitgenommen haben. Er ist zurück in die Stadt.« »Er war nicht auf dem Weg in die Stadt. Die Straße, an der Tyler den Wagen gefunden hat, führt landeinwärts.« »Richtig, stimmt. So wie es sein ursprünglicher Plan war. Er hat sich ja nie positiv geäußert, nie bestätigt, dass er wirklich hierbleiben will. Er wird auf dem Weg in seine Heimat oder wo immer er hinwollte unterwegs sein.« »Und was, wenn etwas passiert ist? Wenn er noch immer dort draußen ist?« »Extrem unwahrscheinlich. Man geht heute nicht einfach so verloren.« »Ich muss dir nicht sagen, dass hier jedes Jahr Menschen sterben. Das ist die Wüste. Weißt du, wie viele Menschen allein in diesem Land vermisst werden, Vernetzung und Mobiles hin oder her? Zufällig habe ich es gerade recherchiert. Du erinnerst dich, ich hab mal als Journalistin gearbeitet. – Hunderttausend.« »Ihr habt doch sein Phone? Was ist mit den Accounts? Habt ihr nichts gefunden?« »Dass er sich noch immer nicht gemeldet hat, ergibt keinen Sinn. Ich habe auf allen Kanälen Alarm geschlagen.« Ransom grimassierte, ließ sich mit der Antwort Zeit.

»Schau dir die Charaktere an, die von einem Ort wie diesem angezogen werden. Natürlich ist der Anteil von Freaks überdurchschnittlich hoch. Wenn du mich fragst –. Hattest du nicht auch den Eindruck, dass er in der letzten Zeit nicht mehr richtig bei der Sache war? Mit dem Kopf woanders? Diese Sätze von sich gegeben hat, über die man reflexhaft hinweghört, weil man sie erst mal nicht wirklich ernst nimmt, bis – « »Würdest du dasselbe über mich sagen?« »Darum geht es doch nicht. Obwohl ich mich schon frage, ob ihr euch mit der einen oder anderen Aktion in letzter Zeit nicht ein wenig verrannt habt. Nicht nur einmal klopfte er spätnachts bei mir an, um nach der Übernahme des Brains oder Ähnlichem zu fragen. Ob es keine Dokumente oder Protokolle gebe und so weiter.« »Und?« »Was und?« »Was hast du ihm geantwortet?« »Wir sollten nach vorne schauen. Es ist die Zukunft, die offen ist. Sie muss gestaltet werden.« »Ich werde die Polizei informieren. Und zwar jetzt.« »Warte, das sollten wir uns gut überlegen. Was erwartest du dir davon? Wenn sie erst mal hier sind –. Das kann alles Mögliche nach sich ziehen. Sie müssen nur –. Wenn sie etwas finden wollen –« Ich unterbrach ihn. »Deshalb willst du ihn sich selbst überlassen?« Ich war aufgebracht, hasste Ransom in diesem Augenblick dafür, dass er mich mit der Frage nach seinem Verbleib alleine ließ. »Wenn dir nichts anderes einfällt. Sonst heißt es doch auch: Schnell handeln und Fakten schaffen.« »Warte, stopp. – Ist ja gut.« Er sprang auf, aber ich war schon aus der Tür gestürmt.

Ich eilte zurück zu Hank, er war in seinem Bungalow, ich traute mich nicht, den Anruf allein zu tätigen. Kaum hatte ich aufgelegt, verließ ich Hank und lief hinüber zu seinem Bungalow, plötzlich die irrige Fantasie im Kopf, er säße auf seiner Terrasse, als wäre nichts geschehen. Tatsächlich wollte ich ein letztes Mal seine Wohnung kontrollieren. Obwohl ich sie mehrmals nach einem Hinweis abgesucht hatte, machte mich der Gedanke, die Polizei stieße auf etwas, das sein Fehlen ganz einfach erklären würde, nervös. Diesmal nahm ich den Datenträger und den Stapel Papiere mit, die ich vorher schon gesehen hatte.

Die Polizei erwarteten wir bei Hank. »Was meinst du, schicken sie jemanden von der Gemeinde oder vom Bezirk?« »Keine Ahnung. Ich weiß nicht einmal, wo die nächste Wache ist.« Wir saßen auf dem Deck, von dort sah man die herannahenden Fahrzeuge gewöhnlich schon von Weitem. »Was weißt du eigentlich über die Anfänge der Niere? Ich meine die Übernahme, wie Ransom an das Ding gekommen ist?« Wir hatten lange nicht mehr über das Thema gesprochen, konkret befragt hatte ich ihn nur einmal für meinen Artikel über Ransom, als wir uns noch nicht kannten. »Warst du eigentlich mal in Utah, in dem ursprünglichen Backup-Zentrum? Sieht es dort tatsächlich so aus wie hier?« »Ich glaube nicht, nein, ich bin sogar sicher, dass keiner von uns das je zu Gesicht bekommen wird. Bis auf die Fassade, versteht sich. Bei Nacht ist das ja im Vergleich zu hier eine veritable Lightshow. Aber grundsätzlich –. Grundriss und Architektur sind identisch, also gemessen am ursprünglichen Zustand hier, liegt in der Natur der Sache.«

Nach zehn Minuten trieb uns der Wind zurück in die Wohnung. Das Kratzen in meinem Hals war wieder schlimmer geworden, meine Augen tränten. Hank ging es kaum besser, er hatte wieder seinen Husten, war auch ungeduldig und ging zurück an die Arbeit. Es gab keinen Ort, der ihn vom Codieren abhalten konnte, Gerüchten zufolge war sogar regelmäßig zu hören, wie er auf der Toilette saß und seinen endlosen Code spann. Ich erinnerte mich an die Box und den Datenträger. Als ich die Ausdrucke durchging, erkannte ich rasch, dass es sich um die Unterlagen handeln musste, die er kurz vor seinem Weggang aus der Stadt dem Anwalt ausgehändigt hatte. Er hatte dies beiläufig in einem unserer letzten Gespräche erwähnt.

Der Polizist war ein behäbiger Typ, Mitte fünfzig, mit Cowboystiefeln und geätzter Buckle. Er nannte seinen Namen, inspizierte, ohne uns zu beachten, Hanks Bungalow, als fände er die Antwort auf den Fall in Hanks chaotischem Bastelwerk. Seinen Fragenkatalog startete er aus dem Off: »Also, und dieser –. Wie war der Name? Wer ist es, von dem wir hier reden?« Noch immer kehrte er uns den Rücken zu. »Und Sie sind? Ihre Beziehung zu ihm?« Erst jetzt wandte er sich uns gemächlich zu. »Wie würden Sie Ihre Beziehung zu ihm beschreiben?« – Aha? Und? Das ist alles? Mehr nicht. Und warum haben Sie uns erst jetzt gerufen? – Hm. Wie stehen Sie eigentlich, ich meine die Community ganz allgemein, zu den Behörden? Also, ich meine den Staat, nicht nur die Verfassung. Oder sagen wir ganz allgemein, wie sagt man, richtig, das ist der Begriff, nach dem ich gesucht habe, antiinstitutionelle Affekte, die Wendung ist ihnen geläufig? – Ja? Tatsächlich? Ist das so. Und das, wie soll ich sagen, ähm, trifft auch auf die Gesinnung der Leute zu? – Also die von den anderen, die sich hier versammelt haben? Ich will nicht aufdringlich werden, nur, mhja, schließlich kommt einem ja hin und wieder das eine oder andere zu Ohren. Was mich daran erinnert – wie sieht es eigentlich generell mit der Haltung gegenüber, nun, gewissen Substanzen aus? Nein, nichts im Konkreten, eher ganz allgemein. Obwohl, nun ja, das gehört jetzt nicht unbedingt hierher. Oder etwa doch? – Also? Was denken Sie? Wo ist er? Jetzt. In diesem Augenblick?«

Mit jeder weiteren Frage sank mein Mut. Was immer ich auch erwartete hatte, die Hoffnung, der Officer könnte uns helfen, zerschlug sich. Vielleicht hätte ich doch auf Ransom hören sollen. »Wollen Sie denn nichts machen? Wenn wir etwas wüssten, hätten wir doch längst selber –. Was machen Sie denn in so einem Fall? Sie müssen doch ein Protokoll haben? Einen Aktionsplan? Haben Sie denn, was weiß ich –. Keine Hunde, Hubschrauber, Drohnen?«

Er schob einen Daumen in die Gürtelschlaufe, nahm mich zum ersten Mal voll ins Visier. »Eins nach dem anderen, ja.« Sein Kinn tanzte leicht auf und ab. »Wir sind hier schließlich nicht beim Film.«

Als wir eine Viertelstunde später zum Trailerpark marschierten, um einen Blick auf sein Auto zu werfen, das Tyler abgeschleppt hatte, erntete ich jede Menge feindliche Blicke, besonders Tylers Buddys wären mir am liebsten an die Kehle gesprungen. Anstatt sich den Wagen anzusehen, trat der Officer an einen Palo Verde, der neben der Fahrbahn stand, es war ein für diese Gegend besonders großer Baum. »Schönes Exemplar.« Aus seinen Worten klang aufrichtige Bewunderung. »Äußerst bemerkenswerte Pflanzen.« Mit seinem Handballen klopfte er gegen den Stamm, spähte in die Baumkrone. »Betreiben Fotosynthese über die Rinde. Kommt nicht oft vor.« Er nahm uns wieder in den Blick. »Von den Samen eines solchen Dings«, mit einem Daumen wies er auf den Baum in seinem Rücken, »wurde erstmals in der Kriminalgeschichte ein genetischer Fingerabdruck einer Pflanze erstellt. Ein historischer Moment. Man musste nachweisen, dass es diesen einen Baum nur ein einziges Mal gibt. Nicht zweimal oder dreimal, sondern einmal. Schon bei Menschen ist das schwer nachzuweisen. In diesem Fall konnte der Samen aber einem ganz bestimmten Exemplar zugeordnet werden. Ging alles in Arizona über die Bühne. – Haben so die Spur vom Wagen des Mörders bis zu dem Baum, unter dem das Opfer getötet worden war, justiziabel belegen können.«

Fünf Minuten später tippte sich der Officer zum Abschied an die Hutkrempe. Seinen verlassenen Bungalow begutachtete er bei laufendem Motor aus dem offenen Fenster seines Sedans, rollte kurz darauf im Schritttempo vom Gelände.

Am nächsten Vormittag traf ein weiterer Streifenwagen ein, diesmal handelte es sich um die Bezirkspolizei. Der Officer stellte ähnliche Fragen, benötigte aber nur einen Bruchteil der Zeit. »Können wir Ihnen wenigstens zeigen, wo das Auto gefunden wurde?« »Keine Sorge, das ist nicht nötig. Wir haben die Koordinaten.« Die Polizisten ließen uns mit demselben ohnmächtigen Gefühl zurück wie der Kollege am Vortag. »Wenigstens weiß man jetzt Bescheid. Sie werden eine Vermisstenanzeige aufgeben. Wenn er irgendwo auftaucht, wird man uns informieren. Viel mehr können wir tatsächlich nicht tun.« Bis auf Hank schien sich niemand Sorgen zu machen. »Was ist mit den Accounts? Haben sie da Fortschritte gemacht?« Hank schüttelte den Kopf. »Nein, ich geb dir Bescheid, sobald ich was von den Jungs höre.«

Für die anderen stand fest, dass er einfach einen Schlussstrich gezogen hatte, weitergezogen war, wohin immer er wollte – wie die anderen, die der Sektion nach der Tötung der Kojoten den Rücken gekehrt hatten. Aber warum hatte er sich dann nicht verabschiedet und nicht einmal eine Nachricht hinterlassen? Hatte sein Auto einfach in der Wüste geparkt? Meldete sich auch jetzt nicht? Die Apathie der anderen machte mich wahnsinnig. Nachts schreckte ich aus diffusen Träumen hoch, in wechselnden Gemütsverfassungen und mit immer anderen Menschen an meiner Seite irrte ich durch eine Wüste, die sich vollständig fortwährend verwandelte, nichts war wiedererkennbar, nirgends gab es einen Anhaltspunkt, an dem man sich hätte orientieren können. Die Dokumente hatte ich mittlerweile sorgfältig studiert, die Druckversion mit der Datei abgeglichen, schließlich sogar eine Liste mit Namen erstellt, die mir wichtig zu sein schienen. Über seine Zeit im Brain hatte ich nichts gefunden.

Den Entschluss, in die Stadt zu fahren, traf ich intuitiv. Den anderen erklärte ich, einen Arzttermin vereinbart zu haben, die Schmerzen im Hals waren stärker geworden und hatten sich auf die Brust ausgeweitet. Ich wollte die Gelegenheit nutzen, um seinen Anwalt, Dr. Merser, und einige der Kontakte, die ich aus den Dokumenten abgeschrieben hatte, aufzusuchen. In der Stadt übernachtete ich bei einer Freundin, am nächsten Morgen erwachte ich mit Fieber. Der Arzt überwies mich mit dem Verdacht auf Lungenentzündung ins Krankenhaus. Seine Diagnose wurde dort nicht bestätigt, dennoch behielt man mich vorsichtshalber für weitere drei Tage dort. Eigentlich hatte ich nur zwei oder drei Nächte in der Stadt bleiben wollen, nach dem Krankenhausaufenthalt war mein Zeitplan jedoch hinfällig. Zudem fühlte ich mich plötzlich schwach, ohne Energie, suchte in erster Linie Ruhe. Als ich endlich wieder zu Kräften gekommen war, besuchte ich alte Freunde, auch einige Orte von früher, das Brain und die Wüste waren mit einem Mal weit weg, obwohl ich bei Mary-Ann vorbeischaute. Die ersten Tage war sie bei einer Freundin untergekommen, mittlerweile hatte sie sich einen Camper gekauft, in dem sie wohnte. »Ich hatte zum Glück noch etwas angespart. Die Demütigung, nach einer Wohnung zu suchen, habe ich mir nicht angetan. Vollkommen aussichtslos.« »Aber was willst du machen?« »In der Gegend bleiben. Mich nicht vertreiben lassen. Schauen, was kommt.« Sie lachte: »Was soll ich auch sonst tun? Noch gibt es genug Viertel, in denen man für drei Tage parken kann, bevor man den Standort wechseln muss. Aber das Reisfeld fehlt mir schon jetzt. An ein Labor will ich gar nicht erst denken. Mal sehen.«

Je länger ich in der Stadt unterwegs war, desto öfter ertappte ich mich bei dem Gedanken, dass ich mich dort wie früher, zu Zeiten, als ich noch in meinem alten Job arbeitete, bewegte. Die Vorstellung gefiel mir überraschend gut. Ransoms Nachfragen, wann ich zurückkommen würde, ignorierte ich. Ich war immer noch sauer auf ihn. Hank, mit dem ich in Kontakt geblieben war, zeigte dagegen Verständnis, empfahl mir, mich zu erholen und mir eine Auszeit zu gönnen. Es gab zwar mehr denn je zu tun, aber sie kämen zurecht. Ich hätte ihn umarmen können, regelmäßig versorgte er mich mit Updates und Fotos vom Brain.

Die Frage nach seinem Verbleib hatte ich immer wieder beiseitegeschoben. Es kostete mich mittlerweile Überwindung, die Liste mit seinen Kontakten anzusehen. Zunächst suchte ich Merser in seiner Kanzlei auf. Der Anwalt zeigte starkes Interesse, stellte zahlreiche Nachfragen zum Brain, von dem Lake hatte er gelesen, wusste aber nichts Genaues darüber, letztlich konnte er mir nicht weiterhelfen. Er hatte nichts mehr von ihm gehört, konnte mir nur anbieten, mir bei Bedarf Einblick in seine Recherchen zu geben, die er damals, nach seinem letzten Besuch, angestellt hatte. »Dieser Typ, Morales. Sind Sie im Dokument darauf gestoßen? Der Convenience Store –. Ich habe da einige interessante Funde gemacht. Sieht tatsächlich danach aus, dass die in erster Linie politisch organisiert sind.« Der Anwalt versicherte mir beim Abschied, ich könne mich jederzeit bei ihm melden.

Bevor ich Merser aufgesucht hatte, war ich mir nicht sicher, ob ich auch ein Treffen mit Corrie vereinbaren sollte. Die Entscheidung wurde mir abgenommen, als sie nach dem Termin einfach zu mir ins Auto stieg. Sie überredete mich auf der gemeinsamen Fahrt nach Downtown sogar, noch auf einen Kaffee zu halten, ohne dass ich dazu gekommen wäre, ihr eine Frage zu stellen oder das Gespräch in die von mir gewünschte Richtung zu lenken. Zuerst fragte sie mich aus, wollte alles über das Brain erfahren, anschließend unterrichtete sie mich über Neuigkeiten aus der Stadt, irgendwann plapperte sie einfach fröhlich vor sich hin, wurde zwischendurch immer mal wieder persönlich. »Wie ist es eigentlich, auf Dauer in der Wüste zu leben? – Ich weiß nicht, ob das was für mich wäre. Schon ein wenig hart, oder? Also krass, meine ich. Na ja. – Und jetzt? Gehst du wirklich wieder zurück? Du musst die Stadt doch vermissen. Ich meine, das Leben, das was los ist. Und wie sieht es eigentlich mit dem Schreiben aus? Für welche Zeitung hast du noch mal gearbeitet? Hast du nicht Lust, wieder einzusteigen? Du könntest doch einfach eine Story über das Brain anbieten, Material hast du doch sicher genug, da lässt sich bestimmt eine ganze Artikelserie draus machen.« Ich war erschöpft, hatte längst aufgegeben, mich ins Gespräch einzuklinken oder ihren Ausführungen zu folgen. »Ich würd das sofort machen an deiner Stelle. Das ist doch cool.« Sie ließ eine Kaugummiblase platzen; als sich unsere Blicke kreuzten, wechselten ihre Augen die Farbe.

Die Idee mit dem Buch stammte ebenfalls von ihr. Sie hatte sein Dokument, das er Merser ausgehändigt hatte, zweimal gelesen. Anfangs wollte ich gar nicht erst darauf eingehen. »Na ja, das stellst du dir möglicherweise etwas zu einfach vor. Ich meine nicht nur die Rechte, sondern Grundsätzliches, wie man so etwas überhaupt aufziehen und was man damit machen will. Abgesehen davon, dass ich erst noch einiges rausfinden müsste, schließlich müsste man einiges recherchieren, die Leserinnen und Leser würden schließlich Antworten erwarten.« »Aber das spricht doch nicht dagegen, im Gegenteil. Immerhin warst du die Letzte, die ihn gesehen hat. Das ist doch, na ja –«

Ich lachte etwas zu wohlwollend, während ich auf den passenden Moment wartete, um das Gespräch zu beenden. »Und was, wenn er morgen wieder vor der Tür steht? Alles ein gutes Ende findet?« »Na und? Umso besser. Wie gesagt, es geht ja erst mal nur um den Aufhänger.«

In meiner alten Redaktion schaute ich spontan vorbei, ich war sowieso in der Gegend, spürte plötzlich so etwas wie eine aufkeimende Nostalgie. Meine ehemalige Kollegin war mittlerweile zur Ressortleiterin aufgestiegen, sie hielt sich gar nicht lange bei Nachfragen über die letzten zwei Jahre auf, kam direkt zur Sache. »Hör mal. Bist du wieder in der Stadt?« Sie hatten eine Vakanz. »Was sind denn deine Pläne? Du hast nicht zufällig Interesse, wieder einzusteigen?« »Weiß nicht, gerade passiert so viel, ich habe das Gefühl, selbst nicht mehr hinterherzukommen. Muss ich mir erst mal durch den Kopf gehen lassen. Ich geb dir Bescheid.«

In der darauffolgenden Woche fuhr ich in die Wüste, um meine Sachen zu holen. Am Abend schmiss Hank eine kleine Abschiedsparty. Wie früher saßen wir bis spät in die Nacht zusammen, am nächsten Vormittag ging ich zum Lake, verträumt trieb der Wind rollende Salzkräuter über die verkrustete Bodenkrume. Ein letztes Mal schlüpfte ich in die Gummistiefel, watete durch das Reisfeld. Ich rätselte, ob ich den Gestank des Lakes vermissen würde. Anschließend fuhr ich am Solarfeld vorbei. Am frühen Nachmittag brach ich auf. Obwohl ich wusste, dass ich zurück in mein altes Leben fuhr, spürte ich – vor mir lag die Wüste wie eine Filmkulisse, diese wahnwitzige Erosionslandschaft des Überkommenen – das erhebende Gefühl eines Neuanfangs.

Die Arbeit am Manuskript wurde durch ein Stipendium der Villa Aurora sowie ein Stipendium der Stiftung Preußische Seehandlung gefördert.

Ich danke allen, die es vorab gelesen und kommentiert haben. Gewidmet ist der Roman Eberhard Schönthaler.

Erste Auflage Berlin 2019

MSB Matthes & Seitz Berlin Verlagsgesellschaft mbH
Göhrener Str. 7 | 10437 Berlin

Umschlaggestaltung: Dirk Lebahn, Berlin
Satz: Laura Fronterré
Herstellung: Hermann Zanier
Druck und Bindung: Pustet, Regensburg
Printed in Germany

ISBN 978-3-95757-772-6

www.matthes-seitz-berlin.de

Philipp Schönthaler

Portrait des Managers als junger Autor
Zum Verhältnis von Wirtschaft und Literatur

168 Seiten, Klappenbroschur

Der ehemalige Apple-Chef Steve Jobs wird verehrt als Manager, Visionär und Kultfigur, aber eigentlich war er ein begnadeter Geschichtenerzähler : Kaum einer war geschickter darin, die Entwicklung einer Firma und ihrer Produkte zu einer Story zu machen, die man gern weitererzählt. Heute wird die Methode des Storytelling in Managementkreisen als neue Zauberformel der Vermittlung gehandelt: »Storytelling ist ein trojanisches Pferd für Zahlen und Fakten.« Doch was passiert, wenn die Wirtschaft mit dem ausschmückenden Erzählen auf eine Ressource zurückgreift, die eigentlich der Literatur entstammt? Entsteht hier eine neue Art der Poesie, werden Manager gar zu Autoren? Ausgehend vom Phänomen des Storytelling untersucht Philipp Schönthaler das Verhältnis von Wirtschaft und Literatur und plädiert für ein Schreiben, das sein Selbstverständnis aus der Überschneidung beider Sphären gewinnt.

»Philipp Schönthaler versteht es, aus der Verbindung von Wirtschaft und Literatur poetisches Kapital zu schlagen. [...] Wie er jetzt in seinem Essay über das Storytelling eine kleine Geste des Daimler-Vorstandschefs Dieter Zetsche als großes Theater entlarvt, das ist fein beobachtet und brillant formuliert.«

Frank Kaspar, *Deutschlandradio Kultur*

Philipp Schönthaler

Vor Anbruch der Morgenröte
Leben und Dienste I. Erzählungen

213 Seiten gebunden mit Schutzumschlag

Als Joseph Paul Jernigan am 5. August 1993 hingerichtet wird – vor Sonnenaufgang, wie es das texanische Gesetz vorschreibt –, ahnt noch niemand, dass dies seine Wiedergeburt einläutet, die ewiges Leben bedeutet. Denn Jernigans Körper besitzt ideale Eigenschaften, um als erster Mensch digital rekonstruiert zu werden. Und so betritt der als Mörder Verurteilte 2002 als sein eigener Avatar den Cyberspace und wird damit zum ersten digitalen Untoten der Geschichte. Dies ist eine von sieben raffiniert gewebten Erzählungen, in denen uns Philipp Schönthaler in eine Welt führt, die gerade im Entstehen begriffen ist. Jede ist Teil einer Archäologie des neuen Menschen, mit der Schönthaler die umwälzenden Veränderungen unserer Zeit und der ihr zugehörigen Digitalität zu verstehen versucht.

»Es ist eine Mixtur aus ›Tribute von Panem‹, ›Matrix‹ und George Orwells ›1984‹ […], ein Buch das zwischen den Zeilen wandelt und nicht vor dem krassen Spagat zurückscheut. Die Erzählungen leben von ihrem dynamischen Sound, ihrer Präzision und Detailverliebtheit, ohne ihren spielerisch-freien und experimentellen Charakter aufzugeben. So entsteht eine visionäre Energie, die Kunstfertigkeit und Gesellschaftskritik literarisch klug zusammenbringt.«

Björn Hayer, *Berliner Zeitung*